転生令嬢は精霊に愛されて最強です……
だけど普通に恋したい！ 2

The Reincarnated Count's daughter is the strongest as she is loved by spirits, though she is only wishing for regular romance!

風間レイ

◆ イラスト：藤小豆

TOブックス

です……だけど普通に恋したい！

e n t s

転生令嬢は精霊に愛されて最強

イラスト／藤小豆　デザイン／伸童舎

c o n t

[ディアドラの精霊獣]

イフリー

火の精霊獣。全身炎の毛皮で包まれたフェンリル。小型化した時でも他の精霊獣を背に乗せられるくらい大きい。ディアドラの精霊獣のなかでリーダー役。

リヴァ

水の精霊獣。東洋の竜。普段小型化しているが本来の大きさは皇宮のホールの天井がいっぱいになってしまうほど。見た目に反して優しく穏やかだが、怒らせると一番怖い。

ジン

風の精霊獣。羽の生えた黒猫。普段は小型化して子猫くらいの大きさになる。にぎやかで人懐っこい。羽をパタパタさせて飛ぶ。

ガイア

土の精霊獣。麒麟。無口。

[ベリサリオ辺境伯家]

ディアドラ

主人公。元アラサーOLの転生者。前世の反省から普通の結婚を望んでいる。しかし精霊王からは寵愛、皇太子からは求婚され、どんどん平穏から遠ざかってしまう。

オーガスト

ディアドラの父。精霊の森の件で辺境伯ながら皇族に次ぐ待遇を得る。

ナディア

ディアドラの母。皇帝と友人関係。

アラン

ディアドラの兄。シスコンの次男。マイペースな突っ込み役。

クリス

ディアドラの兄。神童。冷たい腹黒タイプながら実はシスコン。

characters

アンドリュー皇太子

アゼリア帝国の皇太子。
ディアドラに求婚する。
クリスとは学園の同級生。

エーフェニア皇帝

アゼリア帝国の女帝。
宰相の陰謀に巻き込まれ、皇都に砂漠化の危機を招いてしまう。

マクシミリアン将軍

アゼリア帝国の将軍。
かつて帝国を外敵から守り抜いた英雄。

ジーン・スタンフィールド公爵

皇帝の弟。精霊獣をもつ。
政権争いに巻き込まれ公爵になる。

【皇族】

瑠璃

水の精霊王。
ベリサリオ辺境伯領の湖に住居をもつ。
精霊を助けてくれたディアドラに感謝し祝福を与える。

蘇芳

火の精霊王。
ノーランド辺境伯領の火山に住居をもつ。
明るく豪胆。琥珀や翡翠に怒られることもある。

翡翠

風の精霊王。
コルケット辺境伯領に住居をもつ。
感情を素直に表すタイプ。

琥珀

土の精霊王。
皇都に住居をもつ。
精霊の森とアーロンの滝まで道をつなげることを条件に精霊を与えると約束する。

[アゼリア帝国精霊王]

story

同人誌作りに没頭しすぎて命を落としたアラサーOLが転生したのは、砂漠化が迫る国の辺境伯令嬢・ディアドラだった。今度こそは平穏に生きて親に孫を見せる！と意気込むも、精霊の育成についつい夢中に。過保護な兄や専属執事の心配をよそに、四歳にして「精霊獣」を育ててしまう。結果、国の精霊に対する価値観を刷新することに。それを知った精霊王から寵愛を受け、皇都を砂漠化から救うことに大きく貢献した。しかし周りの男の子からは高嶺の花扱いされるようになってしまった。

プロローグ

精霊獣を育てたり、精霊王に会ったり、中央の貴族が権力争いのせいで精霊王の森を破壊した事件に関わってしまったり、いろいろなことのあった四歳の一年間とは違い、去年一年は商会の仕事を中心に、ほぼベリサリオ内だけで過ごせた平和な一年だった。

それが出来たのもお父様が、私が六歳になるまでは皇宮や他家で行われるお茶会等に、一切出席させないと明言してくれたおかげだ。

でも月日は流れ、とうとう私も六歳。現代でいえばピカピカの一年生よ。引き篭もっていられる時間は終了だ。

私の誕生日会は三年続けて、城内の湖で行われている。兄達のパーティーに比べれば小規模なのは立場的に当たり前だけど、今回は領地内の貴族を中心に、コルケットとノーランドの辺境伯家族も招待している。彼らも精霊獣を顕現出来るようになったので、精霊王の元を訪れる時期を確認するためだ。

皇都と辺境伯の領地に精霊王が住居を構えていると知ってすぐ、その地にいる精霊王と人間を繋ぐ橋渡し役を、皇族と辺境伯が担当するべきではないかとベリサリオが提案したの。

没交渉の時間が長かったでしょ？　まずはお互いのことを理解して、その地域にあった付き合い方を模索するべきだと思うのよ。

それに、ベリサリオばかりが精霊王と親しくなったら、そりゃ他の貴族は面白くないよね。そうでなくても、精霊王が後ろ盾になった妖精姫がベリサリオにはいるんだもん。ここは他の辺境伯を味方にするためにも、ぜひ精霊王と親しくなってもらいたい。

初めて精霊王に会った年は精霊を持たない貴族もたくさんいて、人間が湖の存在を忘れていなかったと瑠璃（るり）が喜んでいたっけ。それが今ではほとんどの人が複数の精霊持ちで、親の精霊獣の背の上で赤ちゃんが寝ていたりするんだよ。

魔力は人により上限に差があるみたいで、貴族でもほとんどの人は三種類の精霊獣までしか育てられないみたいだとわかってきている。

でもみんなが三種類育てたら、貴族の人口より精霊獣の数が多いってことだからね。

私の周囲だけなら、あと一年もしたら、間違いなく人間より精霊獣が多くなるよ。

『こっちはいつでもいいぞ。翡翠（ひすい）の方は山頂だから夏がいいだろう』

『うん、そうだね。ああ、私も平地に住めばよかった。いいなあ。人間と精霊が仲良さそうで』

湖の上の特別席に、今回は四人の精霊王が集合して誕生日を祝ってくれた。

特別席に招待されたのはうちの家族だけで、辺境伯達は湖近くまでしか近づけなかったけど、蘇芳（すおう）も翡翠も誰が自分の住む場所の住人かはわかっていて、彼らが跪（ひざまず）いたら手を振っていた。

初めて会えた精霊王の姿に辺境伯達は感動しているみたいで、興奮気味に会話している様子が見える。

『やはりノーランドの人間は体格がいい者が多いな。冒険者も精霊を育てる者が増えていてな、回復して守ってくれる相棒だと熱心に育てているんだ』

『コルケットだって、牧場で精霊と遊ぶ子供が増えてるんだよ』

突然のお国自慢？

それを余裕な顔で聞いている瑠璃と、むすっとしている琥珀。

琥珀先生は複雑な心境なのかな。

学園とアーロンの滝までの植林はもう終わっている。

まだひょろひょろの細い木ばかりだけど、他に比べれば異常な成育速度なんだって。

魔法の練習や魔力量をあげるために魔力を放出するだけでも、森を育てる手伝いになると聞いて、毎日誰かが来て魔法の練習をしているし、学園がある時期は全生徒で魔力を放出して森を育てる手伝いをしているらしい。

「あの、琥珀。森が繋がるって、どのくらいの状況になればいいんでしょう？　来年で三年になるから」

『三年なんて言っていないわ』

そうでした。私が最低でも三年はかかると言ったんでした。

植林してちゃんと森にするには、本当は十年以上かかるよね。開拓された森は何百年何千年とこの地にあった森のはず。その代わりなんだから、ちょっと木が育ったからっていい気になっちゃ……。

『秋にアーロンに来て』

「は？　三年すら経ってない⁈」

『甘いなあ』

『我らが羨ましくて我慢出来ないんだろう』

『ち、違うわよ。このままだと私の地域だけ遅れるでしょ。精霊の数にあまりに違いがあると、魔力の流れに影響が出て、天候にだって悪影響じゃない』

『まあな』

琥珀先生が説明しているのに、他の三人はにやにやしてあまり聞いていない。

どんどん先生の顔が赤くなっているので、やめて差し上げてくれませんか。

『今回だけよ！　次に同じようなことをしたら、私はこの国から出ていきますから！』

砂漠化待ったなしじゃないですか、やだー。

「茶会の土産話が出来たな」

「そうですね。琥珀様がお優しい方でよかったわ」

これで陛下たちも一安心だね。

そしたら私のことは放っておいてくれるかな。

……無理だろうな。

◆

六歳になったから、私はいろんなことを出来るようになった。

ちゃんと護衛をつければ城の外に出られるんだよ。六年ぶりのシャバだよ。

お茶会に参加するのも解禁。自分がお茶会を開いてお友達を招待するのも解禁。

夏に領地に遊びに来た他領の同年代の子を、城に招くのも解禁。招かれて遊びに行くのも解禁だぜ。

さっそく顔を出さなければいけないのは、皇帝陛下主催のお茶会だ。

他の誰よりも優先させなくてはいけないお方だもんね。

朝からメイド達の力のいれようがすごいよ。

体中磨き上げられて、髪も肌もつやつや。六歳の子にここまでしなくてもと思うんだけど、そこは譲れないらしい。

ドレスは出来るだけ飾りの少ない物をお願いした。特に袖口。テーブルの上の物をひっくり返す未来が見えるような服はお断りよ。

「え……この色なの？」

「お嬢様の華やかなかわいらしさには、ローズピンクがお似合いです。おリボンは瞳の色に合わせて紫にしましょう。髪にはアメジストのバレッタをとめますね」

鏡の中の私は、物語の挿絵に出てくるお姫様みたい。

なんだろう、この体中がかゆくなってくる感じ。照れくさいような落ち着かないような。バタバタしたくなってくる感じ。

緊張もしている。だって初めて皇宮に行くんだから。

うちの城は砦としても使えるように、無駄な装飾がなくてごつい。兵士の数も多い。でも皇宮は違うよね。ゴージャスでマーベラスでスペシャルなはず。

「行きますよ」

今日はお母様もお父様も気合が入っている。

お母様が着ているのは、シンプルだけど手の込んだ刺繍(ししゅう)とレースが使われた空色のドレスだ。アクセサリーは灰色をしたゾイサイト。かなりの貴重品らしい。お父様の瞳の色よ。

一方、お母様の瞳の色の深い緑色の装飾のはいった上着を着たお父様は、髪をセットしてお仕事モードの顔つきになっている。

ふたり並ぶと、アダルトで魅力的なカップルの出来上がり。

お兄様ふたりも今日はおしゃれしているよ。

クリスお兄様は髪をセットして後ろにかきあげているから、いつもより大人っぽい感じよ。シャツの袖口にレースがついているのが不満みたいなんだけど、メイド達のたっての希望なんですって。

アランお兄様はウエスト丈の上着に揃いのパンツでブーツを履いている。飾り？　なにそれおいしいの？　って感じがアランお兄様らしい。

転送陣の中央に家族で集まり立っていると、一瞬で五倍はありそうな部屋に飛んだ。

白い壁には金色のラインで装飾が施され、皇族の紋章が輝いている。床に描かれた魔法陣は、半透明の色ガラスで上から覆われて保護されていた。

そこから案内されて進んだ先の控室なんてもう、すごいよ！

クリスタルの魔道ライトに照らされた黄金の猫足の椅子とテーブル。壁際に置かれた宝石をちりばめた魔道具の時計。見事な織物の絨毯（じゅうたん）。

そうかここ、国中から貴族が飛んでくるんだから正面玄関みたいなものだ。外国からの客も国境の領地の主の館からここまで飛んでくるもんね。豪勢（ごうせい）にしなくては国の威信にかかわるのか。

これだけの財力があり、これだけの物を作れる技術者や職人が我が国にはいるぞとアピールが出来て、気に入ってもらえれば商売にも繋がるかもしれない。うちの城の控室も考えないといけないかも。

「ふわーー」

「ディア、口を閉じなさい」

だって皇宮ですよ。

前世で昔の王宮を美術館にしましたって場所は見たことあるのよ、テレビで。確かに豪勢だったし、廊下やホール、大広間は日本でいうと三層分ぐらいの天井の高さだったよ。

でも生の迫力は違うのよ。それに何世紀も前の建物とは違って綺麗よ。ピカピカよ。

両開きの扉もでかい。私が縦に四人は並べそう。

その片方が開いて緊張した面持ちで中年の男性が駆け込んできて、なにやらお父様と話をしている。

何事だろうと思いながら、前に立っていた護衛の騎士の背中に隠れつつ、そっと外を窺（うかが）ってみた。

「……お嬢様」

「もう一歩前に出て」

苦笑いしながらも前に出てくれた彼が息を飲む音が聞こえ、何事だろうと思いながら外を覗いてすぐ、回れ右してお兄様達の元に駆け戻った。

「外が大変です。人がたくさんいます。なにが始まるんですか？」

慌てている私を見たお兄様ふたりは、視線を先程の護衛に向けた。

「これは……ちょっと……」

護衛の彼の顔色が悪い。一気に緊張してしまったのかも。

「申し訳ありません。まさかこんなに出迎えの者が集まるとは、予想を遥かに超えていました」

皇宮の人達が並んで何度も頭を下げている。

これって、やっぱり普通の状況じゃないんだよね。

「本当だ」

「うひゃー」

「どうします、あなた？」

「知らん顔して出ていくしかないだろう」

家族四人で護衛の後ろから外を覗くのはやめようか。彼が困ってしまっているからね。もうひとりの護衛なんて、気を利かせて自ら壁になってくれているよ。

「まず出ていくのはきみ達だから、いつもどおりに」

「「はっ」」

緊張した面持ちで護衛のふたりが出ていってすぐ会場がどよめいた。

安心させるようにお父様が私達を見て頷いて、お母様と一緒に外に出ていく。

「お、お兄様。これは何を期待されているんでしょうか」

「え？」

「歌って踊る？」

「なんで?!」

だってライブ会場みたいだよ。三階席まであったよ。警備の人が手を広げて観客を押さえていたよ。一階はアリーナ席じゃないの？

「何もしないでおとなしく。喋らない。いいね」

「はい」

それでいいのなら喜んで！

「僕が先に行くから、兄上はディアをよろしく」

「わかった。気をつけろ」

ここ皇宮だよね。お茶会に招待されて来ただけだよね。

なんでアランお兄様は、あんな決死の覚悟みたいな顔をしているの？

クリスお兄様なんて、絶対に放さないぞって感じでさっきから私と手を繋いでるよ。

まだ外はざわざわしている。

私達も出ていった方がいいんじゃないかなって思っていたら、アランお兄様が引き返してきた。

「アラン、どうしたんだ」

クリスお兄様が驚くのも仕方ない。

普段は目に見えないアランお兄様の剣精がすっかり臨戦態勢で、体が光に包まれちゃって、火の精霊なんて自ら剣の形になって、さも自分を使ってくれ！　守るぜ！　みたいになっちゃってる。

「父上と母上の精霊は平気なんだ。でも護衛の精霊もこうなっていた」

「……場慣れの問題かもしれないな」

「すごい注目されている」

「そんなに人がいっぱいいるんですか？」

「人だけじゃないんだ。壁際には精霊獣もたくさんいた」

「室内で？」

「うん。大きいままで」

皇宮ではそういうものなのかな。精霊獣は出しておかないといけないの？

「リヴァとイフリーをそのままの大きさで出しても平気でしょうか」

「平気じゃない」

「僕の精霊獣もまずいよ」

クリスお兄様の精霊はホワイトタイガーとクロヒョウとチーターとピューマだよ。しかも牛くらいのでかさ。やばいなんてもんじゃない。

だいたいこの世界にピューマなんているの？　って思うよね。いるかもしれない、どこかには。

でも実は、クリスお兄様は精霊を全部猫にしたかったの。最初に猫ありきだったの。それが大型化させたらチーターやピューマになっちゃったの。

「だから小型化して出しておいてくれって。精霊が警戒しているから、ちょっとした物音でも反応して、大きいまま顕現する心配があるって父上がおっしゃっていた」

「わかった。めいっぱい小型化しておこう」

言葉と共にクリスお兄様の足元に、子猫の姿の精霊獣が全属性分現れた。

風の精霊のジンが羽の生えたクロヒョウの姿で顕現したので、子猫の大きさになってもらってモフっていたら、クリスお兄様も羨ましがって真似をしたの。実はモフラーだったのだ。

四匹の猫に囲まれて和(なご)んでいるクリスお兄様、プライスレス。

因(ちな)みにアランお兄様の精霊は、火の精霊は火で。水の精霊は水。わかりやすい。

もう少し詳しく言うと、火の精霊はあれですよ。某人気アニメ制作会社の動いちゃう城の炎のやつ。水の精霊は某エアコン会社のあれみたいなやつ。風の精霊は小さな竜巻で土の精霊は岩の塊。

「ふたりとも精霊を小型化したら、そろそろ出てきて」

「わかった」

「はい」

「ディア、何もしないでいいんだからね」

「わかりました」

大丈夫。歌えないし踊れないから。

精霊獣が一緒だと少しだけ安心出来る。クリスお兄様と手を繋いでいるのも心強い。家族がみんな一緒なんだから大丈夫。

大きく息を吸って吐き出し、よしっと気合を入れてホールに出ていく。

思っていたより大きく豪勢なホールは、魔道具の光に照らされてきらきらと輝いて見えた。もうここまで立派だと現実味がなくて麻痺(まひ)してくる。

前世のテレビで誰かが、遠くに視線を向けると観客と視線が合わないから緊張しないって言っていた気がする。

目が合ったらそのまま無視するといけない気がするし、でも微笑みかけたりして用事があるのかなと思われても困る。ここは遠くを見よう。上の方、でも二階席の人とも目の合わない高さ。

緊張するな。無になるんだ。色即是空(しきそくぜくう)。

「宰相、私が案内するよ」

あ、聞いたことのある声だ。うげ、皇太子がこんな場所まで出迎えるってありなの？　外国の賓(ひん)客(きゃく)じゃないのに？

「やあ、ベリサリオ辺境伯。よく来てくれたね。ナディア夫人、陛下が会えるのを楽しみになさっていたよ」

「お久しぶりでございます。殿下」

「光栄ですわ」

ああ、この大勢の人の前で仲がいいところをアピールするのね。わかった、まかせて。

「クリス、見違えたよ」

「貴族らしく見えるだろう？」

「アランはもう、剣精が全身を守ってくれるくらいに成長したのか。素晴らしいな」

「ありがとうございます」

「やあディアドラ。誕生日おめでとう。六歳になったんだね」

「ごきげんよう、アンドリューお兄様。はい、お茶会に出席出来るようになりました」

あれ？　周囲がざわめいている。

声の聞こえる範囲の人達がざわざわして、それが伝染していくみたいだ。

「皇宮に来るのは初めてだろう？　こんなに精霊がいるのは意外だったんじゃないか？」

「はい。皆さんがこんなに精霊を大切にしていらっしゃるなんて。素敵ですわ」

お願い、もうそろそろ移動して。

こんな大勢の人達の前で話しかけないで。

緊張で吐きそう。

「殿下、今日は素晴らしい報告を持ってきましたよ」

「ほう？」

「早くお伝えしたいですわ」

「では行こうか。陛下をお待たせするわけにはいかない」

よかった。やっと移動出来る。

皇宮の人達って暇なの？　仕事はどうしたの？　働けよ。

「ディアドラ、さあ行こう」

……なんだろう、この状況。皇太子が手を差し出してるよ。

いやだなあ。緊張で手が汗ばんでいないかな。スカートでごしごし擦ってから手を繋ぎたいな。

しないけどね。さすがにそれはまずいとわかっているよ。

「……ありがとうございます？」

「もう少しにこやかな顔の方がいいな」

「はあ」

「心配しなくてもちょっと話しておきたかっただけだよ」

ふたり並んで進行方向を向いて、笑顔を顔に張り付けたままで話す。

すれ違う人達は、私達が通りすぎるまでは笑顔で、その後は何やらひそひそと話している。

「国としては、きみに関しては守護はしつつ放置がいいと結論を出した」

あら、素敵。

「僕個人としては、自分の妹のように思っている友人として接するつもりだ」

「ありがとうございます」

「クリスからいろいろと聞いているが、皇宮では今のまま猫を被っていた方がいい」

この後のお茶会でも本性は出すなよってこと？　あたりまえでしょう。お父様が倒れてしまうわ。

「将軍も陛下も、僕ときみを結婚させたいと思っている」

「無理だとお話してください」

「だから我々ふたりとも、その気はないと示したい。協力してくれ」

「わかりました。どんと任せてください。これを嫁にしたらやばいなと思ってもらえればいいんですね」

「いや……ほどほどにたのむ」

「アンディ、勇気あるな」

「無謀だ」

お兄様達までなんですの。

女はみんな女優なんですのよ。


案内されたのは季節の花々に囲まれたサンルームだった。

不純物がない薄く透明なガラスを作れる職人は限られているし、皇宮のガラスは全て職人と魔導士が協力して、防御魔法を付与してあるらしい。天井までガラスなのに、室内の温度調節まで完璧とかさすが皇宮。

うちの城では、何回か私とアランお兄様がガラスを割ってしまったので、サンルームは撤去されました。

わざとじゃないのよ。転んだだけなのよ。あと鉢植えをひっくり返しちゃっただけなのよ。

これ一枚いくらなんだろう。ほんと反省してます。

「よく来てくれたね」

笑顔で迎えてくれた陛下は、ホリゾンブルーの薄手のドレスの上に、濃いブルーのレースのショールを羽織っていた。肩の上では、精霊が大きく成長して元気そうに飛び回っていて、時折、隣に立つ将軍の精霊獣にたわむれるように寄っていく。

将軍は略式の軍服姿で、公爵になったジーン様やふたりの皇子は、襟元にリボンタイを結び正装の上着を着ている。

将軍とジーン様は今日も精霊獣を顕現させていた。やっぱり皇宮では顕現させるのが普通らしい。

「ディアドラ、ずいぶん背が伸びたな。あいかわらず可愛らしい」

「皇帝陛下、将軍閣下。お招きいただきありがとうございます」

「どうだ。私の精霊もだいぶ育っただろう」

カーテシーをして顔をあげると、陛下が心配そうな顔でこちらを見ていた。

「はい。とっても大きくなったのですね」

「ああ。あれから一回も魔力を与えるのを忘れていないぞ」

私の笑顔に安心したのか、陛下の表情も明るくなった。

「まだ精霊獣にはなっていないのでしょうか」

「それが……なかなかならなくてな」

「もう顕現出来る大きさだと思います。きっとすぐです！」

「そうか」

二年前とは違って、陛下もちゃんと睡眠も食事もとれているみたい。

無理は駄目絶対。今まで平気だったからって次も平気とは限らないのよ。

「本日は新しい菓子をお持ちしました。フェアリー商会の店舗でも扱う商品です」

説明しているのはお母様だ。

デザート関係、服飾関係の相談をしたら、お母様と付き合いの長い商会を教えてくれて、そのやり取りに立ち会ううちに、すっかりお母様もやる気になっちゃって。今では服飾部門の責任者よ。

デザートだって、こうしてまずお茶会で貴族に広めて、話題にして、流行に乗せながら店舗展開する作戦をお母様が考えてくれたの。その店舗の代表者もお母様なの。

私はアイデアを出すだけの人だから、目立たないように名前を出さないで済むのなら、まかせてしまえたほうがいい。ただでさえ精霊関連で名前が売れてしまっているから、これ以上、他のことでまで有名になるのはやばいでしょ。

でもしっかり私個人の口座を作ってもらって、売り上げのお金は貰っているよ。

本日持ってきたのは、ジェラートです。

レモンとベリーとバニラの三種類で、冷えた容器に入れて運び込まれ、目の前でガラスの器にバラの花びらのように盛り付けていく。

ずっと冷えたままにしておける容器も、それがはめ込まれた浮かせて動く屋台も、ジェラートを掬(すく)うへらも、全てフェアリー商会製。

もちろんこの場に運ぶ前に検閲は受けているよ。それでも溶けず、ガラスの器も冷え冷えなのよ。

この夏には、我が領地の街角でジェラートを売る屋台を見かけられるはず。もっといろんな種類をトッピング付きで、座って食べられる直営店もオープンするよ。

「冷たい」

「これはおいしい」

どうやら皆さん、気に入ってくれたみたい。

ジェラートが出来上がるまで、厨房であらゆる素材を凍らせて怒られた私のおかげよ。派手に凍らせるのって簡単だけど、ほどよい加減がむずかしくてね。

出された紅茶はベリサリオ領の一級品ブランドの物だった。陛下も我が領地の物を愛用しているよと示してくださったのかな？　焼き菓子はしっとりとしていて口の中にアーモンドの香りが広がった。さすが皇宮のパティシエ。腕がいいわ。

ぽかぽかと暖かい日差しの差し込む部屋で、精霊獣達がそれぞれの主の足元でリラックスして寝そべるのをほんわかした気分で眺めながら、美味しいお菓子と紅茶をいただく。

優雅だわ。

もうあの大勢の注目する中に行きたくないわ。

でも帰りも通らなくちゃいけないんでしょう。

「ベリサリオ辺境伯、先ほど言っていたいい知らせとは？」

「そうでした。なによりも一番にお知らせしなくてはいけませんでした」

アンドリュー皇太子に聞かれて、お父様は急いでナプキンで口元をぬぐい、それはもう楽しそうな笑顔を皇帝一家に向けた。

「なんなのだ？　辺境伯」

「先日、ディアドラの六歳の誕生日会において精霊王にお会いしまして、琥珀様より伝言を預かっております」

わざわざ一拍、次の言葉の間に溜めを作るところが、お父様も性格が悪い。このいい知らせで、皇帝一家を喜ばせるのが嬉しくてしょうがないらしい。

陛下達は、すでにいい知らせと聞いているので、期待に満ちた顔でお父様に注目している。

クリスお兄様の風の精霊猫が、早くしろよと言いたげにみゃあと鳴いて場を和ませた。

「この秋に、皇帝陛下、将軍閣下、皇子様方と我がベリサリオ家全員で、アーロンの滝を訪れるようにとのことです」

「秋？　三年経っていないが？」

将軍がテーブルに手をついて身を乗り出した。

「はい。精霊の数に偏りがあると魔力の関係で、天候に悪影響が出る恐れがあるそうです。また、学園の森に毎日誰かしらが通い、魔力を放出し森を育てていたことを高く評価してくださっているようでした」

「では、秋になれば皇都周辺の森にも精霊が戻るのか？」

「アーロンの滝にて琥珀様の許しを得れば、その場で精霊を戻してくださるそうです」

「おお」

両手で口元を覆い感激に震える陛下の肩を、将軍がそっと抱いて引き寄せる。

今まで、陛下に女性として妻として接する将軍を見たことがなかったので、とても新鮮な光景だ。

「よかった。これで皇子達も精霊が持てる」

「ああ。あなたが頑張ったからだ」

「そんなことないわ。私は……」

陛下が女性らしい言葉を使っている⁉ と驚いている私に気付いて、ふたりの世界を作っていた陛下はかっと顔を赤くして、将軍の胸を押し退けて身を離し居住まいを正した。

「そ、そうか。では予定の調整をしなくてはいかんな。そなたらはコルケットやノーランドにも向かわなければいけないのだろう」

「はい。ですがこちらはいかようにも致しますので、陛下のよろしいように」

「すぐに予定の調整に入ろう。周囲の領地にも知らせなくてはな」

背筋を伸ばしいつものように幾分低い声で話す陛下を見ても、将軍との夫婦モードを見てしまった後だと可愛く見えてしまう。

「よかった。これで私も精霊を増やせるよ。ディアドラ、手紙の返事が欲しかったんだけど？」

「スタンフィールド公爵、いつのお手紙ですか？」

「ジーンでいいって手紙に書いたでしょう？」

にこにこと親し気に話しかけてくるジーン様は、もう十八になられて、背も伸びてすっかり大人っぽくなっている。

「ディアドラに送ってくださったお手紙の件なのですが」

「ああ、きみが読んでいるのは知っているし、かまわないよ」

クリスお兄様とジーン様の会話を、大人達とふたりの皇子が会話をやめて聞いている。ジーン様が私にたびたび手紙を送ってきたのを、陛下は知らなかったんだね。ぎょっとした顔をしているもん。

「返事を出来なかった理由を説明するために、ここに手紙を持参しております。これは、四歳の頃にいただいたお手紙なのですが、大人でないと返事が難しいかと」

「叔父上、見てもいいか？　子供に答えられない内容とはなんだ？」

「もちろんかまわないぞ」

手紙を受け取り読み進めるうちに、アンドリュー皇太子の眉間に皺(しわ)が寄っていく。横から覗き込んだエルドレッド皇子も呆れた顔で手紙とジーン様を見比べた。

「見せてもらっていいか」

「はい、父上。しかしこれはなんとも……」

「ジーン、なにを書いたのだ？」

手紙がどんどん手渡されていく。

「精霊獣の顕現について。使用する魔法の偏りにより変化があるのか。人型の精霊獣を顕現させた者は存在するのか。存在する場合、どの属性の精霊獣が多いのか。ぜひ統計を取り傾向を協議したく……四歳の子供にこの手紙の返事を書けと？」

中身おばさんだから、書かれていることはわかるんだけどさ、普通の四歳児には返事の書きようがないでしょう。それに人型の精霊獣を欲しがりすぎでしょ。

なに？　女の子の精霊獣ときゃっきゃうふふしたい人なの？

「なにかおかしい？」

「おかしいわ！　だいたい子供にこんな文章を書いても意味がわからないだろう！」

「ああ、それで返事がなかったのか」

思わず陛下が真顔で突っ込みを入れている。なのにジーン様はどこ吹く風だ。陛下ってば、頭痛くなったのか額を押さえてうめいちゃってるよ。

「いや、文章が難しいし、そんな統計はとっていないと私から返事を書きましたよね」

お父様が気の毒そうに陛下を見ながら言った。

「統計とろうよ！　女性の精霊獣とお友達になりたいでしょう」

この人、駄目な人だ。人の話を聞いていないし、女性陣の前で真剣な顔で力説してしまっている。

「魔道士長がいろんな調査をしていると聞きました」

「うん。それで聞いてみたんだけど、不純だって相手にしてもらえなかった」

「……不純」

「叔父上」

「それは大っぴらに言ってはいけないやつです。女性に聞いてもダメです」

「そうなの?!」

おい、エルドレッド皇子がなんか言っているぞ。大っぴらじゃなければいいのか。というか、おまえそういうやつだったのか。まだ七歳だよな。それに驚く叔父もどうなんだ。

「あの、女性の精霊獣というのは妖精型のことではないのですか？」

「そうそう。妖精型でもいいんですよ。等身大だと嬉しいですけれど、別に手乗りでもかまいません」

「それでしたら私の精霊獣が……」

「妖精型なんですか?!」

あ、お母様の元までダッシュしたよ、この公爵。

「見せていただけませんか！」

「その前に私の妻の手を放していただけませんかね」

「ジーーン!!」

勢いのままお母様の手を両手で握り締めて懇願するジーン様に、お母様は驚いて逃げ腰になっているし、お父様は冷ややかな声と眼差しで立ち上がった。陛下と将軍までが、慌てて腰を浮かして止めようとしている。

「見せるのはかまいませんから離れてください」

「はい」

「精霊獣にも触(さわ)らないでくださいね」

「……はい」

残念そうな顔をすんな。

お母様が顕現出来る精霊獣は、風の精霊と土の精霊だ。風の精霊は緑の髪と羽根を持つ可愛い妖精で、土の精霊はドライアドといえばわかりやすいかな。緑の葉や枝が髪から飛び出し、下半身が人間の足になったり木になったり変化する。こちらも綺麗な女性の姿だけど、どちらの精霊獣も最大の状態でも掌に乗るサイズにしかならない。

「これは……素晴らしい。夢のようだ」

誰か止めて。この人、涙ぐんでいるから。

ジーン様の精霊獣がドン引きしているから。

「あー、ディアドラ。次に精霊王様にお会いする機会があった時には、人間と同じ大きさの人型の精霊獣は、出来ればやめていただきたいとお願いしてもらえないだろうか」

「え?!」

陛下の言葉に、ジーン様は飛び上がりそうな勢いで立ち上がり、

「そうですわね。間違いが起きてからでは困ります」

「そ……そんな」

お母様が真顔で頷くのを見て、その場にへたり込んだ。

お茶会のことは精霊王達に知らせてあるから、たぶん見ているんじゃないかな。

たしかに人間と見分けのつかない精霊獣は、いろんな問題が出てきそう。

『心得た』

どこからか琥珀の声が聞こえた。たぶん呆れてる。

「私の方から、精霊王に伝えておきます」

さすがにもう伝わったとは言いにくい。

がっくりと膝をついているジーン様から、そっと目を逸らしたら、こちらをじっと見ていたアンドリュー皇太子と視線が合った。

「ディアドラは、いつでも精霊王に会いに行けるのかい？」

「いいえ。うちの城には連絡役の精霊がいるのです。精霊獣にその精霊に伝言をお願いしてもらって、精霊王のご都合を伺います。私だけでなく、お兄様達もお会いしたことがありますよ」

「連絡役の精霊？　他国でもそういう事例があるんですか？」

「いや、調べてみたが前例はない。祝福を得る者はそれなりの数いるようだが、後ろ盾になると明言された者は、二百年前に一度だけしかいなかった。その者はルフタネンの王だったようだ。それ以前の記録は見つからないので不明だ」

それは、私が転生者だからだ。ルフタネンの王も同じ。

今は他に転生者がいないらしいから、私だけが特別扱いになってしまう。

「ディアドラ、きみが仲良くしている御令嬢はいるかな？」

「え？」

「皇太子妃がきみと仲が悪くてはまずいからね。ぜひ、妃候補を選ぶ時にはきみの意見も聞きたい。なんなら何人か選んで知らせてほしい」

「アンドリュー、なにを言い出すんだ」

「陛下、彼女に皇宮で生活は無理ですよ。それに彼女が私の妃候補だという噂が流れるより、私が彼女を妹のように大切にしているから、彼女と仲のいい女性を妃にしたいと思っているという噂が流れた方が、彼女は平和な学園生活を送れます」

そうか。いじめられちゃう可能性あるのか。

こんな娘がアンドリュー様の妃になるなんてありえませんわ!! って。

大丈夫。私もありえないと思っているよと言っても、信じてもらえないんだろうな。

でも、私のためにそこまでしてもらうのも申し訳ない。

お妃教育って、令嬢としての教育をきちんと受けていれば、五年くらいやればいいって聞いたのよ。皇太子の方は結婚するのが二十二くらいでもかまわないんだし、ちょっと年下から探せば恋愛結婚だって出来ないことはないはずなの。その辺、うちの国は緩いのよ。陛下だって恋愛結婚だし。

「たしかに、その噂はありがたいですね」

「嫌がらせがあった場合、相手の令嬢が心配だからね」

ちょっとそこのお兄様ふたり、あとでゆっくり話し合う必要があると思いますわ。

「でも殿下にも好みがあるでしょうし」

「好み?」

「髪や目の色とかほっそりしている方がいいとか、む……」

「む?」

やばい。私は今何を言おうとした?!

調子に乗って皇太子相手に言ってはいけないことを!!

「むずかしいです」

好みの胸の大きさはどんなですかって聞くのは、令嬢としてはアウトだーー！

ハワイアンズ

今日はまちにまったお出かけの日です。

ようやく城から外に出られるぜ！

軟禁されていたわけではないので、精霊についての説明をしに他領や領地内を回った時に城の外には出ていたんだけど、自分の住んでいる街を素通りしちゃってたのよ。生まれてから六年間も。

「ブラッドとジェマのそばを絶対に離れちゃ駄目だよ。馬車から降りたら、精霊獣は小型化してずっと出しておくこと。いいね」

「はい」

「買い物の支払いもふたりに任せること。知らない人について行っちゃ駄目だよ」

文句を言うとお父様の気が変わって出かけるの禁止になりそうだったので、ここはおとなしく頷いておいた。ご令嬢は支払いを自分ではしないらしい。あと買い食いも禁止された。つまらん。

今日、私の乗る馬車は小さめで装飾が少ないので、余計にでかでかとつけられたベリサリオの紋章が目立っている。

「辺境伯一家は領民に人気がありますし、家族全員が全属性の精霊獣を持っていることも有名ですから、隠すよりこのほうが安全なんです」

うちの家族、近付きたくない極道一家みたいになってないでしょうね。

何度か、精霊車で街道をかっ飛ばしたのがいけなかったかな。

「護衛はおふたりだけなんですか？」

高位貴族と城の招待客、そして緊急の馬車は一般とは違う門を使う。

私に気付いた門番は、ものすごく心配しているみたいだった。

同行しているのはふたりだけでも、目立たないように隠れて警護している人が何人もいるらしいよ。それに新しい護衛兼メイドのジェマは、元は軍の魔道士で三属性の精霊を持っていて、そのうち火と土は精霊獣になっている。ブラッドは頼りになる元冒険者の執事だし、そこに私の精霊獣まで加わるから、防御に関してはかなりのものよ。

「くれぐれもお気をつけて。転ばないようになさってください」

「……もう私は立派なレディですから、転びませんよ？」

「おお、それは失礼しました。いってらっしゃいませ」

「いってきまーす！」

ひらひらと手を振ってから、くるっと馬車の中を振り返る。

ジェマは私の隣に、ブラッドは前に腰掛けて微笑ましそうに今のやり取りを見ていた。

「なぜ、みんな私に転ばないようにって注意するのかしら？　私、そんなに転んでる？」

「さあ。私は転ばれたところを見た記憶はありません」

「あーー、執事になりたての頃、お嬢様が芝生を転がっていくのは何度か見ました」

それはまだ四歳児だった頃の話でしょ。

いまだにお兄様方も両親まで、転ばないようにって毎日のように注意するのよ。

どれだけ転ぶと思われてるのさ。

「お嬢様は末っ子ですから、いつまでも小さいままのイメージなんでしょう」

それなりに身長も伸びて成長しているんだけどな。

よく転ぶ子供だったよって、一生言われ続ける気がする……。

馬車は門を出て坂道を下っていく。

最初のうちは道が空いていて、たまにすれ違う馬車は豪華な物ばかりだった。

微かに潮風の混じる風を心地よく受けて外を眺めていると、すぐに一般の馬車の通る正門に続く道と合流した。

ここは朝夕は渋滞するくらいに通行量が多いそうで、今も荷物を積んだ馬車がひっきりなしに行き来している。人々の声や馬のいななき、車輪のたてる音で突然周囲が賑やかになった。

「賑やかだと街が栄えてるって感じがするわ」

「栄えてますよ。最近は景気が安定してますから」

坂を下りるにつれてどんどん近くなる街並みは、ここ何年かごみを捨てないようにと憲兵が厳しく指導したので、すっかり綺麗になっている。観光地が汚れていたら、もう一度訪れたいとは思えないでしょ。

街が綺麗になったら、不思議と住んでいる人達が少しだけ身だしなみに気を遣うようになった。そこにこの二年の好景気だ。綺麗な服を着る人が増え、女性はブレスレットや髪飾りをつける人が増えた。

女の子って、お気に入りのアクセサリーを身に着けると、少し気分がよくなるよね。前髪が上手くセット出来ただけでも、ちょっとやる気が出てくるもん。

だから安くてかわいいアクセサリーのお店が増えるといいな。私も買いたいな。

ちょっと前にお父様に髪留めが欲しいって言ったら、宝石屋を呼ばれた時はどうしようかと思ったわ。

呼びつけたんだから、買わなきゃいけないんじゃないの？　でも私まだ六歳だけど大丈夫？　ってすっごい緊張して、指紋つけたら申し訳なくて、アクセサリーに触れなかったよ。

小市民には無理だから。

私、前世は百円ショップでピアス買ったことあるからね。

「あ、黒髪の人」

馬車の横を通った人を見て、驚いて思わずつぶやいた。

「ご覧になったことがありませんでしたか？　ルフタネンからの移民や商人がいますから、それほど珍しくありませんよ」

「えええ?!　生まれて初めて遭遇したわよ。城にはいないわよね」

「そうでしたか？」

頬に手を当てて首を傾げたジェマは優雅で優しそうで、とても魔法で男達を吹っ飛ばすようには見えない。軍では名の通った魔道士で、私のメイドになると聞いて驚かれたらしい。子爵令嬢だと知ってもっと驚かれて、何人かの同僚には身分が違うなんてと泣かれたんだって。美人だからね。

「混血の方は軍にも何人かいましたけど、黒髪の方はそういえばいませんでしたわね」

「ルフタネンは魔力が多いやつが多いから、なかなか黒髪にならないんだろう」

「え？　魔力が弱い方の髪の色になってしまうの？」

前世だと、濃い色の方が優性遺伝だったよね。

ここでは魔力が低い親の方の色になるってこと？

おおう、世界が違うとそんなところも違うんだ。

「それ以外の要素もあります。中央の民族は、どんな髪の色の相手と結婚しても赤い髪の子供が生まれるそうです」

「陛下がそうね」

「はい。あの民族は赤から橙の髪の色が多いですね」

我が国は多民族国家なのよ。中央の、つまり皇族の民族を中心に、いくつもの民族の人が暮らしている。彼らからしたら白金や銀色の髪が多いベリサリオ領民は他民族。骨太で背の高い人達が多いノーランド領民も他民族。もちろんコルケットもね。

だから余計に辺境伯の動向には気を配っている。独立しかねないから。

「以前は魔力欲しさに、ルフタネンの女性を第二夫人にする貴族がいたそうですよ」

「なんで第二夫人なの？」

「うちの方が国が大きいですから、下に見ていたんでしょうね。それに子供の魔力を増やすために嫁をもらうほど、あの家は魔力がないのかって噂になりますから」

貴族って、そういうのめんどくさいよね。でも変な噂がたてば、一気に権力図が変わってしまったりするらしい。

こわいわー。口は災いの元過ぎて会話出来なくなりそうだわ。

「でもルフタネンは精霊の国といわれるほどに、皆が精霊を持っているそうですから、まともに精霊を育ててもいない我が国に呆れていたそうですよ。だからここ十年ほどは、あの国と縁組したという話は聞かなかったそうです」

ジェマって物知りだわ。さすがクリスお兄様とお父様が選んだだけのことはある。

ウィキくんで調べろよって感じだけど、このところ自分と商会のことで手一杯なのよ。隣国のことまで気にする余裕がなかったわ。

でも黒髪だよ。懐かしい。

ちょっと泣きそうになるくらいに懐かしい。

ただ残念なことに東洋人ではなかった。もっと顔が濃かった。

「ルフタネンの人達は見てすぐに国がわかるので、無茶なことをする人はいません。血の気の多い海の男も多いみたいですけど、我が国との貿易は大事ですからね。それよりシュタルクやペンデルスからの移民にご注意ください」

「ペンデルスって精霊のいない国よね」

「はい。人間は神に選ばれた種族で、この世界の支配者だという宗教を信仰しているそうです。シュタルクにも信者がいるので注意してください」

「わかったわ」

ペンデルスって、その国の精霊王達を本気で怒らせて見捨てられた国よね。なのにまだそんなことをやっているんだ。いや、そうでもしないと国をまとめられないのか。

海峡の向こうの国だからあまり心配する必要はないだろうけど、注意するに越したことはないわね。

「ここで降りましょう。公園になっていて港も見えますし、屋台も出ていますよ。参考にするために見学なさるんですよね」

「はい」

「ただ自分で屋台の物を買うのはおやめください。ブラッドが買いますから」

言いながらブラッドとジェマが先に馬車を出る。扉を背中で押さえたブラッドの横を通り、ジェマが差し出してくれた手を取って外に出て顔をあげたら、道の向こう側に人が集まっていた。

「やっぱり辺境伯のお嬢様だ」

「おお、見ろよ。本当に精霊獣が全属性分いるぞ」

「うわ、かわいい！」

「ありがたいねえ。おかげで領地が豊かになったねえ」

何が起こっているんですか。

もしかして私をわざわざ見に来たの？

「ディアドラ様、手を繋いでください。屋台を見ながら公園まで歩きます」

「はい」

「ディアドラ様だ」

「あの子がディアドラ様？」

みんな好意的に思ってくれているみたいだし、名前を連呼されたから、つい笑顔で手を振ってみちゃったら大歓声が上がってしまった。

「なにこれ。何が起こっているの？」

「ディアドラ様のおかげで精霊が増えて、漁業も農業も収穫が安定して街が潤って、領民の生活も豊かになったんです。救世主みたいに思っている人もいるんですよ」

「うへえ」

「ご兄弟で領地をくまなく回って、精霊について説明をしたのも知っていますからね。なのにお嬢様は、今までいっさい姿を現さなかったんですから、お姿を一目でも見ようとそれはもう大騒ぎにもなりますよ」

私、レアモンだったよ。

屋台を見ながら歩く私の後ろに行列が出来ているよ。

ただ精霊獣が私達三人を囲うように歩いているし、平民の彼らは貴族である私に下手に近付こうとはしない。遠くから見ているだけだ。

途中一度だけ、若い男が三人こちらに駆け寄ろうとして、どこからか出てきた護衛に取り押さえられていた。

「ねえ、精霊獣が伏せをしていない？」

平民は魔力量が少ないから精霊獣を持っている人は滅多にいないけど、街には貴族も遊びに来ているし騎士達もいる。それで何回か精霊獣を見かけたんだけど、どの精霊獣も伏せをしていて、主が移動してもその場を動かない。

『彼らは自らの主を守るため、精霊王の祝福を受けた者と敵対しかねないことはしない。彼らの主が我らに下手に近付いて怒らせては困るからな。きっと命じられてもあの場を動かない』

『それでも近付くなら、精霊王の元に帰ると話しているはずだ』

イフリーとジンが説明してくれた。

なにその実家に帰ります攻撃。

あ……待って。それって皇宮にいた精霊獣達もそうだった⁈

緊張してあまり良く見ていなかったけど、特に混乱もなく済んだのはそのせい？

『そうだ』

それ、今頃皇宮中の噂になってないですかね。

陛下の耳にも入ってますよね。

『茶会の場にいた精霊獣も動かなかっただろう』

『気付いてなかった？』

はい。気付いてませんでした。

ただ足元でリラックスしているだけだと思っていました。

『兄達の精霊獣は別だぞ』

『あの猫達、イフリーの背中を取ってずるい。そこは僕の寝場所』

黒猫姿のジンがパタパタと羽根を動かして、ふよふよ飛びながら文句を言うのが可愛い。もちろん麒麟（きりん）のガイアも竜のリヴァもかわいいよ。ちょっと無口だけど。

性格がはっきりしてきてどんどん愛着がわいて、もう彼らがいない生活は考えられないわ。

「公園に入りましょうか」

海沿いの公園は、港で作業する人の様子や遠く灯台も見えるデートスポットだ。

通りよりもおしゃれな屋台が多く、うちのジェラートの屋台も噴水前に店を出している。

公園を突っ切り、海の見える欄干（らんかん）にもたれ、水平線を眺めた。

海の向こうに行ってみたいなあ。

前世ではあまり旅行に行かなかったから、今回は外国にも行ってみたい。

でもたぶん、むずかしいんだろうな。

「え……嘘でしょ?!」

ちょっと横に視線を移動すれば、船に積み荷を運ぶ様子が見える。

船体の一部に鱗の付いた部分や光っている部分があるのは、魔獣の素材かもしれない。

でもそれより目を引いたのは、船員の服装だ。

「あれって……アロハよね」

ぼんやりと船に荷物を積む作業をしている船員を眺めていたら、アロハシャツを着ている男を見つけてしまった。しかもひとりじゃない。黒髪の男達が何人もアロハを着ている。

「な、ないわー」

前世のような染色技術はないから鮮やかな色合いの柄じゃなくて、ちょっと褪せた色がヴィンテージ物っぽい雰囲気を出している。それでもアロハだ。

「やりやがったな、転生者」

犯人はわかっている。二百年前にルフタネンに現れた転生者だ。

確かに彼らにアロハは似合っている。顔つきもカメハメハ系だ。でもここはファンタジーの世界。

せめてもう少し何かなかったのかと言いたい！

転生者もハワイアンだったのかな。

それか、彼らを見てハワイアンぽいと思ったのかな。

「動きやすそうだし、トロピカルだし、いいんだけどね」

どこか通じ合うものを感じる。その転生者、元は日本人じゃないの？

ビスチェを作った私とアロハを作ったハワイアン。

なんだろう。すっごく負けた気がする。

私が船を見ているのを、ブラッドとジェマは興味があるんだと思ったみたい。確かに私なら、この船一隻くらいなら浮かしてホバークラフトもどきに出来るとは思う。やる意味があるかどうかは別にして。

用があれば呼んでくれと、ジェマは少し離れた位置で周囲を警戒し、ブラッドは私が欲しがった物を買いに屋台に向かった。

公園の中にあまり人がいないのは、入場規制をかけてくれているのかもしれない。長居すると迷惑になるかな。

『あの人間、全属性を持っているな』

『違う国の精霊だ』

しばらくぼんやりと海を見ていたら、精霊獣達が話し始めた。

「どの人？」

『あっち。ひとりで海を見ている』

ジンが前足を伸ばした先に、私と同じように欄干にもたれている黒髪の子供がいた。

さすが精霊の国ルフタネンの子供だ。たしかに頭上に全属性の精霊がいる。あの大きさなら精霊獣にもなれるのかもしれない。

『泣いてる』

普段無口なガイアがぽつりと言った。

「マジで？」

なんでひとりなんだろう。黒髪の子供にとってここは外国のはず。

膝まで隠れそうな長さの縞のシャツと黒いパンツ姿で、欄干に組んだ手を乗せて、顔を隠すのに身長が足りなくて背伸びになっている。泣いているのを知られたくないのかもしれないけど心配だ。

ジェマに言おうかな。でも突然、大人に声をかけられたら怖いかな。

精霊獣は大丈夫でしょう。彼らも心配しているみたいだし、あの子も持っているだろうし。

「どうしたの？　具合悪いの？」

すたた……と駆け寄って、ちょっと離れた位置からそっと声をかけてみた。

「え？」

振り返った顔の可愛いこと。

駄目だよ、こんな場所にひとりでいちゃ。悪い大人に攫（さら）われるよ。

私を見て大きく見開かれた瞳は濃い茶色だった。光の加減で黒にも見える。

たぶんこの子は混血なんだろうな。ハワイアンにしては彫が浅くて東洋人にしては顔が立体的。

瞳の色からしていくつもの国の血が混じっていそう。

くっきりとした二重（ふたえ）で睫（まつげ）が長い。日に焼けているから、活発な子なのかもしれない。

「どこか痛いの？」

肩まで伸びた少し癖のある髪が、幾筋か濡れた頬に張り付いている。

涙を隠して、口をへの字にして首を横に振って、乱暴に目を擦ろうとするからハンカチを差し出した。

「目が傷ついちゃうよ。これでふいて」

女の子がひとりで泣いているのをほうっておけないよ。

「ありがとう」

『おまえは何者だ』

その子がハンカチを受け取るのとほぼ同時に、その子の精霊が、ふたりの間に割り込み、ぐるぐると円を描いて回りながら尋ねてきた。

これは何かのフォーメーションなのかな？　たぶん威嚇されているんだよね。

でも光の球がくるくる回っているだけだから、綺麗だなとしか思えない。音楽が流れたら踊っているように見えたかもしれない。

『この地は我が精霊王の地。その祝福を受けた子供にその態度は許さぬ』

『我が主も祝福を受けている、気安く近づくな』

え？　待って。

なんで精霊同士で喧嘩しているの?!

「具合が悪いのかなって気になっただけなの。邪魔をしたならごめんなさい。あなた達がこんなところで喧嘩なんて始めたら、精霊王達の迷惑になるから落ち着いて」

『しかしこいつらが』

「イフリーいいのよ、ありがとう。みんなも怒らないで」

イフリーの首筋を撫でると少しは落ち着いたのか、わざと見せつけるように甘えた様子ですり寄ってきた。

『あんなことを言いながら、あいつら今は顕現出来ないのだ。他国でその国の精霊王を怒らせるわけにはいかないからな』

「イフリー、煽らないの」

「みんなもだよ。おとなしくして」

その子が注意すると、精霊達はおとなしくフォーメーションを解いたけど、どうもまだ警戒されているみたい。

『何か渡された、危険じゃないか』

『待て。向こうも子供だ』

『そうだ、やつらも精霊王の恥になる行いは出来ないはず』

『あの水の精霊、俺達に似ている』

彼女の精霊はおしゃべりみたいだ。楽しそうに会話しているなと見物していたら、今度は全員揃ってリヴァに張り付きそうなほど近づいた。

『似てる』

『竜だ』

『仲間だ』

精霊の姿が似るのは仕方ないと思うのよ。

オリジナリティーを出せって言われても、動物系か妖精系になる人がほとんどだ。今はクリスお兄様の影響で猫型の精霊獣が増えているらしいよ。

「こら、迷惑になるから離れて」

ハンカチで簡単に涙をぬぐってもまだ目元は赤いままだけど、どうやら本当に具合が悪いわけではないみたい。

「ごめんね。僕の精霊獣が迷惑かけて」

……へ？　今、なんて？

「僕？」

「うん？」

「げーーーーー！　男の子?!」

思わず指をさして叫んだものだから、また精霊達が興奮してフォーメーション開始して、ジェマがすっ飛んできて、うちの精霊獣は呆れたのか他人の振りしてた。

「お嬢様？　どうなさいました?!」

「ジェマ！　この子男の子だって！」

「……ええ、そうでしょうね」

「え？」

「男の子だと思っていましたけど、私は」

こいつ何を言っているんだろうという顔で見られた。

あれ？　私の感覚がおかしいの？

「……男です」

そしてその子……いや、彼は耳まで真っ赤にしながら頬を少し膨らませて呟いた。

拗ねた顔も可愛いね。

なのに本当に男の子なの？　ついてるの？　うそでしょう?!

美形の多い世界はこわい。性別関係なくかわいい子がうろうろしているのか。で、そいつらが大きくなるとイケメンになって女の子を泣かすのか。

「やー、可愛いからてっきり女の子かと思っちゃった」

『こいつおかしい』

『なぜ精霊王はこいつに祝福なんてした？』

「誰がこいつよ」

こいつ呼ばわりは失礼だろうと、今更だけど文句を言いつつ睨み付けたら、精霊達は慌てて彼の背後に隠れてしまった。

フォーメーションはどうした。

そこで主を盾にするとは何事だ。

「本当にごめんなさい」

「ああ、気にしないで。本当に平気だから頭を下げないで。私の方が失礼だったから」

「まったくです。うちのお嬢様が失礼いたしました」

私のせいでふたりが頭を下げ合っているわ。恥ずかしくて、ちょっとこの場を逃げ出したい。

「えーっと、そうそう。どうしてひとりでな……こんなところにいたの？　迷子？」

「違う。迎えを待っているだけ」

「迎え？　あ、ジェマ、もしかして入場規制してる？」

「ええ。でも用事や待ち合わせの人は入ってこられるはずですよ」

私とジェマと話しながら入口の方を振り返る。

こっちまで来る人はいないけど、噴水や屋台の近くにはちらほらと人がいた。

「早く迎えが来るといいね」

「べつに……精霊もいるから平気」

「そっかー。あなたはルフタネンの人？　いいなー、黒髪」

「黒髪がいい？」

「うん」

日本人だった頃は染めていたくせに、こうして転生したら懐かしくなっている。

でもべつに自分が黒髪になりたいわけじゃなくて、街を往く黒髪の人を見かけて、ちょっとほっとするような、何だろうこの気持ち。

まだ昔を引きずっているのかな。

「銀色の髪の方が綺麗だ」

「ん？」

「……なんでもない」

あ、私寂しそうな顔になっちゃってたかな。慰めてくれてたのかな。

「ありがとう」

「聞こえてたんだ……」

「ふふふ……」

「あ、あの人じゃないですか？」

ジェマに言われて振り返って、ブラッドと並んで歩いてくるハワイアンを見つけた。

もうね、アロハ着ていなくてもカメハメハ系に見えちゃうよ。

黒髪黒目の四十くらいの長身の美丈夫で、ちょっと毛深い。髭が濃い。胸毛生えてそう。

「ああよかった。カミル、待たせたね」

「大丈夫」

急ぎ足で近づいてきた彼は、カミルの無事を確認してほっとしたみたいだった。

「ここに子供をひとりにするのは危険だわ。港側からもここは見えるんですよ」

こちらから向こうが見えるということは、向こうからもこちらが見えているんだから、荷を積んでいる人からも、船の周りをうろうろしている人達からも、私達、まる見えなのよ。そこに可愛い子がぽつんといてロリ好物のおじさんに連れて行かれたらどうするの？

私みたいに女の子に間違える人もきっといるはず。

可愛いから男の子でもオッケーの人だっているはずよ。

「おお、失礼しました。以後気をつけます」

「お嬢様、こちら、商会と取引のあるコーレイン商会のコニングさんです」

ブラッドが紹介してくれた。

なんと、フェアリー商会の取引相手だったとは。世界は狭いな。

「ご紹介にあずかりましたコーレイン商会のエルンスト・コニングです」

「ディアドラ・エイベル・フォン・ベリサリオです」

「ベリサリオ？　辺境伯の?!」

カミルは驚いた顔で一歩後退った。

そうなるかー。なるよね。この地域一番の偉い人の子供だもんね。

「こちら辺境伯のお嬢様ですよ」

会話しながらブラッドとジェマが私を挟んで立ち、コニングさんは紹介されて軽く頭を下げた後、カミルの隣に行って肩に手を回した。

「彼はカミル。うちの商会長の孫で、今回は勉強もかねて私と一緒にアゼリアに来たんです」

「コーレイン商会ってナッツやアーモンドの？」

「はい。よくご存じですね」

店舗の方でジェラートのトッピングに使うのに、何種類か取り寄せたことがある。その袋に書いてあったはずだ。

服飾関係のお針子さんや料理人には何人も会っているけど、そういえば仕入れの商人とは会っていなかったわ。会ってれば、もっと早く黒髪に遭遇してたのね。

「お嬢様、店の予約時間がありますからそろそろ行きましょう」

「はい。ではこれで」

「あ、あのこれ、濡れちゃって」

「大丈夫、全然気にしないから。馬車の壁に貼り付けておけばすぐに乾くわ」

「……馬車の壁？」

「じゃあね、バイバイ」

濡れたハンカチを返していいか迷っているみたいだったから、笑顔で受け取って、ひらひらと手を振って歩き出した。

コニングさんは胸に手を当てて頭を軽く下げ、カミルは胸の横に手をあげて、ちょっとだけ遠慮がちに手を振ってくれた。

初のお出かけでの出会い。旅先での思い出みたいで楽しかった。


「私、クリス様とアラン様がおっしゃっていたことが、今回よくわかりました」

城に戻るために馬車に乗ってから、ジェマが真顔で言い出した。

私は濡れたハンカチを椅子の横の壁にペタッと貼り付けようとして、ふたりに止められて、仕方なく畳んでいるところだ。

「うちの妹は賢いし可愛いんだけど、残念なんだよって」

「え？　私のどこが残念なのかしら？」

はい、ブラッドくん。自分は無関係だという顔で窓の外を見るのはやめなさい。

今、ちらっと私を見たでしょ。

「普通はあそこで、ハンカチは取り返しません」

「取り返すって、気を使っていたみたいだから受け取っただけよ」

「いえ、素早い動作でさっと奪っていました。ハンカチを渡したままにしておくのは、返すために会いに来てねって意味ですよ」

「ルフタネンから？　城まで？　子供になんて厳しいことをさせる気なのよ」

「現実的過ぎます。もう会えないとわかっていても、思い出してねって意味もあります」

「性別間違えたのを思い出されたくありません」

「あーーーんもう、残念過ぎる!!」

なんでそこで悶えるのよ。

「せっかくかわいい男の子と可憐な女の子の出会いで素敵だったのに!!」

あなたのほうが、よっぽど残念だわ。

ノーランド辺境伯領

ノーランド辺境伯領はアゼリア帝国の東にある。ベリサリオ辺境領とは国の反対側ね。

遥かに続く大草原と岩のむき出しになった丘。魔獣が群れをなして移動する姿を見かけるほどの、人間にとっては厳しい大自然が広がっている。ザ・サバイバルの世界だ。

ノーランド辺境伯の城のある城壁都市は、魔獣から人々を守るために、高さの違う三層の城壁に囲まれている。ウィキくんで調べたら、前世の世界のテオドシウスの城壁をもっとごつくした感じに近かった。

私達が転送陣で訪れた城も、城というよりは砦といった方がいい建造物で、街に大型の魔獣が飛び込んできた場合、人々を城内に避難させられる設備が整っているらしい。

城壁がどんなに頑丈でも、空から来られたら防げないからね。

だから精霊獣への期待が大きいのよ。防御が厚くなり、回復魔法を使える人が増えるんだから。彼らにとっては切実な問題なの。

でも城内の、特に客人を迎える一角は、ちょっと他とは違う方向性で豪華だった。

だって、壁に巨大な月熊の毛皮が飾られているのよ。頭付きよ。グロいわ！

動物愛護の考えが浸透していた前世の記憶を持つ私は、これはちょっとどうなのって一瞬思ったけど、ここの人達は日々、こういう魔獣と戦っているんだ。

これぞファンタジーの世界だ。小説で読むのとは違って実際に生き抜くのは大変よ。

転送陣の間に続く控室を出たホールの中心には、巨大な赤い魔石がガラスのケースに入れて展示されていた。

「さすがノーランド」

「実は金持ちの領地ランキングで三本の指に入るだけあるね」

うちは入ってないよ。どこからどう見ても金持ちだから。港のある貿易都市だもんね。

ノーランドは、高値の付く希少な素材が手に入るから、金持ちが多いのよ。

一獲千金を求めて冒険者が集まるでしょ？

そしたら彼らのための宿が必要になるじゃない。武器や防具だってほしいよね。

ランクが高くなって報酬がよくなれば、高い武器や防具だって揃えたくなる。だから腕のいい職人だって集まるし育つ。

そうして街は大きくなって栄えていくわけだ。

最近では宮廷が大量の苗木を買い付けてくれたので、さらに景気は上向きで、城の人達も警備の人達も表情が明るい。

そして今回やっと、待ちに待った精霊王への挨拶（あいさつ）が出来るとなれば、そりゃあ私達の歓迎会も豪華になるわよ。

おかげで私はまた豪華なドレスを着せられて、髪を編み込まれて、頭の皮が突っ張ってしまっている。こんな髪型ばかりしていたら、将来絶対に薄毛で悩むことになるんだからやめてほしい。

「この部屋でおとなしくしているんだよ。ジェマ、後は頼んだ」

「ニック、馬車の確認に行こう」

「かしこまりました」

歓迎会の前に、お父様は明日からの日程の打ち合わせや、陛下からの祝いの品の引き渡しがあるんだって。全国の精霊関係の仕事を一手に引き受けている部署の大臣になってしまったから、調整がいろいろと難しいらしい。

アランお兄様は納品した精霊車と、事前に届いているはずの私達の精霊車の確認に行ってしまった。

フェアリー商会の代表としてはニックが同行している。

本当ならもっと年上のグレンやヒューが対応出来ればいいんだけど、まだ貴族相手の礼儀作法のお勉強中なの。ニックは貴族だし、クリスお兄様の執事をしていたくらいだから、安心して任せられる。

因みにクリスお兄様は、領地の仕事が忙しいのでお留守番。

コルケットには絶対に僕が行く！　と叫んでいました。

「私だけ、こんなに暇でいいのかしら。なにかやれることはない？」

「おとなしくこの部屋で待っていることが、今一番やらなければいけないことです」

なにもみんなして扉の前に立たなくても、出ていったりしないわよ。

なんで私に対する態度が問題児扱いになっているの。中身三十過ぎなんだから、子供みたいに目を離したらいなくなるとか、おとなしくしていられないとかはないわよ。

しょうがないから、窓際のイスに座って外を見ながらお茶をいただくことにした。

ただ丘の上に建つベリサリオの城と違って、ここのお城は平地に建っているから、窓の外から遠くを見ても壁しか見えないのよね。海と街並みを見下ろせるベリサリオの城に慣れている私には、この閉塞感はきつい。

「お嬢様、ヨハネス侯爵家のカーラ様がご挨拶にいらっしゃっています」

「カーラ様?!」

ヨハネス侯爵家は避暑地として長年のライバル関係にあった土地だ。

でも、うちは精霊の地になっちゃったし、どちらも瑠璃の担当している海沿いの土地なのよ。ある意味、仲間?

だから要請があってすぐに、精霊についての説明をするために真冬に精霊車をかっ飛ばしてお邪魔したことがあるのだ。

こちらとしては、ちょうど都合のいいのが冬だっただけなんだけど、ものすごく感謝されちゃって。避暑地として同じ悩みを抱えていたりなんかもして、今ではすっかり家族ぐるみのお付き合いなの。

ヨハネス侯爵って代変わりしたばっかりで若いのよ。まだ二十四歳だったかな。

長女のカーラ様は私と同い年で、侯爵領に行った時にお友達になったのよ。

「お通ししてよろしいですか?」

「もちろんよ」

カーラ様は、下に弟がいるからしっかり者のお姉ちゃんって感じの子だ。

黒に近い鉄色の髪は光が当たると、とても綺麗なグリーンの天使の輪が出来るの。

瞳の色は濃いグレイの、将来楽しみなエキゾチックな美人さんよ。

「カーラ様、まさかここでお会い出来ると思いませんでしたわ」

「ノーランド辺境伯家は、母の実家なんです。ディアドラ様がいらっしゃると聞いて、わがままを言って連れて来てもらったんです」

「まあ、会えて嬉しいですわ。どうぞお座りになって」

こんなぶりっ子な会話をしているのは、周りに執事やメイドがいるからよ。

ヨハネス侯爵のお屋敷には三泊もしたから、カーラ様のお部屋でお泊り会をしていろんな話をしたの。それですっかりマブダチなのよ。

「今日は火の精霊王様が担当する地方の、いろんな領地からたくさんのお客様がおみえだそうですわ。普段、中央にいらっしゃる方もおみえになっているんですって」

「……私、名前を覚えるのが本当に苦手ですの。特に男の方は苦手で」

「だから側近を傍に置くんじゃありませんか。そっと教えてもらえばよろしいのよ」

あ、映画で見たことある。傍にいる人にメモを見てもらって、聞きながら挨拶していた。

でもジェマは背が高いからばれるよね。今度アイリス様にお願いしようかしら……。

「それで、今夜はこちらにお泊りですよね」

「はい。出発は明日の早朝だそうです」

「モニカ様がお部屋に招待してくださっているのです。一緒にいかがですか？」

おお、女の子だけのお泊り会ね。

「喜んでお伺いしますわ。でも……あの、モニカ様というのは」

「ノーランド辺境伯のお孫様です」

「……孫⁉」

「はい、今年七歳だそうですわ。ひとつ上のジュード様とお孫さんはおふたりです」

まじか。あのヒト、五十代だとは思っていたけど、孫がふたりもいるのか。

この世界、結婚するのが早いからなあ。十八で子供を生んでその子供も十八で子供を生んで……

あれ？　二十でも平気か？　あれ？　二十二で生んでも五十代で八歳の孫はありえる？

え、前世の日本でも充分にありえるのか。

私が三十近くまで一度も結婚を考えていなかったから、あの若さで孫って衝撃がでかいだけか。

「ディアドラ様？　どうかなさいました？」

「いえ、なんでもありませんわ」

いや、結婚して親に孫を見せてあげたいんだから、むしろ参考にしなくちゃ駄目よ。恋愛からして経験なくて、ハードル高いんだから。

この世界では女性は二十を過ぎたら行き遅れよ。

うわ……なんてハードモードなの。

◆

「明日は私が責任をもってみなさんをお守りしますよ」

「ノーランド辺境伯もカムイ火山まで行かれるんですか？」

「当然でしょう。精霊王にお目にかかれるのに行かないなんて選択肢はありませんよ」

歓迎会は大きなホールとテラスを使用して盛大に行われた。

私やアランお兄様が参加するのは昼の部だけね。夜会は成人しないと出席出来ないから。

ノーランド領の人達はみんな大きくて、男の人は身長二メートル以上の人がたくさんいる。女の人でも百八十以上の人がほとんどなのよ。私なんて、股の間をくぐれるわよ。

この人がお爺さんなのかーという目で見ても、やっぱりノーランド辺境伯は若々しくて、まだまだ女性にもてそう。

若い頃には街の近くに魔獣が出たと聞くと、自ら愛剣を手に討伐に出向いたんだって。

「息子はもう精霊獣を顕現させたのに、私は魔力が足りなくてまだまだですよ。剣を使うからと魔力を増やさなかったせいですな。そろそろ引退して、あとは息子に任せて冒険者にでもなろうかと思っています」

引退して冒険者ってなに？

おかしいだろ。

「明日が楽しみですな」

ノーランド以外からも多くの貴族が明日はカムイ火山を目指す。みんな冒険者や護衛を連れて行くのに、自分が護衛をすると言い出しているのは、ノーランド辺境伯くらいよ。

私とアランお兄様の場合、精霊獣がいるから護衛はいらないんだけどね。

「精霊車にお乗りになるのは初めてでしたよね。揺れませんよ」

「精霊獣をお借りして本当にいいのかい？」

「はい。一緒に走るので大丈夫です」

カムイ火山に向かう人は、この中の一割もいない。

興奮している人、楽しみにしている人がいる一方で、不安そうな人も結構いる。

私も不安よ。

精霊がいるから守ってくれるだろうけど、出来れば危険には近付きたくない。

今度は長生きしたいんだから、魔獣は遠くからちらっと見えるくらいでいいんだからね。傍に来ないでね。

お父様に連れられて、初めて会う大人の方々へのご挨拶をようやく終えて、アランお兄様と子供達が集まっている一角に向かった。

「ただでさえ目立つんだから、おとなしくしてるんだよ」

アランお兄様は、男の子が集まるテラスに行ってしまった。

どこでも男の子と女の子は別に集まるんだね。そして男の子は外が好きだね。

私は女の子が集まっているテーブルに近付いた。美味しそうなスイーツを食べながらいくつかのグループになって話している。

えっと、ここで一番高位の貴族のご令嬢は誰だろう。瑠璃の担当地域の関係者はだいぶ覚えたんだけど、蘇芳の担当地域に来るのは初めてだから、知らない顔がいっぱいでわかりにくいったらないわ。

きょろきょろと女の子達の様子を窺っていたら、ひとりの女の子と目が合った。あの見事な赤毛は中央近くの領地の子ね。

目尻が上がった大きな目が気の強そうな印象で、真っ直ぐに背筋を伸ばして椅子に浅く腰かけて、顔つきはまだ幼いのに表情はすっかり大人びている。

このホールに来てすぐに、ジェマが覚えておいた方がいい子供達の名前を教えてくれた。

たしかあの子は、先代の皇帝の妹君が嫁いだ公爵家のご令嬢だ。この場で一番身分が高い家のご令嬢のはず。

あちらも私に気付いて、わざわざ立ち上がって近づいてきた。

なのに少し離れた場所に立ったまま、無言で私を見ている。

あれ？　もしかして、あなた生意気なのよってガンつけられてる？

でもそういう表情でもないのよね。そわそわしているし、手にした扇がせわしなくパタパタしている。

目を逸らしてはちらっとこっちを見ているから、どうしたのかなと思って首を傾げたら、助けを求めるようにまわりを見て、ちょっと頬が赤くなってきた。

あ、もしかして。

「あの……」

私が声をかけた途端、はっと振り返った顔はもう頬が真っ赤で目元が潤んでいる。

やばい、これはこっちから声をかける場面だったのか?!

「あの！」

もう一度言いながら、つつつ……と傍に近付き扇で口元を隠した。

「そちら公爵様のご令嬢ですよね。ですから私、お声を待っていたんですけれど」

「何をおっしゃっているの？　ベリサリオ辺境伯は皇帝に次ぐ公爵同等の家柄じゃありませんか。皇帝一家以外はそちらからお声がけくださいませ」

うはーーー！　そうだった。でも実感なかったーー！

とはいっても、誰にでも私から声をかけていいわけではないのよ。辺境伯はお父様であって私ではないから。子供同士なら誰に声をかけても平気だけど、大人相手だとまたいろいろめんどうな決まりがあるのよ。

もうさ、面倒だからこういう時は一列に並んで、さっさと端から挨拶して行こうよ。

かわいそうにこの子、真っ赤になっちゃっているじゃない。

「私、グッドフォロー公爵家のパトリシアと申します」

すっと一歩下がって挨拶したパトリシアちゃんは、耳まで赤くなっちゃってた。

「ベリサリオ辺境伯家のディアドラですわ。パトリシア様」

「はい？」

「かわいい」

「は?!」

「もうすっごくかわいい！　ぜひお友達になってくださいませ！」

ずいっと前に進みながら言ったら、少しのけぞっていた。

でもこの可愛さは友達になりたいでしょう。

優等生っぽい目尻の上がった気の強そうな女の子が、真っ赤になっちゃって涙目なのよ。

かーわーいーいーいー！

「あ、カーラ様」

「まあパトリシア様。……ディアドラ様、何を？」

「え？　あまりにパトリシア様が可愛いからつい」

「お気持ちはわかりますけど、パトリシア様が困っていらっしゃいますわ」

そうか。ふたりは知り合いだったのね。

避暑にヨハネス侯爵領に遊びに行ってたのかな。

「ディア」

名前を呼ばれて振り返ったら、今度はアランお兄様が呆れ顔で立っていた。

はっ！　もしかして私がパトリシア様を虐めているみたいに見えたのかな。それはやばい。

「向こうまで声が聞こえていたよ。うちの妹がご迷惑をかけていませんか？」

「いいえ、お友達になっていただきましたのよ。私、グッドフォロー公爵家のパトリシアと申します」

「ベリサリオ辺境伯家のアランです。よろしく。ちょっと変わっているけど面白い子なんで仲良くしてください」

「はい。喜んで」

うわー、アランお兄様の外面のよさって、相変わらずすごいな。さすがクリスお兄様と兄弟。パトリシア様だけじゃなくて、他の女の子達もすっかり見惚れてる。

しかし、妹を面白い子って紹介するのはどうなの。

それはちっとも褒めてないよね。

「アランお兄様、パトリシア様ってかわいいと思いません？」

「え？」

「も、もうディアドラ様、何をおっしゃってるの？」

「かわいいですわよね！」

「あ……うん」

アランお兄様が照れて横を向きながら頷いたら、またパトリシア様が赤くなってしまった。

なんだろうね、この甘酸っぱい雰囲気。

おばさんには遠い思い出すぎるぜ。見た目は六歳だけどな！

ガールズトーク

やってきました本日のメインイベント。お泊り会。

前世ではコミケの打ち上げで、デパ地下で総菜とワインを買い込んで飲み明かしたものよ。店で飲むのはね、興奮して萌え話するのって世間の迷惑だからね。自宅なら大声さえ出さなければ、気兼ねなく話せるでしょ。

そういえば私が死んだあと、みんなはコミケどうしたんだろうな。

描いている途中だった作品、第一発見者や警察、救急の人に読まれたり？

うわ。考えるのはよそう。いたたまれない気分になってくる。今更だけど家族に顔向けできない。

集合したのはノーランド辺境伯のお孫さん、モニカさんのベッドの上。天蓋（てんがい）があるからね、狭い密閉空間でひそひそ話するのって、仲間意識が高まるものよ。

みんな窮屈なドレスを脱いで髪もほどいて、ヒラヒラのネグリジェタイプの寝間着に薄いショールを羽織っている。透けているネグリジェじゃありませんから。念のため。

男の子には秘密の女の子だけの集いって感じ。品のいいパジャマパーティーよ。

モニカさんはひとつ年上の七歳。カーラ様とは従姉になるのね。

さすがノーランド、とっても大きくて日本だったら中学生扱いされそう。子供料金使えなさそうよ。可愛い物が好きみたいで、天蓋の布には小さな薄桃色の花びらの飾りがついている。寝間着も薄いピンク色で小さなリボンがたくさんついてるの。眉のあたりで前髪を切り揃えた、波打つ黄色に近い金色の髪はゴージャス。他の女の子に比べて私の銀色の髪は地味だと思うわ。

カーラ様がパトリシア様も誘ってくれたから、四人で顔を合わせて秘密のお話よ。

あのあと、ちゃんと普通に会話してパトリシア様とは仲良しになって、アランお兄様には巻き込むなと怒られました。可愛い女の子の前で格好つけていたくせに。

「精霊王様にお会いしたいのに、行ったらダメだって言われてしまったの」

「それはそうですわよ。魔獣が襲ってくるかもしれないんですから」

「でもディアドラ様は行かれるのでしょう」

「この方は……平気な気がするのはなんででしょう」

モニカ様とパトリシア様に注目されてしまった。解せぬ。

「カーラ様は精霊王をご覧になられたのよね？」

「はい、ディアドラ様の誕生日の時に。遠くからですけれど。火の精霊王様もいらっしゃいましたわ。とても素敵なお方でした」

「あ～～羨ましいわ」

「理想の殿方の姿をなさっているそうですわね」

え？　そうなん？

たしかに瑠璃も蘇芳も乙女ゲーのキャラみたいだけども。

「でも精霊獣を顕現出来るようになったら、連れて行ってくれるっておじいさまに約束してもらったんです」

拳を握り締めたモニカ様の肩の上では、風の精霊がふわふわしている。この方、火の剣精も持っているの。剣精よ。さすがノーランド辺境伯の孫。

パトリシア様は魔力が多いみたいで、火の精霊以外を持っている。蘇芳様担当の地域に住んでいるのに、火の精霊がいないことをちょっと気にしているみたい。

「うちの領地は、少しだけ土の精霊王様の地域にかかっているんですの。農作物の収穫量の差がすごくて、前宰相に対する怒りが大きいのよ。中央の方々の様子を見ているから、皇宮に行きにくいし、早くどうにかしていただきたいわ」

「うちはディアドラ様のおかげで平和ですわ。ベリサリオ辺境伯には感謝しかありません」

「そんなやめてください、カーラ様。偶然が重なっただけなんですから」

「それでもです。ディアドラ様がいなければ、我が国もペンデルスのようになっていたかもしれないじゃないですか」

砂漠の国ペンデルスは、さすがに気になってウィキちゃんで調べてみた。

あそこはちょっと特別よ。内情を誰も知らないみたいだから、私が知っていることがばれるとやばいから言わないけど、自業自得どころじゃないの。なんでまだ国が残っているのか不思議なくらいよ。

「ディアドラ様には父も精霊獣について教わったそうで、ありがとうございます。父は剣より魔法が得意で、領民に祖父ほど人気がなかったんです。でも今回、真っ先に精霊獣を顕現出来たので、すっかり見直されて喜んでいました」

大変だね、どこの領主も。

ノーランドは冒険者が多いからなあ。

「とんでもありませんわ。宮廷に伺った時に小型化なさっている方が少ないと思っていたら、大きさを変えられることを知らない方が多かったのですね」

「はい。……あの」

三人揃って顔を見合わせて、急にもじもじしないでよ。かわいいじゃないか。

オーケー、特別にサービスしよう。

「……小型化すると猫みたいな姿の精霊獣がいるんですけど、ご覧になります？」

「よろしいの?!」

「ぜひ！」

「ありがとうございます」

普段は見世物にしたくないし、見せびらかすのも嫌だし、必要じゃない時は顕現しないことにしているの。ただ、精霊獣も姿を現して走りたかったり、伸びをしたかったりするみたいなんで、そういう時は庭に出て自由にしてもらっている。

今夜はジンだけ顕現するつもり。彼は人間が好きみたいだし、嫌だったらすぐに戻ってもらおう。

「ジン、いいかしら」

『かまわないよ』

ポンと音がしそうな感じでジンが姿を現したら、黄色い歓声が上がった。

女の子に喜んでもらえて、どや顔で羽根をパタパタさせているのはいいけど、猫が二本足で立つのはやめなさい。アニメじゃないんだから腰に手を当ててるんじゃない。

「猫らしく」

『難しいことを言うなぁ』

文句を言いつつ四足歩行に戻り、尻尾をピーンと立てて伸びをして、モニカ様から順番に愛想を振りまくことにしたようだ。

すごいな、この精霊。一瞬で乙女たちのハートを鷲掴(わしづか)みよ。

「私も早く自分の精霊が欲しいわ」

「クリス様の精霊も小型化すると猫になると聞きましたわ」

「そうですね。クリスお兄様の精霊は四属性全部猫になります」

「やーーん、素敵」

「あの方は、お姿も才能も精霊獣まで全部素敵ですわよね」

「アンドリュー皇太子様に負けないくらいに人気があるのも納得ですわ」

ガールズトークのメインの話題、コイバナ。

私もいろいろと参考にさせてもらいたいのに、身内の話題かあ。

「アラン様も素敵ですわよね」

カーラ様がパトリシア様に視線を向けて、うふふと楽しそうに笑いながら言うと、パトリシア様の顔がうっすらと赤く染まった。

「もう、カーラ様。からかわないでください。あれはディアドラ様が変なことをおっしゃるからですわ」

「でも素敵じゃないですか。アラン様も学園に通うようになったら、女の子の注目の的になりますわ」

「あの、アランお兄様は次男なので家を継がないのですけれど、それでも人気なんですか？」

やめて。こいつ何言ってるんだって顔で見ないで。

その顔をあらゆるところで見ている自分が、とっても情けなくなるから。

そこ、ジンまで腹を撫でてもらいながら呆れた顔をしない。

「ディアドラ様、改めて言います。ベリサリオ辺境伯は公爵扱い。しかも皇帝に次ぐいわば貴族の頂点の地位になったのです。たとえ次男であろうと、ご実家がそこまで力をお持ちならば誰も気にしませんわ」

「ましてアラン様は近衛志望でしたわよね。それで全属性精霊獣持ちで、そのうち剣精三種類。近衛騎士団長も夢ではありませんのよ」

「それにフェアリー商会にも携わっているのでしょう。あの馬車だけでも、どれだけの富を得るか。更にジェラートと……お母様がビスチェは素晴らしいと褒めていらっしゃいましたわ。なぜかお父様まで」

ああ……うん。意外と男の人に評判いいよね、ビスチェ。

ホックを作って簡単に外せるようにしたからかな。今までは紐だったもんね。

ひとりひとりのサイズに合わせた手作りだから、貴族じゃないと手が出せないくらいにお高いのよ。でもリピーターが多くて、予約がすごいことになっちゃって、お針子さんを増やしているのよ。

「そういうわけで次男だろうと全く関係ありませんわ」

「はい」

この子達、日本だったら小学一年生と二年生よ。

貴族は子供の頃から教育が徹底しているし、高位貴族は常にまわりに執事やメイドがいて、御令嬢らしい態度を求められるから、大人のような考え方になるのが早い。

女の子は特に、十五を過ぎたら婚約して十八前後で結婚が普通だから、親から男の子の情報を嫌っていうほど教え込まれる。

そうして有力貴族や優秀な男性と実家を繋ぐのが女性の仕事だ。出来れば恋愛結婚したいとみんな思っているけど、好きになったら誰でもいいというわけにはいかない。

そうか。クリスお兄様もアランお兄様も超優良物件か。

アピールすごいのかな。外野から見ている分には楽しそう。

「はあ。でも私はおふたりとも駄目なんです」

モニカ様ががっくりと肩を落とした。

「辺境伯同士の縁談は私達の代ではやめようという話になったそうです」

「まあ」

「今でも結びつきが強くなっていますもの。他の貴族や陛下からしたら、気になるところですものね」

「兄もがっかりしていましたわ。ディアドラ様は魅力的ですから」

またまたまた。モニカ様のお兄様ってジュード様でしょう？

自分の祖父や父親が誉めそやすものだから、ライバル心丸出しで私とアランお兄様を見ていたじゃないか、あのイケメンゴリラ。

特にアランお兄様は同い年だから負けたくないみたいで、しかもそれをまったく隠さずに顔に出していたから、大人がみんな苦笑いしていたわよ。

明日、道中にしつこくお兄様に突っかかってきたりしたら、絶対に泣かすからね。

「あの、うちの兄以外で素敵な殿方というと、どなたがいらっしゃるのかしら」

今のところ、私の参考になる話が全くないのよ。

「え？　ディアドラ様はアンドリュー皇太子と縁談が決まっているんではないんですの？」

「パトリシア様、私も驚いたんですけど、違うんですって」

「違います。私は皇宮で暮らす気はないので、むしろ殿下に素敵な女性がいたら紹介してほしいと言われています」

驚いた顔で私を見つめる少女三人。その真ん中で寝に入っている猫もどき一匹。

そんな意外なことを言っていますかね、私。

「ええと……アンドリュー殿下やアラン様ではない殿方……」

パトリシア嬢、実はマジでアランお兄様を気に入っている？

あなたがお義姉様になるのは大歓迎ですけど、まだ視野は広く、いろんな男を見た方がいいよ。
十四、十五くらいで男も女もだいぶ変わるよ。見た目的にも。
「ジーン様は年上すぎますし、エルドレッド殿下もダメなのですか？」

「え？　うちの国って皇族かうち以外に、いい男がいないんですか？」

「そんなことはございませんよ。でもディアドラ様ですと伯爵家だとかなり上位でないと釣り合いが取れませんし、侯爵家でも裕福なおうちでないと」

カーラ様の実家もかなりのお金持ちだけど、あいにく男の子はまだ三歳なのよね。

でも今は子供が多いはずなの。特に皇子に近い年齢は。

大貴族の中には皇子と縁組させたり、学園で一緒に学べる子供が欲しいからって、時期を合わせて仕込む貴族もいるんですって。そのために急に縁組する貴族までいるらしい。

「三大公爵家はいかがです？　パトリシア様のところはお兄様が三人でしたかしら？」

「ええ、でも長男と次男はすでに婚約していますし、十二の三男は恋人がいますの」

リア充、滅びろ。

「パトリシア様は末っ子ですか？」

「はい。兄が三人、姉が一人おります」

「ランプリング公爵の方は、みなさま結婚していますし、パウエル公爵様は……」

「どうしたんです？」

「ここだけの話ですわよ。陛下と仲が良くないんです。以前は皇都の隣に領地を持っていらしたんですけど、七年ほど前に東側の地方に領地を変えられてしまって、滅多に皇都にいらっしゃらないそうですわ。とてもやさしいお方ですのに、何があったのでしょう」

パトリシア様の疑問に答えられる子はいない。

さすがに子供には、政治の中心でどんな政権争いが起こっているかはわからないよね。

「でも、結果的には移動になってよかったのではないかしら？」

モニカ様が呟いた。

「中央は今、大変でしょう？　皇族やバントック派の方々は、今回の打撃をまともに受けてしまって大損害だったそうですわ」

私もその話は少し聞いている。

農作物の不作が二年も続いたせいで、貯蓄分も底をついたらしい。今年の秋も琥珀次第とはいえあまり収穫は見込めないから、領民のためにも他領から食料を買い付けないといけないのよ。だから皇族の責任問題追及と並行して、ダリモア侯爵家から没収した財産から、どれだけ損害賠償金を取れるかで揉めているんですって。

確かお父様が秋に琥珀様と面会出来ると話したら、泣いて喜んでいたって言うから、うちとの関係は悪くないはず。

「でも皇族と仲違いしている公爵家にディアドラ様が嫁ぐのは……」

「たしかダグラス様はモニカ様と同い年ですわよね」

「はい。なかなかに剣の強い、前途有望な少年だと聞いています」

もう誰か私に貴族の相関図作って。

そこに上は私より五歳上、下は二歳まで下の男の子の名前も書いておいて。

仲良くしても大丈夫な相手には花丸つけておいて！

東西対決？

高く澄んだ空は晴れ渡り、ポツンと浮いていた白い雲がゆっくりと城壁の向こうに流れていく。

早朝の澄んだ空気は少しだけ冷たくて、思わず手で腕を擦った。

城の前の広場には精霊車と馬車が並び、その横にずらりと馬が並んでいる。

揃いの鞍をつけているのが騎士団の馬で、それ以外は冒険者の馬だ。馬車の数だけでも二十台近くあるから護衛の数も半端ない。

その周りを忙しく行き来する人達は、小説の挿絵で見た冒険者そのままの姿をしている。

背中に大きな剣を背負っている人、プレートアーマーを着ている人、ローブを着ている人、弓を背負っている人もいる。意外なことに女性の姿もちらほら見かけた。

「アランお兄様、冒険者ですわ。皆さん強そうです」

「ディアの精霊獣の方が強いよ」

「そこは人間同士で比較しましょうよ」

「ディアの方が強いよ」

……そりゃな。精霊獣が強いってことは、私が強い魔法を使えるってことだからね。

でもさ、そうじゃないでしょう。ロマンでしょう。

朝からテンション上がっていたのに！

「お兄様、機嫌悪いんですか？」

「違うよ。眠い……」

「夕べ、遅くまでジュード様達と話し込んでいたんでしょう」

「……そんなことないよ」

私達がガールズトークしていた時、男共もジュード様の部屋に集まっていたんだって。

男ってそういう時はどんな話をするんだろう。無言でエロ本回し読みしてたりして。

今日はノーランド辺境伯とその御家族も、冒険者と同じような出で立ちをしている。

辺境伯は何を着ていても戦士っぽいから、革の胸当てとでかい斧が似合いすぎてこわいくらいだし、次期辺境伯のコーディ様は軽装備にローブを羽織って、彼の奥様のグレタ様は弓を背負っているのよ。並んでいると冒険者パーティーよ。とても貴族には見えない。

でもノーランド辺境伯領の貴族が全部そうかというと、全く違う。

中には冒険者のような服装の人もいるけれど、特に女性はドレス姿の人が多い。少し丈が短いし、長時間馬車に乗っていても皺になりにくい素材ではあるけれど、他所の領地でも見かける普通の貴族の服装よ。

私も残念なことにドレス姿で、意外にもアランお兄様もいつもと変わらない服装だった。俺も戦うぜ！　みたいな服を着るかもって期待してたんだけど、私達まで戦闘しなくちゃいけない状況になるような敵なら、戦う前に逃げなくちゃ駄目だろって冷静に言われてしまった。

そりゃあ公爵扱いの貴族の、まだ十歳にも満たない子供ふたりに戦闘させたなんてことになったら、ノーランド辺境伯の面目丸つぶれよね。

なので、私のお仕事は、精霊車の中でおとなしくしていることです。つまらん。

「気を付けて行ってきてくださいね」

「くれぐれも無茶しないで」

早朝だというのに、カーラ様とパトリシア様が見送りに来てくれた。モニカ様も家族の元に顔を出している。他にも留守番の貴族の奥方や娘さんが見送りに並んでいるから、さっきから冒険者の男共がちらちらとこっちを見てくるよ。

これだけ綺麗どころが並んでいれば無理もないけど、前を見ないと転ぶぜ。

「さすがに騎士団の方は逞(たくま)しい方ばかりですわね」

「え？　騎士団の方、いるんですか？」

近くにいた御婦人の言葉につい反応したら、みんなの注目を浴びてしまった。

「ベリサリオのディアドラ様ね。そうね、他所の方にはわかりにくいかもしれませんわ」

「騎士団の方は胸当てに紋章がついてますのよ。あの黒い胸当てです」

「ああ、防具が黒くて素敵だと思っていました」

「でしょう！」

ノーランドの騎士団は耐魔獣用に冒険者に近い装備なんだ。うちの騎士団とはだいぶ違う。

でも冒険者にも黒い装備の人がいるからわかんないよ！

「馬車に乗ってくれ！　出発するぞ！」

それぞれの馬車に貴族達が乗り込み、その周囲を騎士団と冒険者が警護するために配置につく。

私とアランお兄様も見送りの人達と別れて自分達の精霊車に向かい、小型化した精霊獣を顕現させた。

竜巻や岩の形のアランお兄様の精霊獣は、大型化させたら意外にも人型になった。ただし綺麗な女の子じゃないよ。なぜかランプの精みたいなやつ。アニメにあるでしょ。あれが四色分。

はっきり言おう。きもい。

肌が緑に赤に黄色に青のごつい禿げのおっさんだよ。アランお兄様のセンスがよくわからない。

今は小型の状態で顕現したけれど、ベリサリオと違ってまだ精霊獣を初めて見る人が多いのか歓声が上がった。

精霊を持つ冒険者は増えたといっても、精霊獣まで育てるのは大変らしい。だから精霊獣を持っているのは、ランクの高い魔道士冒険者の証になっているんだって。

「おはよう。私は休憩するまでは精霊省の精霊車で行くから、アラン、ディアを頼んだよ」

「はい」

今回私達は精霊省のお手伝いという名目で参加しているらしい。やることは変わらないけどな。お父様もベリサリオ辺境伯としてではなく、精霊省大臣としてお仕事で参加しているから、ノーランド辺境伯とうちの間に貸し借りは発生しないし、特にこれで仲良くなるはずもない……って、誰も思わないよね。どう見ても仲良しだよ。でもそういう体裁(ていさい)が大事なんだって。私にはよくわからん。

今日は精霊車が四台加わっている。

そのうち二台がうちの精霊車で、一台が精霊省の、そして今回お試しで精霊車を一台、ノーランド辺境伯にお貸ししている。

御者の座る席につけた風よけが風の抵抗を受けにくく丸みを帯びていて、夜でも走れるように魔道具のヘッドライトが二個ついているから、ちょっと車っぽい。

私の乗る精霊車は、長い時間乗らなくてはいけない時用に椅子のクッション性にはこだわっていて、寄りかかれるように肘掛け付きだ。それに、天井の一部をめくるとミラーがつけてあるのよ。小物入れに飲み物を入れるアイスボックスも完備。出来ればリクライニングシートにしたかったんだけど、空間魔法を早く覚えろって言われてしまった。

「きみ達はのんびりしていてくれていいんだからね。はいこれ、途中で食べてくれ」

コーディ様がお菓子の入った袋を持って、様子を見に来てくれた。背後に小型のゴーレムのような精霊獣を従えている。

「ありがとうございます」

挨拶をして馬車に乗り込もうとしていたら、コーディ様が窓から中を覗き込んでいた。

「なにか？」

「あ、いや。宮廷魔道士が空間魔法の話をしているのを小耳にはさんでね。もしかしてきみはもう、使えるんじゃないかと思って」

おい、宮廷魔道士。口が軽すぎるだろう。

「まだ風と土の精霊がもう一段階成長するようなんです。空間魔法は全属性の精霊獣が成長しきらないとダメみたいです」

「ほうほう、やはり全属性いるのか。育てるのに何年くらい……」

「おい、出発だと言っているだろう」

「あ、父上。すみません。ではあとで」

ノーランド辺境伯に連れられてコーディ様が去っていく背中を見送り、私達はさっさと精霊車に乗り込んだ。

精霊の説明に出かけるたびに御者をしてくれているダニーがいるので、私とお兄様はまるっきりやることがない。ジェマやアランお兄様の執事は、精霊車の周囲をふたり分の精霊が取り囲んでいるため護衛をつける必要がないので、後ろの精霊車に乗っている。

「空間魔法、一部ではかなり噂になっているようだよ」

椅子にクッションを並べながらアランお兄様が教えてくれた。

「魔道省と精霊省、どちらが開発を進めるべきかで問題になったんだって」

「お父様、たいへんそうですね」

「平気だよ。宮廷魔道士長も副魔道士長もディアの弟子だし、皇都の精霊の森の件で父上に借りがある。共同研究にしようってことで決着はついたらしいけど、実際は魔道省はすでに精霊省の傘下に入ったようなものだって」

うわー、まじかー。皇宮ではそんなことになっているのか。

お父様、色男風の優しい雰囲気なのにやる時はやる人だもんな。

「その話、いったい誰から聞いたんです？」

「ふふん」

得意げな顔をして、アランお兄様はごろんと座席に横になった。

壁に足をあげて肘掛けを枕にして、本格的に寝る気だ。

「なにかあったら起こして」

「その前に飛び出して暴れてきますね」

「やめて。ちょっとでいいから寝かせて」

どれだけ寝不足なのさ。

私は眠くないから、ひとりで寂しく窓から外を眺めた。

全く揺れないから、いつ出発したかわからないほどよ。

早朝だというのにたくさんの人に見送られて、精霊車と馬車の長い列は城から町中へ、そして城壁の外に向かっていく。

城の中だって物珍しくてきょろきょろしてたから、町に出たらもう窓に齧り付いたね。馬車が通るのは一番広い通りだから、両脇にある建物はどれも立派だ。

看板がね、剣や弓の絵が描いてあったり、鎧の絵が描いてあったり、金床とトンカチの絵が描いてあったり。前世でやったゲームのようで懐かしい。そして感動。

ＲＰＧの世界だ。ファンタジーだ。

通りの端からこちらを眺める人達の服装も、ファンタジーと聞いて思い描く町の人の服装のまま。誰もアロハシャツなんて着ていない。

「あまり顔を出すなよ」

声をかけられて顔を向けたら、馬に跨ったジュード様がいた。

この子がノーランド辺境伯のお孫さん。モニカ様のお兄様でアランお兄様と同い年。

昨日の歓迎会では態度悪かったのに、今日はアランお兄様と仲良くなっていた。夕べいったい何を話したんだ。

「アランはどうした」

「寝てます」

「しょうがないなあ。しばらく貸してやると言ったのに、徹夜して読んだのか」

「なんの本ですか？」

「魔獣全集」

「私も読みたいです！」

「魔獣に興味があるのか。いいよ、返すのはいつでもかまわない」

「ありがとうございます！」

イケメンゴリラなんて思ってごめんね。いいやつだった。

でもでかいよ。八歳ですでに百六十くらいは身長がありそう。ノーランドの人達、骨の太さから違うんだよ。

しかし健全だったな。魔獣全集か。男の子が集まって話すのって魔獣の話なの？

日本でいうところのゲームやアニメの話みたいなもの？

皇宮では誰が今力を持っているらしいとか、将来働くならどこがいいとか、今後経済はどうなりそうだとか……クリスお兄様じゃあるまいし、そんな話するわけないな。

「城壁、近くで見るとさらに大きい……え？」

城壁を出たら、大草原が広がっていた。そして他には全く何もなかった。

まじ?!　本当に全く何もないの?!

果てしなく続く大草原に、低い樹木がところどころに生えているだけよ。

遠くに森が見えて、そのさらに遠くに山が見えるだけ。目的地はあの山の麓（ふもと）のはず。

「ふえーーーー」

うわあ、あの遠くに見えるの魔獣じゃない？

あれだ、イメージとしてはサバンナだ。

ところどころにある岩地や木々の周囲で魔獣が群れている。

辺境すげえええ。

「乗り物で寝られるお兄様が羨ましい」

どこまで行っても風景が変わらない。大草原だから。

二時間ずっとそんな風景が続けばさすがに飽きるわ。

休憩を入れた後は、アランお兄様にお願いして魔獣全集を貸してもらった。

「魔獣に興味があるのかい？」

「どんな種類がいるのかは知りたいです」

お父様が精霊車に乗ってきたから、アランお兄様はさっきまでのだらけた態度が嘘のように、姿勢よく椅子に座って外を見ている。

我が家の最後の良心だと思っていたのに、大人になるって悲しい。

「レッドボア、三頭接近」

「馬車に近付けるな！」

「倒しました！」

冒険者と騎士団の選りすぐりの兵士が揃っているから、倒すのが早いね。

戦闘を見たくて窓のカーテンを開ける頃には倒し終わっているの。

たぶん近付く前に弓と魔法で倒しちゃうんだろうね。

昼ご飯は用意されていたサンドウィッチを馬車で食べるだけ。

向こうに昼過ぎに到着して、ノーランド辺境伯が蘇芳と話をしている間に貴族達は精霊を探して、冒険者達は今夜泊まる場所を決めて夕食の準備よ。

精霊王の住む場所に行くのに、野宿しないといけないとなると、子供を連れてはいけないいな。

でも、瑠璃の湖に子供達が遊びに来ているのを精霊王達は羨ましがっていたんだよなあ。

「オーガスト！　ドラゴンが飛んでいる。こっちに来た場合、精霊獣での援護を頼む！」

ドラゴン?!

精霊車に馬を並べて叫んだノーランド辺境伯の表情は険しい。

カーテンを全開にして、窓から身を乗り出して空を見上げたら、まだだいぶ遠いけど巨大な物体が飛んでいるのは見える。

「一部の貴族がパニックを起こしそうだから、安心させるためにこちらの精霊獣を大型化する。ドラゴンが近づいてきたらそちらもたのむ」

「わかりました」

ノーランド辺境伯の合図で三体の精霊獣が大型化した。四メートル以上ありそうな大きなゴーレムはコーディ様の精霊獣だ。

「馬車を停めるな。隊列を乱すなよ」

「こっちに近づいてくるぞ！」

「アラン、ディア、まず一体ずつ大型化しよう」

「はい」

アランお兄様が風の精霊獣を大型化したので、緑色の巨人が姿を現した。

うん。キモイ。

お兄様には言えないけど、趣味最悪。

お父様の精霊獣は空を駆ける天馬よ。

こっちも属性によって青味がかっていたり赤っぽかったりするんだけど、動物だと気持ち悪くないんだよね。むしろ格好いい。

天馬といっても蹄(ひづめ)が私の顔くらいあるでかい天馬だよ。足も筋肉が発達していてごつい。たぶんあの足で蹴られたら、人間は一撃でげきょって折れ曲がってしまう。

私が巨大化させたのは水の精霊獣のリヴァだ。

でかすぎて普段なかなか活躍させてあげられないから、今日ぐらいは思う存分身体を伸ばしてもらおう。

「うわ、なんだこれ」

「でかい。これなら勝てるぞ」

リヴァは東洋のドラゴン型よ。翼はなくて長いやつ。

星の付いた球を集めると願いを叶えてくれちゃうやつと同じ竜型だぜ。

こちらに近づいてくるせいで、どんどんでかくなってくるドラゴンは、赤く輝く鱗を持ち悠々と翼を広げていた。

でも迎え撃つ東洋のドラゴンだって、銀色の鱗が光を反射して青く輝くのよ。その隣には緑色の肌をした巨人やゴーレムだっているんだから。

……怪獣映画みたいになってきた。

みるみるうちに近付いてきたドラゴンは、私達の少し手前で着地した。

なにしろでかいから、着地の衝撃で地面が振動するし砂埃が立つ。

もわりと黄色く煙った視界の向こうで、ドラゴンは地面すれすれまで頭を下げて不思議そうにこっちを見て、首を傾げている。

精霊獣が珍しいのかな。ちょっとかわいい。

相手がどんな奴かわからないから、ちょっとつついてみようと思ったのか、ドラゴンがゆっくりと前足をあげるのに気付いて精霊獣達が臨戦態勢に入ったその時、ドラゴンと私達の間を光の壁が遮（さえぎ）った。

「なにこれ」

「なんだ?!」

じっと見たら眩（まぶ）しさで目をやられそうな、地面からライトで上空を照らしたような光の壁が、二車線道路くらいの幅でずっと先まで続いている。ドラゴンも眩しかったらしく、何歩か後ろに移動した。

『精霊王が道を作ってくださった』

『このままこの道を進めば安全だ』

「おお、我々を守ってくださるのか！」

「このまま馬車を走らせろ！」

精霊獣の言葉に、倒れそうだった御婦人方の顔つきが明るくなる。

ドラゴンを気にして落ちていたスピードを一気に上げ、馬車は走り出した。

何が起こっているのかよくわからないのか、ドラゴンはその場にすわったまま私達を見送っていた。

光の壁に挟まれた私達を、たまに魔獣が物珍しげに見物に来る以外、それからは特に問題なく目的地に到着した。

『馬車はここで降りてください。ここからは歩いてもらいます』

ふわりと宙に浮いた赤い瞳の少年と少女が、道の到達点で待っていた。

ここから先は岩場が多く、木々も幹が太く高くそびえている。

馬車の周囲に魔道具で結界を張り、一度全員で精霊王の元まで行くことになった。

人形みたいに左右対称の、綺麗な無表情の子供ってこわいよ。誰一人文句を言わず、ドレスを着た女性陣まで黙々と歩き出した。

それともノーランドの女性はみんな体力あるのかな。歩き？　まかせろ、みたいな。

私は豪華な皇宮で気取って座っていなくちゃいけないより、こっちの方が断然楽。ちゃんと歩きやすい靴を履いてきたよ。底にぎざぎざした溝の入った滑りにくい靴を、シンシアがいつも用意してくれるんだ。

両側が壁のようになっている岩場の細い道を進むと、不意に空から光が降ってきた。触れた場所に変化はなく、光はそのまま地面に溶けて消えてしまう。

「今のは？」

『浄化の魔法です。これから行く場所に、外から精霊獣以外の生き物を、種ひとつでも持ち込むことはなりません。約束出来ない方はここで引き返してもらいます』

なんだろう、これ。無菌室に行くような感じ？

まさか部屋の中に招待はされないだろうから、外来種を持ち込むなってことかな。

道を進んでいくうちに、私の考えは間違いじゃないってわかった。

火山が近いせいか火の精霊王の住居があるせいか、先程いた草原より徐々に気温が高くなってきた。道の両側に並ぶ太い木々の幹は黒っぽく、枝からツタが垂れ下がっている。この大きな葉っぱの植物は、前世の植物園の温室で見たことがある。熱帯地方の植物だ。

すっかり景色が変化した道を進むと、急に開けた場所に出た。

膝丈ほどの草が茂った平野に色とりどりの花が咲き誇り、その向こうに大きな湖が見える。

「これ……お湯だ」

「本当だ」

温泉としては冷たすぎるけど、水というには温かい。底が見えるほどに澄んでいて、魚が泳いでいるのが見える。地下にマグマでも流れているのかな。

いや、そういう常識的な考えじゃ駄目かも。

この場所だけ熱帯地方になっているって、ありえないから。

火山があったら熱帯地方になるんなら、日本の気候めちゃくちゃになってるから。

「ディア、今の鳥見た？」

「うん……どうなってんの」

青と黄色の派手な鳥も熱帯地方の鳥だわ。カメレオンがいても驚かないよ。

外来種を持ち込ませないはずだ。ここだけ別世界だ。

『気に入ったか』

「蘇芳」

いつの間にか私とアランお兄様の間に蘇芳が立っていた。

黒の上下に、踝（くるぶし）まである赤茶色の薄いカーディガンのような物を羽織っている。短く切った赤い髪と褐色の肌に均整の取れた長身。あいかわらずの美丈夫ぶりだ。女性達が見惚れている。

「すごく綺麗なところだね」

「珍しい鳥がいますね」

『ここは我らが住みやすい環境に変えた。他所との出入りがほとんどないため、独自の生態系を作っている』

さすが精霊王。自分の住みやすさのために気候から変えちゃうんだ。

『遠路はるばるご苦労だったな。ベリサリオ』

今回も私とアランお兄様以外の全員が跪いている。前もって聞いていたのかな。誰も不思議そうな顔をしない。

お父様は私のすぐ横にいたので、蘇芳の目の前で跪いている。

私とアランお兄様の頭に大きな手を乗せて、笑顔でお父様に話しかける蘇芳のほうが私達兄妹の保護者みたいで、ちょっとこの場でどうなんだろうと思ってちらっとアランお兄様を見たら、お兄様もどうなのこれって顔で私を見ていた。

「いえ、むしろこんなにも時間がかかり申し訳ありません」

『精霊の存在を忘れかけていた人間の考え方を変えさせたのだ。時間が必要なのは当然だろう。こうしてこの地にも精霊と共に生きようとする者達が訪れてくれた。嬉しく思うぞ』

「はっ。さっそくではありますが、この地を治めるノーランドの者を御紹介させていただいてもよろしいでしょうか」

『かまわん』

話がどんどん厳かな雰囲気で進んでいくのに、私とアランお兄様、まだ蘇芳に頭をぐりぐりされたままなんですが。

ここはそっとさがったほうがいいのかな。

それとも知らん顔して、立っていればいいのかな。

たぶん蘇芳は、手を置くのにちょうどいい台があるくらいにしか思ってないよ、これ。

ちらっと横を見たら、アランお兄様は遠くの風景を見て現実逃避してた。

『ノーランド辺境伯。ようやくこの地で会えたな』

「は。こうして招待していただいた上、途中、ドラゴンより守護していただき感謝に堪えません」

『わざわざこんな遠くまで来させたのだ。そのくらいはするさ。向こうにゆっくり話が出来る場所を用意してある。ノーランド辺境伯の家族を招待しよう。ベリサリオとおまえ達はどうする？』

私とアランお兄様は慌てて首を横に振った。

瑠璃に私達一家しか招待されないんだから、ここではノーランド辺境伯一家だけが招待された方がいいはず。

『ならば先に話しておきたいことがある。この国に海峡の向こうからの移民はいるか』

「海峡の向こう……シュタルクやペンデルスですか。おります」

『ニコデムス教の者もいるのか』

「……おそらく」

ニコデムス教は、人間は神に選ばれた種族で、この世界の支配者だという宗教ね。

我が国はここ何年かで精霊との共存路線を明確に打ち出しているから、布教は許されていないはずだけど、移民の中には信仰している人もいるかもしれない。

『国外に追放しろ』

いつもの蘇芳の声とは違う、冷ややかな声に驚いて思わず顔を見上げてしまった。

『ペンデルスの者は手の甲にひし形の痣(あざ)があるからわかるはずだ。精霊を信じ共に生きようとする者は痣が消える。痣のある者は全て危険だ。彼らも追い出せ』

精霊王の誰かが、こんな強い口調で命令するなんて初めてだ。

お父様とノーランド辺境伯は顔を見合わせてから蘇芳を見上げた。

「あの者達が、またなにかやらかしましたか」

『うむ。ルフタネンの第二王子を暗殺した』

「あれは政権争いではなかったのですか⁈」

『いや、政権争いだ。あの地はこの国以上に精霊との繋がりが深く栄えている。そんな国はニコデムス教の者達からすればあってはならないのだ』

「殺害したと噂されているのは第二王妃だったか」

「そうだが、証拠はなかったはず」

『アゼリア帝国は二年ほど前まで精霊を忘れ、魔道具を使って生きていた。それでも国として問題がなかった。そのためペンデルスの者やニコデムス教の信者の見本。目標だったのだ』

それが突然、精霊の存在を思い出し、精霊獣を育て、精霊王とまでこうして接点を持った。

その結果、国に魔力が満ち、安定して作物が育ち、国力がさらに上がっている。

これはニコデムス教信者にしてみれば裏切り行為に見えるのかも。

『中央だけが精霊を得られず、他との差がはっきりと示されたのもまずかったようだ。今までニコデムス教を信じていた者達が離れ、精霊と共存するべきだと考える者が増えている。そのためにシュタルクでは、ペンデルスの移民の多かった一部の地域で内乱が起きている』

「ではベリサリオの子供達が狙われる可能性が」

みんなの視線がいっせいに私達に向けられたが、蘇芳は緩く首を横に振った。

『ベリサリオ領は精霊獣の数も多く、防御が厚い。領民も精霊と暮らす者が増えているので、痣のある者は暮らしにくい。ディアドラは目立っているが、我らの守護がある』

「他の地域に移動しているということですか」

『そうだ。ノーランド。おまえ達もこれから俺との接触が増えれば、狙われるやもしれんぞ』

その言葉を聞いたノーランド辺境伯は、にやっと悪そうな笑みを浮かべた。

「魔獣と戦いながら領地を守ってきた我々ですぞ。人間相手だってこれでも経験豊富です。簡単にはやられたりしません」

彼の後ろにいるコーディ様もグレタ様もジュード様も、思いは同じようだ。

精霊王のいる場所が辺境伯の治める場所でよかった。戦闘力あるからね。

「父上、精霊獣を早く増やさなければいけませんね」

「うむ。ベリサリオに負けないくらい我々も頑張らねばな」


話が一段落ついたので、ノーランド辺境伯一家は蘇芳の招待で別の場所に移動することになった。

瑠璃が湖上の席に招待してくれるから蘇芳もそうなのかと思ったけど、どうやら崖の中腹にスペースがあるらしい。そこが蘇芳の住んでいる場所への入り口になっているのかな。

辺境伯一家が招待されるのはわかっていたので、残された者達は思い思いに近くを探索しながら、魔力を放出して精霊を探し始めた。

「この問題は陛下にもお伝えしなくてはならんな」

お父様はすぐに精霊省の人達と打ち合わせだ。

「お兄様、シュタルクで内乱が起こっているとなると、貿易に影響が出ませんか」

「出ているよ。物資の輸出が増えている。ディアに精霊について説明してもらったらどうだって話も出ているらしいよ」

「その話、誰に聞いたんです？」

「その質問、二度目だね」

私達から少し離れて護衛してくれているジェマの隣にいる男に視線を向けた。

中肉中背、地味な顔だけど目つきが鋭い。どう見ても悪人顔。髪の色はうちの領地でよく見かける銀に近い金髪。私の視線に気付いて驚いた顔で首を傾げてみせたので、ニコッと笑って視線を湖に向けた。

彼がお兄様の執事のルーサー。レックスのお兄ちゃんだ。

アランお兄様の執事や側近は、だいたいがあのタイプ。

「お兄様、近衛騎士団じゃなくて諜報関係の仕事が向いているんじゃないですか？」

「だから近衛騎士団なんだよ。中央の情報を集めやすいでしょ」

「へ？」

「兄上の仕事を手伝うんだから」

え？　近衛騎士団で皇族や国を守りたいんじゃなくて、情報を集めるために潜り込んでおこうってことなの？　ベリサリオのためだったの？

これが多民族国家の弊害か。

お父様もお兄様達も、基本、うちの領地を豊かにすることを第一に考えている。皇族とも仲良くするし、内乱なんてとんでもないって思っているみたいだけど、それって領地が荒らされたくないからかも。

そういえばジュード様もせっかく年が近いのにエルドレッド皇子の側近になってないじゃん。自分の領地にずっといるわ。

きっと皇都周辺にいる貴族や公爵、侯爵家は違うんだろうな。

今更ながら、家族の考えにびっくりだわ。どうりで皇太子との結婚をどう？　とは聞かれても説得されないわけだわ。最近はお母様まで、私とずっとフェアリー商会の仕事がしたいから、結婚なんていつでもいいんじゃない？　なんて言い出し始めたからな。

陛下やアンドリュー皇太子が神経質にもなるわな。

「いや、私は自分が恋愛結婚でしたから、子供達も学園でいろんな出会いをしてもらいたいと思っていますよ」

つい考えに沈んでいたら、お父様の不機嫌さを隠した声が聞こえてきた。

どうやらいつのまにか、私やアランお兄様を紹介してくれって人達に囲まれていたらしい。蘇芳との親しげな様子を見て、私達には直接話しかけづらかったかな？

「しかし私は精霊省大臣ですし、子供達は精霊王と親しいですからね。身分も重要ですが、学園卒業時に全属性精霊獣持ちの相手でないと、縁談は難しいでしょうね」

おい。今、私の幸せな結婚のハードルが、棒高跳びくらいに跳ね上がったぞ。

「アランお兄様。私一生独身のような気がしてきました」

「一学年に三人くらいはいるよ。うちの騎士団にだって三人いるし」

うちの騎士団、何人いると思っているのさ。

「お兄様も条件は同じですよ」

「僕は次男だし年齢さえ釣り合えばいいけど、ディアはたぶん、資産がある伯爵以上領地持ちの嫡男じゃなきゃダメじゃない？」

「ソンナコトナインジャナイカナ」

諦めちゃ駄目だ。諦めちゃ……泣きたい。


夕方に馬車の近くに戻り、今日はそこで一泊する。

精霊獣が分担で結界を張ってくれているし、念のために魔道具の結界も張ってあるから安心だ。

公園のベンチのような椅子が用意され、クッションも置かれ、貴族達はそこに座って優雅に野宿を楽しんでいる。

私は地面に座ってもいいんだけど、やめてくれと言われたので、お父様とお兄様に挟まれてお嬢様らしくクッションに座ってますわよ。

人々の集う中央では大きなかがり火がたかれ、火の精霊獣達が楽しそうにその周りを飛んでいる。

用意してあった魔獣の肉を網で焼いて、香辛料をつけて食べるのは、場の雰囲気もあるんだろうけどなかなかに美味かった。

これで観光ツアーが出来るんじゃないかな。

ドラゴンが出ても蘇芳が守ってくれるなら、子供だって参加出来るじゃん。

十歳になったら精霊王の元まで旅をする試練！　って、ノーランドらしいと思う。

「ん？　この音なに？」

みんな楽しく騒いでいても、偶然一瞬、言葉が途切れて静かになる時ってあるじゃない。そんな時、遠くから微かにトントントントンって音が聞こえて、つい見てしまった。

魔道具の結界ってね、虫よけにもなっているのよ。

そこに大人の拳大の蚊が、羽根をぶんぶん言わせながら何度も何度もぶつかっていた。一匹じゃないのよ。夜の歩道の電灯に群がる虫みたいにいるのよ。

「お……お兄様……あれ」

「うん？　あ、一角モスキート！」

「え？」

「ああ、捕まえないと！」

お兄様が叫んだ途端、酒を飲んでいたはずの冒険者が自分に結界を張って飛び出していった。

血を吸う管が角みたいだから一角なんだよって教えてもらったけど、どうでもいいわ！

でかいから足の縞々までよく見えて、キモイったらない。

「何事なんです？」

「あの魔獣の体液が薬の原料になるんだよ」

お父様がにこやかに教えてくれたけど、私の目は先程とは違う方向の結界に釘付けになっていた。

「あ……あれ……」

今度は私の頭より大きな蛾が、鱗粉(りんぷん)をまき散らしながら結界にぶつかっている。

「まあ、おしろい蛾よ」

「生け捕りにしようぜ。高く売れる」

生け捕り……おしろい……。

「ノーランドではね、薬草の栽培や魔獣の養殖もしているんだよ。倒してばかりではいずれ絶滅してしまうからね」

「それは素敵ですね」

ノーランド辺境伯に、にこやかに返事出来た私を褒めてほしい。

あんなでかい昆虫みたいな魔獣がいるなんて。

「なんならおしろい蛾から化粧品が作られるところを見学するかい？」

やめて。無理。

ノーランド恐るべし。

楽しいお食事会　コルケット辺境伯領

今年もまた夏がやってくる。我が領地が避暑地として賑(にぎ)わう季節だ。

ということで、この夏に向けてフェアリー商会は様々なことを急ピッチで進めていた。

ジェラートは大人気で、公園で食べ歩きをするカップルをよく見かけるようになったらしいんだけど、避暑に来る貴族の方達は店舗には来てくれても、屋台には来てくれない。

私、勘違いしてた。自分が夏に旅行に行く感覚で考えてたよ。旅先で食べるソフトクリームって美味しいじゃん。

でもね、この間私も街に行ったけど、貴族のご令嬢は自分で屋台の物を買ったりしないのよ。中にはお忍び（しの）で食べ歩きをする人もいるかもだけど、ごくわずかよ。

避暑に来るのは金持ちの貴族だけ。彼らは暑いのが嫌だから涼しい海辺の街に来るんであって、海に泳ぎに来るわけでも観光名所巡りに来るわけでもない。別荘やホテルに生活の場所を移して、皇都にいる時と同じ生活をするの。

外に行く時だって魔道具で涼しい馬車の中から観光はしても、暑い中自分の足で歩いたりしないのよ。

健康に悪いよね。歩かないと。

家にいると暑いから冷房の効いた図書館やコンビニで過ごすやつらのように、旅先でも涼しい室内に引き籠（こも）るやつら用に、フェアリー商会では小型の観光用レンタル精霊車をご用意いたしました。運転手付きで。

試しに乗る為なら少しは遠出する気になるでしょ。

それと今年から、馬車の中でも食べやすいスティックタイプのチーズケーキを販売することにした。食べ歩きしないなら馬車の中で食べてもらおう。

ジェラートも馬車の中で食べられるように、店に魔道具のアイスボックスを置くことにした。金持ちはちょっとくらい高くても、ジェラートが溶けないよっていうと簡単に買うからね。

あいつら、金の使い方おかしいから。

食べ歩き出来ないから、屋台ごと屋敷に持って帰りたいわって言い出すやつ、何人もいたから。

精霊車の乗り心地と海沿いの景色を楽しみつつスイーツを食べてもらって、隣町に行ってもらう。

城のある街の港は外国との貿易メインだけど、周囲の街は漁師の使う港があるから、新鮮な魚介類が豊富なの。そこで海に沈む夕日を眺めながら、名物のトマト味のブイヤベースを味わってもらうわけさ。一泊する人も出てくれればなおよし。

最近、精霊の聖地みたいになっちゃって、城の周りしか人が集まらないのが、これで少しでも足を延ばしてもらえればありがたい。いやまじで。

三十過ぎの私の感覚だと旅行といえば温泉なんだけど、あいにく我が領地に温泉はない。

美味い飯と美味い酒、そして温泉。それさえあればのんびりと終日を過ごして仕事のストレス発散出来る。それが私の旅行だったからな。美味しい食べ物に関してはアイデアを出せても、他には何も思いつかない。

私に内政チートは無理だったね。

そんな平和な日々を過ごし、やってきましたコルケット辺境伯領。

今回はアランお兄様がお留守番。ノーランドの時には陛下に遠慮して参加しなかったお母様も今回は参加している。コルケットは特産品が多いから、中央との関係も辺境伯の中では深いんだって。

城から見える風景は童話の挿絵のようだった。

建物の壁の色がクリーム色だったり薄いピンク色だったりしてカラフルで、レンガ色の屋根には屋根窓（ドーマー）がついていて、サンタクロースがご愛用しそうな煙突もついている。

五階建てくらいの建物がずらっと並んだ街並みの外側には、ずーーっと牧場が広がっていて、遠くに微かに城壁が見える。

視力にも優しく心にも優しい憩いの大地って感じよ。

今回の歓迎会は、ずらっと並んだ大きなテーブルにみんなで座ってのお食事会でした。

迎賓館で外国のお客様を迎える様子をテレビで流すことあるでしょ。あんな感じ。

こういう時、自分のパートナーと並ぶんじゃないんだよね。男女交互に席が決められている。

私の前の席はコルケット辺境伯の嫡男のヴィンス様。四歳のお嬢さんがいる若いパパさんよ。

右隣がカーライル侯爵嫡男で私のひとつ年上のダグラス様。

中央との関係が深いとわかる見事な赤毛にグレーの瞳で、目元がきりっとした男の子だ。

カーライル侯爵領は、うちとコルケット辺境伯と両方のお隣さんの位置に領地があって、うちからもコルケット辺境伯領からも、物資を皇都に運ぶには、カーライル侯爵領を通ることが多いの。

だから昔っから家族ぐるみのお付き合いなのだ。私は四歳からの二年間、ほとんどヒッキーだったから会うのはひさしぶり。

左隣がラーナー伯爵嫡男のデリル様。こちらはほわんとやさしそうな栗色の髪に緑の目の男の子ね。

ラーナー伯爵はコルケット辺境伯の妹さんの嫁ぎ先なんだって。同い年なんで学園では同級生だから、早めに仲良くなれるのは嬉しいんだけど、この席順、主催者の意図を感じるわ。

あ、思い出した。ラーナー伯爵家って魔力量が多いことで有名な一族だ。

デリル様の肩の上にも三種類の精霊が並んでいる。あの大きさだと精霊獣もいるかもしれない。

ダグラス様は精霊と剣精が一属性ずつかな。

今回は私、誰がどこのどんな人かちゃんとわかってるでしょう?

作りましたよ、相関図。自分で！

クリスお兄様やお母様に相談したら、情報はたくさんくれたけど相関図を知らなかった。

この世界に相関図はなかったぜ!!

あれってアニメや漫画で登場人物の関係を表すのによく見るけど、そういえば他ではめったに見ないよね。相関図を作るって発想自体がオタク脳だったのかもしれない。

でも私は元オタクですから。

二次創作で次々に新キャラが増えるジャンルで、頭が混乱しないようにチマチマと作っていた経験が、こんなところで役に立ったよ。

わかりやすいと家族に絶賛され、転写の魔法で何部か作って家族に配られ、お父様の書斎の壁にも貼り付けてあった。

なんというか……複雑な気分よ。

隠していたオタクの技術が、堂々と家族の目にさらされているいたたまれなさ。

それに、相関図を異世界に持ち込むって、地味というか……。

いっそ開き直って、アンドリュー皇太子と学友や側近達とかいう相関図作ったら、お嬢様方に売れないかしら。

大人達は別のテーブルでワインやエールを楽しみながらお食事中。

ヴィンス様と奥さんのジャネット様や、子供達の保護者が何人か、お世話をするために子供達の席に座っていたけど、他は子供ばかりが座った長い長方形のテーブルの、ほぼ中央に私の席はあった。

どうせ私、自分から話しかけるとか話題をふるのは苦手だし、食事会だから美味しく食事をいただけばいいのよ。

香辛料の効いたステーキも新鮮な牛乳も美味しいよ。特にチーズ！　私、前世からチーズ大好きで、デパ地下のチーズ売り場のお得意さんになるほど仕事帰りに買っていたの。

週末はチーズとワインと薄い本。最高だよ！

ああ、懐かしいな。あのサークルの本、買いたかったな。

「ディアドラ嬢は食べ方が綺麗だし、とても美味しそうに食べるんだね」

黙々と食べていたらヴィンス様に話しかけられた。

「全部とても美味しいです。特にチーズが」

「チーズが好きなのかい？」

「はい」

「たしかベリサリオ領にも牧場のある地域があっただろう」

ダグラス様が話に加わった。

こういう時、さらっと会話に参加出来るって一種のスキルだと思う。

「ありますけど、今はジェラートやチーズケーキを作るのに忙しくて、チーズは種類が少ないんです」

「チーズケーキ？　チーズをケーキにするのかい？」

「はい、ヴィンス様。コルケット辺境伯様にお渡ししたお土産に入っていますよ」

「おお、それは楽しみだ」

「いいなあ。僕も食べたい」

「僕も！」

食い物の話になると、みんな積極的になるな。

子供と仲良くするには餌付けするのがいいのかな。男の心を掴むには胃袋を掴めって言うもんね。

物理的に掴むんじゃないよ？

「この夏から販売するので、ぜひベリサリオ領へ遊びに来てください。精霊車の貸し出しもしますよ」

にっこり笑顔でお奨めする。営業は大切よ。

「精霊車に乗れるの?!」

「はい、デリル様。予約が必要なので早めに連絡していただければ乗れます」

「ディアドラ様がいつも乗っている、あの精霊車も乗れますか？」

「はい？」

「ノーランドでドラゴンが出た時、ディアドラ様の顕現した精霊獣が大きくて強そうだったって聞いたんです」

「僕も聞いた。ドラゴンを見たなんて羨ましいな」

「ええ？　火の精霊王様が光の壁で守ってくださったから安心していられましたけど、そうじゃなかったらドラゴンにはもう会いたくありません」

なんでそこで意外そうな顔をするのよ。

まさか私はドラゴンを捻り潰すとでも思ってるの？

「妖精姫と聞いていたので、どんな方かと思っていたんですけど、普通の方なんですね」

デリル様に言われて首を傾げた。

いったい妖精姫ってどんなイメージだったのよ。ドラゴンとも友達になると思ってた？

それか、精霊王が助けてくれるってわかっていて、どっしりと構えていると思ってた？

いやいや。目の前にドラゴンいたらびびるから！

あれはアニメや映画で見るものであって、ナマで見ちゃ駄目よ。命がけじゃん。

六歳で死にたくないわよ。

「イメージを壊してしまいましたか。申し訳ありません」

「そんなことないです。とても可愛らしい方だと思います」

「まあ、ありがとうございます」

可愛いと言われるのは嬉しいよね。社交辞令でも。

でもね、この世界、貴族のご令嬢のレベル高いから。可愛くない子を探す方が大変よ。

だから可愛いって、みんな息をするように言うからね。挨拶みたいなものよ。

「ディアドラ嬢は、どんな男性が好きなのかな？」

突然、少し離れた席の紳士が聞いてきた。

あの人、誰だっけ。子供の席に紛れている大人って主催者側の人じゃなかったっけ？

まあ、こういう時はお約束の返事をしておけばいいんじゃないかしら。

「そうですね。お父様みたいな方がいいです」

「ベリサリオ辺境伯は素敵な方ですもんね」

「オーガスト様がお喜びになりますわ」

子供の中に一緒に座っていた保護者の女性がいっせいに反応しているんですが。

「ベリサリオ辺境伯のような方か」

「なかなかいないぞ」

ヴィンス様とダグラス様は、なぜか神妙(しんみょう)な顔つきになっていた。

え？　よく小さい娘が言うセリフだよね？

パパと結婚したい！　とか、パパみたいな人が好き！　とか。

あ！　うちのパパさん、半端なくスペックが高かった。

公爵相当の地位で大臣。フェアリー商会で儲かっていて全属性精霊獣持ち。しかも超絶美形。

やばい。そりゃなかなかいないわ。

「お父様は今でもお母様が大好きなんです。そういう旦那様がいいなって」

「なるほど。そういう意味か」

「はい」

ふ。また結婚への道が遠のくかと思ったぜ。

「こんな話題をふるとは。すまないね、居心地悪くなっていないといいんだが」

ヴィンス様が話題を振った男を睨んでから、こちらにすまなそうな顔を向けてきた。

別にこれくらい、酒の席でも話題にする奴いるよね。セクハラかなとも思うけど、この世界では嫌味の応酬くらい笑顔で出来ないと貴族やってられないみたいだし。それに比べたら全く問題ないわ。

「いいえ、そんなに気を使っていただかなくても大丈夫ですわ。あ、皆さんにも同じことを聞いてみればよろしいのでは？」

そうよ。私にだけ聞くから不自然なのよ。

「僕はディアドラ様みたいな可愛い女の子がいいです」

「まあ、デリル様は女性を喜ばすのがお上手ですわね」

おいこら、そこで個人名を言うな。面倒なことになるだろ。
だったら縁談をとか、会えるように遊びに行きましょうとか……あ、うちの領地に遊びに来てくれるのは大歓迎ですわ。

「ディアドラは可愛いんだけど……」

ダグラス様はなんとも複雑な表情をしている。

「ベリサリオ辺境伯だけでも大変なのに、クリスとアランが妹大好きだからな」

……うん。

三人まとめて倒さないと、互いに復活させちゃう部下を連れたラスボスみたいになってるよね、私。

昼食会の後はダンスパーティーだ。

エールの産地としても有名なコルケットは、町ごとに有名な銘柄のエールを作っているくらい、産出量も国一番だけど消費量も国一番だ。

ダンスパーティーといっても夜の舞踏会とは違って、軽快な明るい曲に合わせてみんなで踊りながらエールを楽しむ、地方色豊かな緩い感じのパーティーなの。私はこういうおおらかな感じなのは大好き。

街並みといい、エールが有名なところといい、たぶん前世の世界のヨーロッパにもこういう田舎町はあると思う。

ただ中央の格式ばったやり方が好きな人達の中には、あんなのはダンスパーティーじゃない。田舎臭い集まりだと馬鹿にする人もいるらしい。

地方色が豊かだからこそ、いろんな名産品が生まれるし旅行が楽しいのにね。

多民族国家で他所の民族のやり方を馬鹿にしちゃ駄目よ。

でも最近、辺境伯ばかり目立っているから風当たりが強くなっているみたい。

「知らない方ばかりで緊張しました」

「でもお食事はとても美味しかったです」

今回はベリサリオから私の側近になる人達、アイリスとシェリルに一緒に来てもらっている。経験を積んでもらわないとね。

つい「様」をつけて呼んでいたら、側近なんだからダメだと言われてしまった。

私だけ呼び捨てにする関係って、なかなか慣れないよ。

彼女達は同じく側近として来ている人達と同じテーブルで食事をしていた。

出される食事は同じだけど、たぶん話題はだいぶ違うはず。子供達はまだ互いの顔を覚えて仲良しを探すっていうのどかなやり取りだろうけど、大人達は情報の探り合いよ。自分の仕える主人に有用な情報を集めるのも仕事だからね。中には酔って愚痴をこぼすやつもいるかもしれないじゃない。でもそんなことをしたら、あっという間に貴族中に知れ渡るわよ。

ふたりとも周囲からいろいろ聞かれたらしい。

ドラゴンと精霊獣が互角にやり合っていたとか、蘇芳が大切そうに頭を撫でていたとか、いまだにUMA扱いの私にどんどん伝説が加わっていくもんだから、この機会に少しでも情報を掴んで帰らなくてはと思っているんだろう。

やり合ってないし、アランお兄様も同じように頭に手を置かれていたけど、それは噂にならないんだよね。みんな、聞きたい話しか聞かない。

なんなの。蘇芳をロリコンにしたいの？　私に怪獣大戦争をさせたいの？

「ディアドラ様。少しよろしいかしら？」

不意に声をかけられて、びっくりして振り返った。だって、私に声をかけていい人は皇帝一家しかいないんだよ。それ以外の人は私に声をかけてもらおうと、視界に入るようにさりげなく移動してるのに。

まいったな。めんどくさいな。事なかれ主義の前世を持つ私としては、何も気付かなかった振りで答えてしまいたい。

せめて互いに迷うような、前回のパトリシア様とのやり取りのような感じだったら、仲良くなるきっかけにもなったのに。

でもそんなことを言っていたら、貴族としては失格だ。身分が大きな意味を持つこの世界で、下の者に公(おおやけ)の場で失礼なことをされたら、ちゃんと対応しないと家族が笑われる。

それだけじゃない。側近達もうちで働く者達も、時には領民だって軽く見られる。

声をかけてきたのは、波打つ赤毛がゴージャスな美人さんの女の子だった。彼女の周りに他に三人、年齢が同じくらいの女の子が並んでいる。精霊がいない子ばかりだから中央の子なんだろう。

とても緊張している感じで顔が強張っているけど、敵意は感じないかな。苛められる感じではない。

でも彼女達、たぶん十歳よりちょっと上ぐらいだと思うのよ。成長の早いこの世界では、第二次成長期が始まっているみたいで背が高いし、胸も大きいし、すっかり大人っぽい。同い年の男の子に比べて、この時期の女の子は発育が早いんだよね。それが四人よ。

こっちは六歳と七歳の女の子だから、体格差が大きいのよ。中学生と小学校中学年くらいの差があるのよ。小柄なシェリルなんて怖がっちゃって、私の腕に縋り付いてきている。これ、周囲から見たら、年下の女の子を苛めているお姉さん達に見えない？

「ディアドラ様」

小声で斜め後ろからアイリスがそっと差し出してきたのは、ご令嬢の武器でも防具でもある羽根飾りの付いた扇だった。

やるな、おぬし。

そうよね、ここは悪役令嬢ディアドラ様の出番よね！

「あの……どちら様？」

閉じた扇の先を顎に触れさせながら、困った顔で首を傾げる。

こ、これでいいのよ。私の顔のタイプで毅然とした感じは無理があるのよ。守りたい系野生児なんだから。腹黒悪役令嬢なのよ。内弁慶じゃないんだから！

「まあ、ブリジット様をご存じないの?!」

知らんがな。初対面でしょうが。

それより緑色の髪のあなた、声が大きすぎるよ。目立つよ。あなた達、自分の首を絞めているよ。

おばさん心配になってきたわ。

「私、ブリジット・リディア・フォン・チャンドラー。チャンドラー侯爵の三女よ」

「侯爵?!」

目を大きく見開き、扇をぱさっと開いて口元を隠す。

片手で扇を開いたり閉じたりするの、けっこうむずかしいわね。練習しておけばよかった。

「まあ、先に声をかけていらしたから、てっきり皇族の方で私の存じ上げない方がいらしたのかと思いましたわ」

「……何を言っているの？」

「あなたは辺境伯令嬢でしょう？」

ねえ、四人とも知らないみたいなんだけど、この子達やばくない？

「あら、もしかして父が公爵相当の地位になったことを御存じないのかしら？」

「え？」

「皇族に次ぐ地位をいただいたんですのよ？」

「な、なにを言っているの？　ありえないでしょ？」

「そんな話、知ってた？」

「では、大臣になったことも御存じない？」

「ええ?! ちょっと、どういうこと?」

「知らない。嘘じゃないの?」

うん。いるいる。中高のどこのクラスにもいるよ、こういう子達。

流行りのスイーツと大好きなバンドとかっこいい男の子にしか興味ないいんだよ。

「嘘? 今、私を嘘つきよばわりなさったの? 初対面の身分の下の方が先に声をかけた上に、許可もしていないのに名前で呼んで、今度は嘘つきよばわり? チャンドラー侯爵令嬢が私をどうお思いかよくわかりましたわ」

ため息をついて悲しげな顔で俯く。

ちらっと視界にこちらに来ようとしたダグラス様が見えたから、彼女達に見えないように眉を顰めて来るなと目線で合図を送った。

女の喧嘩に男が口を出したら駄目よ。まして年の近いイケメンくんは駄目。

『この者達が何かしたのか』

『悲しいのか。大丈夫か』

『こいつら倒す?』

『我らの敵か?』

様子を見ているだけでは我慢出来なくなったのか、精霊達が私とブリジット様の間に割り込んできた。それに負けじとシェリルやアイリスの精霊達までふたりの前に出てきた。

精霊はまあ口を出してもしょうがない。守るのが仕事だもんね。

「大丈夫よ。問題ないから静かにしてね」

様子を見ていたダグラス様が傍にいた男の子に何か話をして、その子が周囲を見回してから駆け出した。

あ、もしかしてこれは、側近に両親かクリスお兄様を呼びに行かせたかも。

「な、なんなのよ。私はただ、お茶会に招待してあげようとしただけよ！」

あーもう駄目だこれ。どうやって収拾つければいいの？

初対面の相手をお茶会に誘うなら、少しは調べようよ。

「お断りします」

「な……なんですって?!」

「むしろ、この状況で承諾すると思っているのが驚きですわ」

「ちょ……ちょっと待って。まさかクリス様に何か言う気じゃ」

「え？　どうして。話しかけただけじゃない」

「だってアンドリュー皇太子殿下が……」

今度はこちらに背を向けて四人で話し出したぞ。

やっぱりクリスお兄様とアンドリュー皇太子狙いか。

「ディア、いったい何の騒ぎなの？」

横から聞こえた声にほっとしたの半分、やばいって思ったの半分。

だってお母様の声が氷点下以下の冷ややかさなんだもん。いろいろ終わる人が出る気がする。

金色の髪を結いあげて、スタイルの良さを引き立てるドレスを纏ったお母様は、ともかく目立つ。立っているだけで思わず目を向けてしまう美しさ。

さっきまで話し込んでいた四人も、急に顔色を変えて黙り込んだ。

「アイリス、状況を教えてくださる？」

「はい、ナディア様」

私に聞かないところがさすが。

私だと彼女達を庇ったり、自分で何とかしようとするからね。

ただ、話を聞くうちにお母様の口元が、綺麗な微笑みを浮かべたのが怖い。

「まあ、あなたキャシー様の娘なの」

「……母を御存じですの？」

「ええ、とっても。でもそれよりお聞きしたいことがあるわ。なぜチャンドラー侯爵家の者がここにいるの？」

「え？」

「誰が招待なさったの？」

四人揃って真っ青な顔でうろたえているのはどういうこと？

招待状なしで来ちゃったの?!

それなのに私に話しかけて、あの態度なの?!

「あなた達、なんでここにいるの?!」

悲鳴のような声と共に、真っ青になったシンディー様が駆け付けてきた。

この方はコルケット辺境伯の娘さんで、今年十七歳。

普段はおとなしそうな雰囲気のお姉さんだったのに、今は泣き叫びそうな顔をしている。

「私……姉の招待状を」

「あれは間違えて送ったからとレベッカに話して断ったでしょ！　捨ててって言ったのに！」

「そんな……知らなかったのよ」

そもそもお姉さまの招待状で、あなたが来ちゃ駄目でしょ。しかも四人で来るってすげえな。根性あるな。

おそるべし恋愛脳。おそるべし肉食女子。

「申し訳ありません。私、知らなくて友達を招待してしまって、それで母に聞いて慌てて断ったんです。レベッカは事情を知っていて、間違いだとわかっていたと言ってくれたのに」

えーと、これはどういう流れだ？

うちとチャンドラー侯爵家には何かあるの？

「落ち着いて。そのお話は聞いていますから大丈夫ですわ」

お母様が肩に手をそっと載せて微笑んだのを見て、シンディー様はほっと息をついてから、深々と頭を下げた。

「本当に申し訳ありません」

「キャシー様とのことは、もう昔のことですもの。今更、事を荒立てるつもりはありませんわ。でもそちらのお嬢さん方が、娘を嘘つき呼ばわりしたのは話が別よ」

すっと取り出したのは、バラ色の地に黒いレースが繊細な模様を描く扇だ。それを音もなく開いて、赤く塗られた唇を少しだけ隠すのが艶っぽい。

あの扇が似合う人はなかなかいないよ。華やかで妖艶で、でも品がいい。年を重ねても私には真似できないだろうな。

「招待状も持たない侯爵家のお嬢様が、私の娘をないがしろにするなんて。チャンドラー侯爵家はどうなさるのかしら。……もちろん、招待状もない者を大事な娘に近付けた主催者の方にもお話は伺いたいわ。警備はどうなっていますの？」

いやん。ママンマジ怒。

コルケット辺境伯御一家が、大慌てで駆けつけてきたわ。

明日、やっと精霊王に会えるというのに気の毒すぎる。

「ナディア、きみが愛するディアを心配するのはわかるが、せっかくのパーティーをこの娘達のために台無しにはしたくない。別室で話さないかい」

いつの間にか颯爽とやってきて、お母様の肩を抱いてやさしく話すお父様。さすがです。

お母様の冷ややかさに青くなっていた四人が、こんな状況なのにうっとりとした視線を向けたせいで、余計にお母様を怒らせている。

もう私、関係ないよね。ここにいなくていいよね。

「そうですわね。明日には翡翠様に会えると、みなさん喜んでいらっしゃるんですものね」

「クリス。ダグラスくん。私達は席を外すからディアを頼むよ」

「まかせてください」

「え？　あ、はい」

呼びに行ったのがダグラス様の側近だったし、普段から仲がいいカーライル侯爵の息子だからと、しっかりと巻き込んでいるお父様はぬかりない。

ノーランドでは大人と子供がはっきりと分かれていたし、女の子は女の子だけで固まっていたから私に声をかけてくる人はいなかったんだよ。

でも今回は側近もいるから、私が駄目なら側近と仲良くなっておきたくて、大人も子供も話しかけてくる。私だってたくさん声をかけられているから、護衛代わりに侯爵家嫡男を使おうとしてるんじゃない？

「べつにダグラスはいいよ。ディアに近づくな」

「いい加減に少しは妹離れしようよ」

「ふん。ディア、バルコニーでひと休みしようか」

「はい、お兄様」

私の返事が終わらないうちに、すっと横からエスコートのために手が差し出された。

「ダグラス……」

「おとなげないよ、クリス」

機嫌悪そうなひっくい声を気にするどころか、ダグラス様は楽しそうで、私がため息をつきながらその手を取ると、するりとお兄様の横を通り抜けてバルコニーに歩き出した。

テラスの屋根になっているバルコニーは広くて、大きな丸いテーブルが三つとそれぞれに椅子が六つずつ置かれている。

ダグラス様が引いてくれた椅子に腰をおろし、初夏の花に彩られた庭園を眺めてほっと息をついた。誰もいなくてよかった。さすがに疲れたわ。

私の背後にはシェリルが、ダグラス様の背後には先程お母様を呼んできてくれた側近のジルド様が控えている。

前世の小説で側近がすぐ横に控えている記述を何度も読んでいたけど、いざ自分が人を従える立場になると、まったくもって落ち着かない。むしろ後ろに立ちたい。

「デリルに悪いことをしてしまったな。あんなにアピールしていたのに、僕がここにいるってわかったら恨まれるよ。笑顔でかわされて落ち込んでた」

「デリル？　ああ、あのほんわかした子供か」

少し遅れて機嫌悪そうに歩いてきたクリスお兄様は、ダグラス様とは反対側の私の隣に腰掛けた。しっかりと防音の結界を張り、許可なく誰も通すなと精霊に命じているあたり、精霊の活用の仕方は私よりお兄様達の方がずっと上手い。

「見た目はほんわかでも、魔力量はかなり多いはずだよ。精霊獣もいるはずだ」

「ふん」

「……アピールされてましたっけ？」

首を傾げたら、ふたりに驚いた顔で見返された。

「あんなにはっきりと口説いていたじゃないか！」

「あのガキ、口説いていたのか⁈」

「いちいちうるさいよ」

「あれは社交辞令ですわ」

「そうそう、ディアは気にしなくていいんだよ」

「ええ⁈　六歳の子供が社交辞令で口説くって、そっちの方がすごいだろう」

「おまえだって七歳だろうが」

「僕だって社交辞令で女の子口説けないよ」

「でもみんな、息をするように可愛いって言うじゃないですか。挨拶みたいなものでしょ？」

「…………」

ふたりして呆れた顔をしないでよ。

お兄様のその顔は見慣れているけど、ダグラス様にまでそんな顔をされるとは。

「ディア、それを他の女の子の前で言わない方がいいよ」

「え？」

「みんなに可愛いって言われるのは、ディアが可愛いからだよ。みんなが言われているわけじゃないよ」

「でも、私のお友達も皆さん言われてましたわ」

「ディアの友達って、カーラ嬢やパトリシア嬢だろう」

「可愛い子ばっかりじゃないか」

そうかやっぱりあの子達は、美形揃いのこの世界でも可愛い子なんだ。

それでみんな、可愛いって言われていたのか。

「……天然？」

「あー、ちょっと残念な感じで」

「聞こえてますわよ」

この世界の人はみんな、ひとまず女性を見たら可愛いが挨拶かと思っていた。違うのか。だとしたら聞き流してしまって失礼なことをした。今後はちゃんと感謝を伝えないと。

はっ!!　もしかして日本でも、可愛い子は挨拶みたいに可愛いねって言われるの？　男性に?!

転生して知った衝撃の新事実。前世の私には無縁すぎる生活だ。

「結局は……顔か」

「ディア？」

「なんでもありませんわ」

クリスお兄様の側近のライとアリシアが、お茶のセットとケーキを何種類もワゴンに乗せて運んできてくれた。

私は昼食を食べたばかりでお腹がいっぱいなのに、平気な顔でケーキを食べている男の子達の胃袋ってどうなっているんだろう。

あ、側近四人も椅子を運んできて、一緒にお茶しています。クリスお兄様が許可を出してくれてほっとしたよ。

「さっきの四人はお兄様の御学友ですか？」

「挨拶くらいはしたことがあったかもしれないな」

「チャンドラー侯爵家とそれに連なる者達だろう？」

どうもふたりが嫌そうな顔をしている気がする。これはやっぱり何かあるな。

「この間、相関図を作る時にお話していただけなかったことがあるのかしら」

「相関図？」

「その突っ込みは、いりませんわ」

「母上とチャンドラー侯爵家夫人のキャシー様は、父上を取り合った恋敵だったんだよ」

「ええ?!」

「ええ?!」

ダグラス様まで驚いているのはなんなの。さっきは訳知り顔をしていたじゃない。

「知っていたんじゃないのか」

「僕が考えていたのは、政治的な話だよ。派閥関係の」

「ああ、それもある。それを隠すために母上が出ていったようなものだからな」

「せっかくこの秋に中央も精霊王に許してもらえそうなのに、騒ぎは起こしたくないよな」

「ちょっと」

ふたりだけで何で話を進めているのよ。

私は無視かい。

「わかるように話していただけません？」

扇でテーブルをべしべし叩いても、ふたりでこっちを見ているだけなので、交互にふたりの腕もべしべしと扇で叩く。遠慮して叩いてはいるけど、ふたりしてまるで痛がらずにほのぼのとした顔をしているのがむかつく。

「わかったから、そんな拗ねた顔をしない。恋敵といっても父上は最初から母上しか見ていなかったのに、キャシー様が横恋慕（よこれんぼ）して母上に嫌がらせをしたらしい」

おおう。私知ってる。心優しいヒロインがあんたどういうつもりよって囲まれちゃうやつでしょ？

だけどお母様が、おとなしく嫌がらせされているとは思えないんだけど。

あ、五対五くらいの女同士の戦い？

こわそう。巻き込まれたくはないけど、壁から顔だけ出して見物したい。

「婚約が決まって、父上が贈ったドレスと装飾品をつけて舞踏会に出た母上に、キャシー様がわざとぶつかったふりして、ドレスにワインをぶちまけたんだよ。父上は相手の協力者に嘘の用事で呼ばれて離れていたんだって」

「協力者って、グループで嫌がらせしたんですか？」

「母上は陛下の親友で美人だから男子生徒に人気があって、父上は辺境伯嫡男で格好いいと人気があって、邪魔をしたいやつはたくさんいたんだよ」

学校って勉強するところだよね。同年代の子供が集まるから、相手を探す場所でもあるのはわかっているけど、なんだその無法地帯。

「大人は放置しているんですか？　側近達は何をしていたんです？」

「もちろんすぐに父上の元に側近や友人が駆け付けて、母上の傍を離れていたのはほんの何分かだったらしいよ。キャシー様は母上にぶつかるふりをするだけのつもりが、本当によろけてぶつかって、母上のネックレスにキャシー様のドレスのレースが引っ掛かって、離れる時にびりびりに破けたんだって」

「ひでぇな」

「大惨事ですわね」

話をしているのは私達三人だけだけど、側近達も話を聞いているから、みんなしてうわあって顔になってしまっている。その場に自分がもしいたらって考えただけで眩暈がするわ。

「それで自分がやったくせにキャシー様が怒って、そんな悪趣味なネックレスをつけているせいだって叫んだところに、父上が戻ってきた」

「辺境伯が選んで贈ったネックレスなんだよな」

「ゾイサイトのネックレス、見たことあるだろ」

あるある。皇族とのお茶会にもつけていたやつだ。

あれを悪趣味と言ってしまったのか。婚約決まったばかりのカップルに向かって。

「私の趣味の悪さをあざ笑うために、最愛の人に嫌がらせしたのかと父上に冷ややかに言われて、キャシー様は泣き出したそうだよ。婚約したことも、母上のドレスや装飾品が父上からの贈り物だったことも知らなかったからね。その場で父上が婚約を発表して、それ以来、うちの両親はキャシー様と同じ場には出席しなくなった」

「今も?!」

「何年かしたら、周囲が気を利かせて同時に呼ばなくなったからね。今でも会っていないよ」

まじか。……てことは、陛下の元で行われる主な行事には、いっさい出席出来ていないってことじゃないの？　ここ何年かの精霊にまつわる変化を、どう思っていたんだろう。

「チャンドラー侯爵はよくそんな女性を妻にしたな」

「そりゃ、パウエル公爵の派閥だからな。まだその頃、陛下は皇帝になったばかり。どうにか戦火が広がらないですんだばかりだ」

「パウエル公爵って、陛下と仲が悪いと聞いたことがあります」

「パウエル公爵は将軍の実家であるバントック侯爵と仲が悪くて、地方に領地を移されてしまって恨んでいると噂になっている。それに例の精霊の森の件で処分されたダリモア侯爵家は、パウエル公爵家と縁続き。同じ派閥だったからね」

「きみの両親とチャンドラー侯爵夫人の問題がなくても、この歓迎会にパウエル公爵の派閥の人間を呼ぶのはありえなかったんだ」

うわあ。ブリジット様達、必死だったんじゃないか。

学園で挨拶は出来ても、アンドリュー皇太子もクリスお兄様も周囲に側近や派閥が同じ家の生徒がいて近付けない。どんなに好きでも家同士の仲が悪いから、親しくなれない。

そんな中、コルケット辺境伯令嬢と自分の姉が親しくなったのは、唯一の希望だったのかも。ようやく手に入れた招待状だ。

私の噂は聞いていただろうから、ここで私と親しくなれれば、親の仲が悪くてももしかしてと期待したのかもしれない。

しっかし、やり方がまずすぎるだろう！　なんで情報を集めなかった。二度とないチャンスを棒に振って、さらに家同士の仲に亀裂(きれつ)を入れてどうするよ。ありえん。

せめて側近を通して手紙を届けるとかさ、こっちの派閥の同級生の女の子と親しくなって、大掛かりな女子会開いて私も呼ぶとかさ。あんだろう、やり方が！

「なんできみが頭を抱えているんだよ」

「ディア、さっきの子に同情しているんじゃないだろうね」

「そうじゃないですけど……迂闊(うかつ)すぎる」

「まったくな」

「そんな他人事のように言っているけど、秋に琥珀様のところに行って怒りが解けたとなったら、中央でも祝いの席を設けるだろう。向こうの派閥も顔を出すはずだよ。それにバントック派もいろいろと問題があってね。うちはどちらとも親しいとは言えないんだ」

「じゃあ、親しくなろうとするんじゃないか？」

うひゃあ。私は欠席出来ないかな。

さっきみたいなのがまたあったら嫌だなあ。

「ダグラス様」

会場の様子を偵察（ていさつ）に行ってくれていたダグラス様の側近のジルド様が、そっと話に割り込んできた。

「この場になんでカーライル侯爵の嫡男がいるんだと話題になっているようです」

「辺境伯に頼まれたから」

「ですから、なぜベリサリオ辺境伯はカーライル侯爵の嫡男に頼んだのかと。領地が隣で親しいのは皆さん知っていますからね」

「父上が、ダグラスとディアを会わせて親しくさせようとしていると思われたか」

クリスお兄様の笑顔の黒いこと。こうなること最初からわかっていたよね。

「だから、来なくていいって言ったのに」

「僕は噂になっても困らないよ」

「ほおおお」

「ノーランド辺境伯領の方達の方が、魔獣相手の生活をしているから気の荒い方かと思っていたのに、子供は子供だけで遊ばせてくれて誰も声をかけてきませんでしたよ。こんな穏やかな風景の中で生活しているのに、ここの方達は積極的ですね」

辺境伯同士の縁組がないなら、うちはどうだと周囲の領地の人達がこぞって声をかけてくる。上は一回り以上年上から、下は二歳まで紹介されたわよ。学園で親交を深めて恋に落ちるなんて伝説なんじゃゃない？

「何言ってるの。ここは冬は雪に覆われた極寒の地になるんだよ。城壁が低いのはね、わざと牛を狙って入ってくる魔獣を誘い込んで、倒して食糧にするためだよ」

「十一年前の陛下が皇帝になったばかりの国境戦で、ここの人達も敵を返り討ちにして領地を広げているよ」

「それにエール飲んでみんな酔っているしね」

「それな」

ああ……実はおらおら系なのか。

政治的なことは大雑把だとは聞いていたっけ。それで今回も招待状をちゃんとチェックしなかったな。

「お友達を何人か呼んで、お菓子をたくさん持ってくればいいんじゃないかしら」

「いいね。女の子も呼んで来よう」

「デリルも呼んできてくれないか」

ライとジルド様が飛び出していくのを見てため息をつく。ここに女の子が来たら今度は、クリスお兄様と誰が仲がいいんだろうかと噂になるんでしょう。ダグラス様だって優良物件だもん。みんな動向を気にするんだろうな。

「そういえば、ダグラスはエルドレッド殿下と同い年だったな」

「あまり接点はないけどな。皇都に行った時に顔は出すけど、取り巻きが多いから挨拶くらいしかしない」

「エルドレッド皇子ってどんな方なんです？」

私の質問に、ふたりが呆れた顔でこっちを見た。

ふ、ふん！　もうそういう顔は見飽きたもんね。慣れてるもんね。

「茶会で会っただろう」

「クリス、この子大丈夫か」

「おい」

「え？」

「あら嫌だわ。あの方、今まで何回かお会いしたけど、ほとんどお話しないいんですもの」

「そういえば……前回の茶会もジーン様とばかり話していて、僕達とはあまり話さなかったな」

「ああ、そうか。あの皇子様は自分から話を振ったりしないよ。いつも周囲が気を使って話題を持ってくるから。なんというか、悪いやつではないんだけど……自分はえらい、皇族なんだから誰もが自分の指示に従うものだと思っている感じだ」

俺様か。

私駄目なんだよね、俺様キャラ。

よし、距離を置こう。間違ってキレて張り倒してしまったら取り返しのつかないことになってしまう。

「つまり誰もエルドレッド皇子に話しかけなかったのか」

「それはまあ……そうだった」

「ベリサリオって……」

なんでちゃんと話しかけてこないんだよ。ちょっと精霊王に好かれたからって図に乗ってんじゃねえよとか思われてたり？

「でも前からアランはああだし、ディアはこうだし」

「ベリサリオって……」

二度言うなよ。

翡翠の住居

翌日は昼前に城を出発した。

翡翠様の住む場所は、城の北側にある山脈の最高峰にあるので、自力ではとてもいけない。じゃあどうするかというと、転送陣で行くらしい。地元の人も単なる遺跡だと思っていた崩れかけた建物跡が、実は転送陣のために作られた建造物だった。

コルケット辺境伯は大急ぎで整備を命じた。

補修もしようという話もあったんだけど、歴史を感じる今の佇(たたず)まいを残して、二度と本来の役割を忘れないようにするために周囲に壁を築いて守ることにしたんだって。

遺跡までは馬車で一時間かからないくらい。牧場の中を移動する人達は昨日のパーティーよりはずっと少ないけど、転送陣の近くで昼食を食べてから翡翠様の元に行くので、食事だけ参加する人達もいる。

突然山頂に転送されたら、普通は高山病にかかるよね。昼食食べたばかりじゃ吐くやつが出そうでしょ。そこは精霊王の住居。ちゃんと私達を呼ぶために周囲に結界を張って、居心地いい空間にして待っていてくれるらしいよ。

精霊王はみんなやさしいし、基本的に人間が大好き。ただ精霊にひどい扱いをする人間は許さない。

精霊と仲良くするだけで人間にとってはいいことづくめなのに、人間に出来ないことを出来るのが許せないとか、一番優れているのは人間だとか、私にはそういう思考の人達がよくわからないよ。

因みに、今日の昼食ではお酒は禁止です。

昨日のチャンドラー侯爵令嬢の件と、私やお兄様への節度を越えた猛アピールに対して、コルケット辺境伯御一家は何度も謝ってくれた。うちだけじゃなくてカーライル侯爵家を含む高位貴族のご子息ご令嬢に、自分の子供を売り込む酔っ払いが何人もいたそうで、コルケット辺境伯の少し寂しかった頭頂部が、たった一日でさらに寂しいことになってしまっていた。

ヴィンス様は朝から胃が痛いって言ってたし、シンディー様は今日はお留守番するそうです。

それに比べるとカーライル侯爵は、朝から爽やかな雰囲気で登場して、

「うちの息子と仲良くしてくれているそうだね」

と、にこやかに挨拶されてしまったから、

「ダグラス様はとても人気がおありなんですね。たくさんのご令嬢に囲まれていましたわ」

こちらもにこやかにお返事しておいたわ。嘘じゃないし。

転送陣に行くまでの精霊車の中は家族四人だけになった。執事も側近もなしで家族だけが顔を合わせる貴重な時間。話題は自然と昨日のブリジット様の話になった。

「あの後すぐにヴィンス様と奥様のジャネット様が、皇都まで四人を連れて行って、そこでチャンドラー侯爵夫妻と面会して正式に苦情をお伝えしたそうだよ」

「キャシー様は後妻なのよ。ブリジット様と九つの男の子とふたりがキャシー様の産んだ子供で、前妻の子供が上に四人いるんですって。旦那様はキャシー様より十一年上で、下の子供達を甘やかしてしまったらしいわ」

「今回のことで我々に大きな借りを作ってしまって、あちらの派閥で肩身の狭い思いをするんじゃないですか」

「いやあ、精霊の森の件でダリモア侯爵家に連なる家が大打撃を受けたばかりだ。パウエル公爵も関係していたくせに、彼らだけに責任を押し付けたんじゃないかと噂になっている。それに比べれば傷は小さいだろう」

もうすぐ翡翠に会うというのに、こんな話題しかないのが寂しい。

好きな子と仲良くなりたくて十一歳の女の子がしでかしたことが、周囲にとんでもない迷惑になっちゃった。

でも彼女のお母様の学園時代にやったことを考えると、親子だよなって納得してしまう。

「あなたが気にすることはないのよ」

私がぼんやりと外を見ているから、お母様が気にして声をかけてくれた。

自分の城でフェアリー商会の話をしている方が楽しいよね。外に出ると人間関係が面倒くさい。

「そうだよ。どっちにしたって僕は赤毛の子とは結婚出来ないからね」

「そうなんですか？」

「どこの辺境伯家にも赤毛の子はいないだろう」

「領民には自分達の民族の誇りがあるんだよ。特に今は、精霊王がいる場所の領民としての誇りがある。中央の血を辺境伯家に入れるのには根強い反対があるんだ」

な、なるほど。気持ちはわからないではない。

「近衛騎士団に入るならアランは皇都に住むんだろう？　中央の子と結婚してくれるんじゃないか？」

「出来れば三人共、好きになった子と結婚してほしいのに……。ねえあなた、出来るだけ早く問題なさそうな相手をたくさん探しておきましょう。この子達が選べるように」

向こうにも選ぶ権利はあるからね。断られることも考えておいてね。

うちの両親、私達の子供を断るなんてありえないって思っていそうだ。

「昨日のパーティーはどうだったの？　お友達は出来た？」

「女の子のお友達は出来ませんでした。男の子はダグラス様とデリル様とヘンリー様と……」

「父上、ディアの側近にもっと年上の子をつけた方がいいんじゃないですか」

「そうだな。男の子を追い払ってくれるような子がいいな」

「何言っているんですか。ダグラスくんをディアの傍に呼んだのはあなたでしょう」

私は陛下や両親が、学園時代に恋愛して結婚したというウィキくん情報をそのまま信じていた。嘘じゃないけど、確かに恋愛したんだろうけど、それは現代日本の自由恋愛とはきっと違う。

身分が釣り合って年齢が釣り合って、派閥や生まれた民族が問題ない相手をまず絞り込んで、その後にやっと相手の性格とか見た目の好みとか、気が合うとかを選ぶことになる。やっていることは現代の婚活みたいなものだよね。まず条件から入っていく。

それでもいいのよ。贅沢させてもらっているんだから、貴族令嬢としての責任はちゃんと果たすつもりだ。皇妃にはならないけど、家族も納得する相手の中から結婚相手を決める覚悟はある。むしろ進んで結婚する気でいる。今度こそ。

だけど中身が三十過ぎたおばさんだから、六歳くらいの男の子を見て、この子は恋人にどうって聞かれても考えられないんだよね。

お父様は素敵だと思う。ノーランド辺境伯があと二十若かったら憧れたかもしれない。

せめて十五くらいになってくれれば、若いアイドルを好きになる三十代の女性の気持ちで恋愛感情を持てるかも。

だからって、あと十年近くほっといてくれって言うのは無理だよなあ。

「ディア?」

「え?　あ、はい」

「ミーアさんはどうかって話していたの聞いていた?」

ミーアさん?　エドキンズ伯爵の長女よね。

「クリスお兄様のお相手ですか?」

「違うよ!」

「いやさすがにそれは、彼女が結婚した後に社交界で居心地悪い立場になるだろう」

「それより、あそこは伯爵と上の三人が……」

エドキンズ伯爵はうちの東側のお隣さんだ。ただ領地がとても小さい。街がひとつと村がひとつ。あとは一面の茶畑だけ。

ミーアさんは長女で、亡くなった夫人の代わりにお父様と三人の兄達を叱り飛ばして、屋敷の中を切り盛りしていたんだけど、長男が結婚したので領地外で仕事を探していたんだって。

クリスお兄様より一つ年上の十二歳なのよ。それで七つ年上の長男を叱り飛ばしていたしっかり者ってどんな人かって思うでしょ?　それが銀色の髪の可愛いお嬢さんなのよ。

「たぶん住み込みで働いてくれると思うのよ。忙しくて精霊を探しにも行けなくて、まだ風の精霊しかいないそうだから手伝ってあげて」

「忙しい?　屋敷にはメイドや執事もいるんですよね」

「ええ。でも五人兄妹で領地が狭いでしょ。大変だったみたいでね、農地の方の仕事も手伝っていたみたいなの」

「あそこはミーアさんにたよりすぎだ。次男と三男は家を出たそうだから、あとは伯爵がしっかりすれば問題ないよ」

「たぶん伯爵はミーア嬢の給金を家に入れろって言うよ」

クリスお兄様の言葉に両親がため息をつく。

問題ありまくりじゃないですか。


遺跡と聞いて私はギリシャの遺跡を思い浮かべていたんだけど、どちらかというと中東系の遺跡だった。

灰色の岩壁は苔むしていて、屋根のほとんどと壁の一面が崩れて周囲に散らばっている。建物には八角形の転送陣の間を中心に、入り口ホールと控えの間、厨房跡らしき場所もあった。外には石を敷き詰めた場所やガゼボ跡もある。今回はそこを使って昼食をいただくことになっている。

昔はここで転送する順番を待ってお茶をしたり、精霊を探しに来たりしたんだろうな。緑豊かなこの場所には、今でもきっとたくさんの精霊が人間との出会いを待っている。

お酒がなかったおかげか、コルケット辺境伯に厳重注意されたおかげか、今回はたくさんの人に囲まれることもなく平和に食事が出来た。両親がずっと近くにいるからと、私の側近ふたりは一足早く領地に帰ってもらった。

まだ六歳と七歳の女の子だもん。だいぶ疲れたと思うのよ。

転送陣で飛んだ先がどうなっているかわからないので、精霊獣を小型化して顕現させて、うちの家族が最初に飛ぶことにした。仲介役みたいなものだからね。

転送陣は普段は起動していなくて、精霊王が呼んでくれる時だけ起動する。

転送の間に家族で入って、この後どうすればいいのかときょろきょろしていたら不意に転送してしまった。

この辺の適当さ……おおらかさがコルケットっぽいというか、翡翠様っぽいというか。いやよくわからないけど。ともかく到着した場所は、壁も天井も透明な素材で出来た建物の中だった。

でかいよ。サッカーくらいは出来そうなでかさの建物だよ。

飛んで最初に目に入ったのは、遥か下に広がる牧場地帯の緑色。この景色を見られただけでも、ここまで来た甲斐があった。

「え？　滝?!」

でもくるりと後方を見て、景色だけで満足している場合じゃないとわかった。

雲の中から水が流れて、それが天井の一部空いた部分から室内の庭園に滝になって落ちてきている。滝といっても大きいからね。某遊園地でジェットコースターが飛び込んじゃうくらいの大きさは軽くあるから、ザーザーと音を立てて流れる滝はかなりの迫力よ。水しぶきが上がって虹が出来ているよ。

室内に草原と滝と川があって、砂利の道が通っていて、ガゼボが点在している。

ガラスの壁の外は雪が残る山頂の風景が広がっているというのに、この中だけ別世界だ。

こうやって他の精霊王の住居を見ると、瑠璃って地味だよね。城内の湖に行けば会えるんだよ。ただ本当の住居は海の中にあるらしいんだけどね。遊びに行くときは転送されちゃうからすごさがよくわからない。

『わーーーい。やっと来てくれた!!』

どこから声が聞こえたんだろうと周囲を見回したら、男女ひとりずつのお付きを従えた翡翠様が空から舞い降りてきた。

「翡翠様」

『ああ、いいからいいから』

両親が跪くと、すぐに手をひらひらと横に振って立つように促してくれる。

豊かな緑色の髪をポニーテールにして飾り紐で留めて、私が名付けた翡翠の色の薄手の上着を羽織っていた。相変わらずスタイルがよくて、足が長くて羨ましい。

『あれ、今日はアランくんがいないの?』

アランお兄様は年上キラーなの? やけに気に入られているな。

「すみません。今日は僕だけです」

『やーん。そんな拗ねないでよ。クリスくんにだって会いたかったよ』

翡翠が横から抱き着いたものだから、胸がクリスお兄様の頬にぶつかってしまって半分埋まっている。どんな反応をすればいいのか困っているクリスお兄様のこの顔、なかなか見られない。この世界にカメラがあればなあ。

「アランお兄様に、今のクリスお兄様の顔を見せてあげたい」

「……ディア？」

黒い。笑顔が真っ黒だ。

「なにも見ていませんよ」

「だよね」

妹を脅しちゃいけないと思うな。

クリスお兄様が転送陣を使ってコルケット辺境伯を呼んできた。あとはコルケット辺境伯の執事がみんなを順番に転送させるというので、私達は邪魔にならないように奥のガゼボのひとつに向かった。

『今後の付き合い方に関しては、あとであそこでやりましょう』

翡翠が指さしたのは、滝が流れ落ちている雲の中だ。あそこに翡翠の住居はあるらしい。

『蘇芳がペンデルスのやつらは入国させるなって言ったんですって？』

「はい。すでに手配は済ませてあります」

『あいつの言い方は乱暴でしょ。でも早めに手を打つのは正解よ。ルフタネンに続いてここアゼリアも私達精霊王が積極的に人間に関わることで、いい方向に変化が起こった。それはベリサリオの存在が大きいけれど、ただ人間を見守っているだけじゃ駄目だと他の国の精霊王も考え始めたのよ』

「海峡の向こうで何か起こるということですか？」

『そうね、当分は大変だと思うわよ。あ、誤解しないでね。向こうの人間達も精霊との付き合いを見直してくれている人が多いのよ』

「つまり、ニコデムス教は追い込まれていると」

『うふふ。それからデュシャン王国の北に新しい国が出来るわ』

「新しい国?!」

『ペンデルスを去った精霊王達が、その地の遊牧民と共に新しい国を作ったの。私達アゼリアの精霊王は彼らとは協力関係にあるのよ』

精霊と精霊王が去り砂漠が広がるペンデルスは、植林しながらどうにか砂漠化を防ごうとしつつ、ニコデムス教を広めて他国を巻き込もうとしている。

でもこれって破滅に突き進む宗教だよね。精霊王がいないと砂漠化しちゃうんだから。

それでも人間が一番優れた神に選ばれた存在だって思い込むのがもう、よくわからなくてこわい。

ペンデルスを去った精霊王達が、遊牧民と国を作って新しい生活を始めようとしているのを知ったら、彼らはどうするんだろう。精霊を恨んで妙なことをしでかさないといいけど。

『どこの国も精霊とも他国とも仲良くしてくれればいいのに』

平和な日本から転生した私も、全く同じ意見だよ。

琥珀先生の面接　皇都

季節が過ぎ、木々の葉が色づく季節になりました。皆様いかがお過ごしでしょうか。私、少しだけ傷心気味なディアドラです。

だってひどいのよ。聞いてよ。

二年間ヒッキーやっていて友達が少ないから、精霊の育て方講座で知り合った方やノーランドでガールズトークして仲良くなった方とそのお友達を招待して、ベリサリオでお食事会して、希望者はそのままお泊り会もしようぜって計画を立てたのよ。

年上のお友達もいると学園に行くようになった時に、いろいろ教えてもらえるかなって思って、三歳くらい年上の方もお誘いしたの。

……まあ少し、お兄様達の将来も考えたりもしたけどね。

だって結婚がゴールじゃないよ。その後の生活の方が長いんだよ。だったら子供の頃から顔見知りで、相手の家族とも仲がいい家に嫁入り出来たらラッキーじゃない？

お兄様達モテすぎて、学園でもお茶会でも女の子が群がるから、誰が誰だか区別がついていないって言うしさ。それでは相手の方も可哀そうよ。

当初は十一名が集まる予定だったのに、七日前になって四名の方から来られないって連絡が来た。

全員同じ日によ。

その四名は仲がいいそうだから、示し合わせたのかもしれないんだよね。

私、少し調子に乗っていたかもしれない。

この世界に転生して、今までうまくいきすぎていて、家族にも守られて、敵意を向けられたこともなくちやほやされてたでしょ。それで心のどこかで、私が誘えば相手は喜んでくれるってうぬぼれがあった。

私の魅力がどうこうとは思ってないよ。でも私と親しくすれば、お兄様ふたりや皇族とも親しくなれるかもしれないから、だから断られると思ってなかった。

でもさ一回オーケーしておいて、一週間前に断らなくたっていいじゃんね。

何かされると思われたりしていたら嫌だな。妖精姫なんて言われているから、人間離れしている女の子なんじゃないかと怖がられていたり？

普通の少女なんだけどなあ。

あ、すみません。今ちょっと嘘つきました。

でもだいたいにおいて普通の少女だよ、うん。

はあ。あまりがっかりすると精霊が心配するし、怒って何かしでかしそうだし、ここは反省して心を入れ替えて前向きに行こう。東側お隣のブリス伯爵の娘さんのエルダをダメ元で誘ったら、急だったのに来てくれるそうだから、八名で楽しみましょう。

因みに、側近になってもらったミーアの実家のエドキンズ伯爵領も東側隣で、ブリス伯爵も東隣なのは、領地の大きさに差があるからだよ。海側がブリス伯爵領で、その北側にエドキンズ伯爵領があって、ふたつを足してもうちの方が領地の東側の境界線が長いのだ。

両家ともベリサリオと同じ民族の方達で、帝国に組み込まれる前は我が家に仕えていた貴族なの。だから今も我が家とは関係が深くて、子供同士は幼馴染なのさ。

ともかく今日は、琥珀先生と皇帝一家の面接試験日なんだから、三日後の食事会より今日の面接と祝賀会よ。我が国にとって大事な日なのよ今日は。

今回は午前中に琥珀先生との面接があるので、朝食後、家族揃って転送陣で学園に飛んだ。

近衛がここから先は護衛するからと、各家の側近や護衛はついて行けない。

この後の祝賀会のために少数が学園寮で待機して、他は皇都のタウンハウスと皇宮のベリサリオの控室で待っていてもらうことになっている。

ベリサリオは皇宮内に控室を持っているんですよ。さすが皇族に次ぐ家柄でしょ。控室って言ったって応接室と居室の他に執事達の使う部屋までついてるのよ。

お父様はそれ以外に大臣の執務室もあるんだから、いらんだろそんなに。

執事達の部屋だけで、前世の私の住んでいた部屋より広いよ。

入学前に二回も学園に来ちゃって、新入学の新鮮さがだいぶなくなってしまいそうだけどしょうがない。

寮の外の公園は、木々が色づき始めていて秋の気配に満ちていた。青い空は高く風が心地いい。

すでにたくさんの人が公園に集まり、身分や今後の予定に応じて待機している。指示を出しているのが精霊省の人で、警護は近衛騎士団の仕事だ。辺境での精霊王との面接とは違って、ものすごい大掛かりな一大イベントになっちゃってる。

アーロンの滝まで行けるのは、ここにいる人の中のほんの一部で、他の人達はここで森に精霊が戻る時を待つことになるんだけど、それでも参加することに意義があるのかもしれない。

コルケットとノーランドの辺境伯一家も今日は参加している。ただし大人だけだ。

彼らに簡単な挨拶を済ませ、指定された場所に立つとすぐ、お父様の元に精霊省の人達がやってきた。

今日は彼らの精霊車が先導をし、次にうちの精霊車、その後に陛下に献上した二台の精霊車が続く。コルケットとノーランドの両辺境伯家も自分達の精霊車を持ってきているそうなので、この場だけでフェアリー商会の精霊車が六台よ。皇族の精霊車は魔道士長と副魔道士長の精霊が動かすんだって。

「あの、ちょっといいかな」

声をかけて来たのは、アンドリュー皇太子の側近のエルトンだ。この方はお隣さんのブリス伯爵の次男でエルダのお兄様だ。

仕事の用事や側近としての伝言などは、身分の上下に関係なく声をかけられる。そうじゃないと仕事にならないもんね。

「どうしたの？」

お父様が精霊省の人と話し中なので、クリスお兄様が返事をした。

「ディア様が食事会にエルダを招待してくれたと聞いたんだが」

「三日後のお食事会ね。……何か問題でも？」

え？　もしかしてエルダもドタキャン?!

「いえ、すごく嬉しそうにしていたよ」

「よかった。ではなにか？」

「あの、三日後は……」

「皇帝陛下、将軍閣下、皇太子殿下、第二皇子殿下、ご到着!!」

大きな声で皇族の到着が知らされ、慌ててみんな、自分のいるべき場所に移動している。

「あとでまた」

エルトンも話の途中で駆け出して行った。

「三日後……エルダがどうかしたんでしょうか」

「なんだろうな」

お母様もお兄様方も、エルトンが何を言いかけたのかわからないようだ。

公爵家や侯爵家のご令嬢がいるから緊張しているのかな。

正装で登場した皇族の方々は、特殊効果付きのように輝いてた。うん、やっぱりちょっと離れたところから見物しているのが私にはちょうどいいね。あそこに一緒に立つのはやっぱり遠慮したい。放つオーラが違いすぎる。

皇族が通る道にはバーガンディー色のカーペットが敷かれている。私達は精霊車に一番近い場所にカーペットに沿って家族で並び、公式の行事なので、片手を胸に当てもう片方の手でスカートを摘まんで頭を下げた。

「今日はよろしく頼むぞ、ベリサリオ辺境伯」

「はっ。おまかせください」

視線は感じるけど頭はあげず、皇族が全員精霊車に乗り込むのを待って、私達も自分達の精霊車に乗り込んだ。

今回精霊車を動かすのはお父様の精霊獣だ。天馬なら馬車を動かす馬のように見慣れているし見た目が怖くないしね。

精霊車の後ろに十台以上の馬車が続くので、出発するのにも精霊車の中で待機になってしまう。ようやく先頭が動き出し、公園横のロータリーになっている広場を出て一般の大通りに出ていく。

学園内もアーロンの滝周辺も平民は入れないけど、彼らもなぜ中央の自分達のところだけ一部砂漠化したり、農作物の不作が続いているのかは知っていて、それが今日、皇帝一家がアーロンの滝に行くことで解決すると知らされているから、学園の敷地を出たすぐの大通りには、たくさんの人々が押しかけて、精霊車が出てくるのを道の両側に並んで待っているらしい。

パレードですか？

街の中に急に植林が始まれば、そりゃ何かあると思うわな。

学園からアーロンの滝まで続く、端から端まで徒歩二十分の森の道だよ。ファンタジーってすごいよ。魔力で木々が育って、まだ三年すら経ってないのにちゃんと大きな木が育ってるんだよ。

さすがにそんなに長距離で街を分断してしまうと、流通の問題が出てきてしまうでしょ。森を避けてぐるっと遠回りしてたら大変だよ。それで三カ所に馬車が通れるくらいの広さの道が通っている。でもそこで森を分断したら、精霊の通り道にならないってことで、上に屋根をつけて空中庭園のように土を盛って花や低木を植えたのよ。

そしたらいつの間にか、そこに植えた木と両側の木の枝が交差して、ちゃんと森が繋がってしまった。しかもにょきにょきと上にも伸びて、三階建ての建物みたいな高さがあるんだよ。四季折々の花まで咲くんだから。

もう一度言うよ。ファンタジーってすごいよ。

「馬車に馬がいないぞ!!」

「これが精霊車だって」

「おおお、精霊獣がたくさんいる」

「さすが貴族はすごいな」

道の両側から飛んでくる声は、喋る人数が多すぎて全部は聞き分けられないけど、お祭り気分の明るい雰囲気なのはわかる。

「あれはベリサリオの馬車だろ」

「妖精姫は見えるか?!」

「妖精姫は透明で見えないらしいよ」

「いやいや光っているって聞いたぞ」

え？　私はどんな生き物になっているの？

透明で光っている……クラゲ？

うちの精霊車はレースのカーテンを閉じて、中が見えないようになっている。

駄目よ、うちの両親とかお兄様方が姿を現しちゃ。ストーカーが付いたら困るでしょ。それに私が普通の子だってわかったら、みんながっかりするわ。

「光っている……」

家族揃って馬鹿ウケしているんですが。

外に笑い声が漏れるんでやめてくれませんかね。

「キャーーー!!　アンドリューー様!!」

「エルドレッド様、こっち向いてーー!!」

「陛下!!」

「皇帝陛下！　将軍閣下！　万歳!!」

皇族の姿が見えたら今度は黄色い声まで聞こえてきた。アイドルか！

いやもうすごい人気だね。この人気なのに陛下をジーン様に代えようとするって、あの宰相も無茶を考えたもんだ。

歩いて二十分は精霊車だと五分だった。乗ったらすぐに到着よ。

たぶんまだ、列の最後は学園を出発してないよ。

でも最初は皇帝一家とベリサリオだけで琥珀と面会するので、私達は後続を待たずに精霊車を降り、皇帝直轄区域に足を踏み入れた。

直轄区域って言うのは、皇族の持ち物だから許可のない者は立ち入り禁止の区域ね。皇都は当然皇族の領地なんだけど、国のための施設が多いし、皇宮だって半分以上が国を運営するための施設だもんね。

その中で直轄区域だけは皇族のためだけの施設だったり、土地だったりするわけだ。

ここはアーロンの滝を中心に広がる開発禁止地域で、建国当初から一切の手が加えられていない場所なの。徒歩だと端から端まで一時間以上かかるくらいに広いらしいよ。

馬車を停めたのは通りから入った広場で、そこから奥に細い砂利道が続いている。

馬車を停めるスペースがあったり待機所があったり、このまま観光に使えそうだ。

精霊車を降りて、精霊獣を小型化して顕現させる。うじゃうじゃと精霊獣に囲まれて待っていると、陛下達の精霊車が到着した。

ジーン様はすでに公爵なのでここにはいない。だから皇族の精霊獣は将軍の火の精霊獣だけなのに、こっちは家族全員分並べると嫌がらせかっていう感じもするけど、精霊王と面接するんだからしょうがない。

無表情を貫く近衛騎士団の騎士に先導されて、私達は滝に向かった。

アーロンの滝と聞いて、私はなんとなく華厳の滝を思い浮かべていた。皇都にある滝だから、もっと小さいかなとも思っていた。

けど精霊王がいる滝なんだから荘厳な雰囲気がないと。

実際の滝は、高さは華厳の滝と同じくらいで、幅がナイアガラの狭い方の滝くらいあった。

精霊車を降りた時から、ゴーゴーと水の落ちる音がしていたはずだよ。

滝つぼが湖になっていて、皇都の外にでっかい川になって水が流れていく。水しぶきが飛んできて冷たいし、音がうるさくて大きな声じゃないと会話出来ないよ。

『精霊王、おられるか』

話しかけたのは将軍の精霊獣だ。

これからこの地は、皇族が代表者になって琥珀と付き合っていくので、私達は同席するだけ。何もしなくていいはずだ。

『いらっしゃい』

琥珀先生が登場した途端、水が落下する爆音がすーーっと小さくなった。

いつぞやの学園の森に出現した時と同じように、先生は見えないソファーにゆったりと座っているようなポーズで、空中に浮かんで現れた。相変わらずの女性らしい曲線美のプロポーションで、ちょっと甘さのある優しい声なので、バーのママさんに来店の挨拶をされたような雰囲気なんだけど、背景が滝だから。ザーザーゴーゴーいっちゃってるから。生半可な迫力じゃないよ。

でもこれだけ色っぽい綺麗な女性を前にしたら、空中に浮いていることなんて気にすることじゃないんだよね。近衛騎士の皆さん、すっかり見惚れてるもん。今回初対面の皇子ふたりも、こんな美人だと思っていなかったのかびっくりした顔で固まっている。

「おまえ達何をしている！」

陛下に注意されてはっとして、私達兄妹以外が跪いた。将軍とお父様が初対面の時も惚けなかったのは、ふたりとも愛する人がいたからだろう。だったらお兄様達はどうしたの？　一度にみんなに会ったから見惚れている場合じゃなかったのか、好みが違うのか。

「申し訳ありません」

『よい、気にするな。それよりもこの短期間でよく精霊の道を作ってくれた。多くの者が魔力を与えに学園の森に来るのを見ていた。嬉しく思う』

私の誕生日に湖で会った時や瑠璃の住居で会った時と、今の琥珀では話し方が違う。アランお兄様に果物を食べさせていた琥珀先生とはまるで違う顔だ。でも、表情は随分と柔らかくなった気がする。特に大人達のしでかしたことのせいで、精霊のいないままの皇子達を見る眼差しは優しい。

『だが、まだ我らの森を破壊したことを許したにすぎん。信頼関係を築けるかどうかはこれからだ』

「はい。承知しております」

『ゆえに他の者のように我が住居に招くことはしない』

「……はい」

そこで辺境伯と差が出てしまったか。

でもまあ、このままの関係が続けば仲良くなれそうだと思うんだよな。というか、なって。すっごい仲良くなって祝福ももらって、もうベリサリオなんて気にしないぜってくらいになって。

『皆の者、立つがよい』

琥珀の言葉に従ってみんなが立ち上がる。

まだ喜んでいいのか、本当にこれで中央も豊かになるのか、よくわからないままなので空気が重い。

『今回、予想外に早く私が許したので驚いていることだろう。それには理由がある。ペンデルスやニコデムス教の話を他の精霊王から聞いておるだろう』

陛下達の顔が少し険しくなった。

私なんかよりたくさんの情報を得ているだろうから、海峡の向こうの状況の悪さをいろいろ聞いているんだろう。

『この国にニコデムス教が入り込む隙を作りたくないのだ』

あれ？　そういう話の流れだっけ？

私の誕生日に精霊王が集まってくれた時に、他の精霊王が自分の担当地域の人間の自慢大会していたから……。って思っていたら、余計なことを言うなよって顔で琥珀先生に睨まれたぜ。

うちの家族、さっと視線をそらしてる。私だけばっちりと目が合っちゃったよ。大丈夫だよ？　私だってちゃんと空気が読めるよ？

「質問してもよろしいでしょうか」

陛下の声に私と琥珀の視線での攻防は幕を下ろした。

「精霊王がそれほど警戒するニコデムス教と砂漠化されたペンデルスは、どのような罪を犯したのでしょう」

『ほう……人間には伝わっておらんのか』

琥珀先生の唇が綺麗な弧を描き、威圧感が一気に増した。

『あやつらは、人間は神に選ばれた種族だと思っている。その種族より強い存在はあってはならない。優れた人間が、精霊がいなくては魔法を使えないなどということがあってはならないと考えたのだ』

もうその段階で、一番優れているのは人間じゃないと気づけと私は言いたい。

いや気づいてはいたんだろう。でもそれを認めたら国が立ちいかないくらいに、ペンデルスはその考えを基本に国を運営してしまっていた。ニコデムス教はペンデルスの国教だからね。

『それであやつらは、人間だけで魔法を使えるようにしようと考えた。精霊獣を育て実験をしたのだ』

「実験？」

『どれほど魔力を与えないと消えるのか。持ち主の人間と隔離した状態で魔獣に襲わせたらどうするのか。解剖したらどうなるのか。ほかにも毒を与えたり、手足をもいでみたりいろいろだ』

「なんと……」

「……ひどい」

『それで我々は、全ての精霊をペンデルスから避難させた。そうすると誰も魔法が使えなくなるだろう？　それをやつらは精霊王が国を乗っ取る気だと国民を扇動し、精霊王の住む場所にいっせいに火を放ったのだ』

そりゃあ見捨てるよね。

ペンデルスではいまだに精霊王は国を滅ぼした敵だと思われている。その前に自分達がしたことは綺麗さっぱり忘れてね。

「それで彼らは精霊と共存して栄えている国の存在を許せないのか」

「だからといって他国の王子まで暗殺するとは」

皇帝と将軍が厳しい表情で話しているのは、以前ちらっと話に出ていたルフタネン王国の第二王子暗殺事件の話だ。

あそこね、島が四つもあるんだよ。元は別々の小さな国だったのを統一したのが今の皇族なんだって。

若くして国王になった現王は、他の島との結びつきを強くするために嫁を貰ったわけですよ。全部の島から一人ずつ。王妃四人よ。

王子が五人、王女が七人いるんだよ。そりゃあ政権争いも起こるわ。

つい最近、第三王子か第四王子の派閥に第二王子が殺された。どちらにもニコデムス教が入り込んでいるらしいよ。

第五王子は帝国に一番近い島出身の王妃の息子で、もうすでに王位継承権は放棄してる。

皇太子はもう二十歳よ。優秀な人らしいし、今更何をしているのかね。

第二王子と皇太子は同じ王妃の息子だから、ふたりまとめて亡き者にしようとしていたんじゃないかって話もあるらしいよ。

「ニコデムス教を警戒する必要性は理解しました。我が国ではそんな宗教は広めさせません」

「ペンデルス人の入国を禁止してもいいかもしれんな。ベリサリオ辺境伯、すでに検問は強化しているんだったな」

「はい。海峡側ではなくルフタネン側の港から密入国しようとした者が、何人かおりました」

『ふむ。そなたら精霊について国民に教えているはずよな』

「は?」

突然話題が変わったので、将軍と陛下が顔を見合わせた。

因みに私を含めた子供達は、突っ立ったまま黙っておとなしく話を聞いてます。特に皇子達は空気です。

『対話をし精霊が反応するようになったということは、精霊が言葉を理解しているということだと理解しているはずだな』

そりゃそうだろ。じゃなかったら対話出来ないだろ。

『つまり傍にいる精霊は、いつも人間の話を聞いていると理解しているよな』

「はい。あの……ベリサリオに入浴や夜間など……隣の部屋に待機させるといいと聞いておりますし、そうしています」

『そうだ。聞かれてまずい話の時は離しておけばいい。どうも中央の者達にはそれがわかっていない者がいるようだぞ。精霊はみな、自分に魔力を与えてくれる人間を守ろうとするため、決して盗聴などしてはいないが、精霊や精霊王に害をなす話をしていれば、我らに知らせてくる。また、ディアドラに害をなそうとする者がいても知らせてくる』

ですよねーーー。後ろ盾になっているんですもんねーーー。

でも、なんでここでその話題?!

「そういう者が入国しているのですか?!」

ああ、そういう話? お父様に言われなかったら、悪口言われてるの? とか思ってました。

いかんなあ。危機管理出来ていないなあ。

『今のところそうではない。だが、ディアドラに害をなそうという話は我々に筒抜けになるぞと皆に伝えておいた方がいいぞ。我ら精霊王はそれを許さない。ディアドラは我らと人間の関係修復のために、すでに多大な働きをしている。ニコデムス教の者にとっては、彼女はすでに邪魔者だ。ディアドラを守るために、我々は後ろ盾になったのだからな』

うーん。やっぱり私の悪口を言っていると精霊王に筒抜けになるっていうことだよね。

理由としては私の身を守るためだけれども、盗聴になっちゃうから、悪だくみする時には精霊を離しておけってことなわけだ。

でも精霊を離して会合していたら、悪だくみしているって言っているようなものじゃん。

「ディア、急に予定が入った子達、精霊はいるのか?」

「え?」

クリスお兄様に囁(ささや)かれてはっとした。

「どうなんでしょう」

でも害って身の危険だよね。ちょっと意地悪したくらいで何かしたりしないよね。

『さて、では精霊を戻そうか』

琥珀先生、こっちを笑顔で見ながら話すのやめてくれませんかね。

精霊がここにいるんだから、今のひそひそ話も聞いてますよね。

「琥珀様、何か知っているな」

アランお兄様が呟いたら、掌に集めた光を風に乗せて飛ばしながら、琥珀先生がそれはにこやかな笑顔を私達兄妹に向けてきた。


アーロンの滝の周辺も学園の森も、精霊が戻り、木々の葉が鮮やかさを増した。魔力を森に与えていた人達の中には、すぐに精霊を手に入れられた人もいて、明るい歓声があちらこちらから聞こえてきた。

皇子達は琥珀から土の剣精をプレゼントされていたよ。

毎日のように学園の森に通っていたそうだから、たぶんすぐにもう一属性くらいは精霊を手に入れられるだろう。

ようやく四属性の精霊王の元を訪れ、それぞれの地を治める人間との橋渡しが出来たので、私たちベリサリオの仕事は一段落だ。中央の人達への精霊講座は魔道士省と精霊省で合同でやるそうだ。

アーロンの滝に向かう貴族や、精霊を得るために散策する貴族達と入れ違いに、私達家族は一足早く皇宮経由でタウンハウスに帰ることにした。

この後の祝賀会に出席するために着替えないといけないのよ。

まだ皇宮にはお茶会以外に顔を出していないから、私が初めて参加する公式行事よ。

気が重いし、ストレス半端ない。

皇都で生活していたら長生き出来そうにないな。

もうひとつの真実

皇都のタウンハウスで着替えを終え、私達家族は皇宮に向かった。

精霊を得るために中央の人達は森に行っているので、祝賀会は夕方からだ。まだ時間があるので控室で休むことになっている。

それぞれに側近をひとりずつ連れて皇宮の広い廊下を歩くと、忙しげに行き来していた人達が全員道を開けて横に退いてくれる。ベリサリオに遠慮している人と、顕現している精霊獣が壁際で伏せをしてしまって動けない人と、精霊達が守ろうとして私達の周囲をぐるぐる飛び回っていて怖いから近寄りたくなくて避けている人と、どれが一番多いんだろう。

貴族の中でも身分の高い家の控室が並ぶ区域に入ると、廊下のきらびやかさが増し、執事やメイドの衣服も高価なものになり、すれ違う相手が少なくなる。

廊下の片側は、中央に噴水のある中庭に面して回廊風になっていて、今日は天気がいいので日差しが差し込み、タイルの床に等間隔に柱の影が伸びていた。

「パウエル公爵、森に行かれなかったのですか？」

お母様と手を繋いで中庭を見ながら歩いていたから、前を歩くお父様が急に足を止めたのに気が付かなくて、ぽふんと背中にぶつかってしまった。

「もう私はこの年ですからな。今更精霊を増やしても魔力が足りないでしょう。息子達はアーロンの滝に行きましたよ」

「いや、三属性をそこまで育てられているのなら、もう一属性も育てられますよ」

パウエル公爵はジーン様を皇帝に推す一派の親玉だったと聞いている。

過去形なのは元宰相のダリモア伯爵が処刑された二年前から、表立った動きをしていないからだ。

彼らの一派は地方に追いやられていたのを利用し、ダリモア伯爵やその時に罰せられた人達に責任を押し付けて、自分達は蘇芳の担当地域にある領地経営に勤(いそ)しんでいたという。

現在、パウエル公爵とダリモア伯爵一派が要職からいなくなったせいで、皇宮の仕事が以前のように上手くいかなくなっているらしい。

パウエル公爵とその妹婿であるダリモア伯爵は、大きな派閥をまとめあげ、政務を執行する優秀な人物であったことは間違いがない。

目の前の五十代の男性は、ナイスミドル!!　って感じの素敵なおじ様だ。

でも、おかしいんだよね。ダリモア伯爵や彼と一緒に捕まった人達の精霊は、二年前の時点で消えかけていたか消えていたよ。二年前に同じような状態だった陛下の精霊は、一属性しかいないのに、今でもようやくギリギリ精霊獣になれるかなっていうくらいだ。

それなのに魔力量の違いがあったとしても、パウエル公爵の精霊は三属性とも精霊獣に育っている。

精霊獣を育てるのは二年じゃ無理なはず。ということは、パウエル公爵はもっとずっと前から精霊をちゃんと育てていたってことよ。

精霊の森を政権争いのために壊したダリモア侯爵と、精霊獣を育てているパウエル公爵が同じ派閥で親しかった？　嘘でしょう。

「彼らが噂のお子様達ですか。三人共、精霊について正しい知識を広めるために尽力されているそうですな。いや優秀なお子様達で羨ましい。うちの倅は織物に夢中で領地に籠ってますよ」

「公爵の領地の絹織物は有名ではないですか」

「だからといって公爵家の者が自ら手を出す仕事ではありません。ただ、得手不得手はしかたありませんからな。我が子ながら地味な男のくせに、織物関係にだけ才能を発揮する。困ったものです。……ああ、愚痴をお聞かせしてしまい失礼しました。よければお子様達を、紹介していただけますかな？」

お母様の私の手を握る手に少し力がこもった。警戒しているんだろうな。

私は割とこの方の初対面の印象は悪くない。曲者だとは思うけど貴族は曲者揃いだから、むしろそうじゃなかったら、あなた大丈夫？　って心配になるわ。

「長男とは以前、会ったことがありますよね」

「クリスです。ご無沙汰しています」

「学園で主席を取っているそうだね。皇太子にも信頼されているそうじゃないか」

「こっちが次男のアランです」

「はじめまして」

「そしてこっちが長女のディアドラです」

「はじめまして」

私とアランお兄様が品よくお辞儀をすると、パウエル公爵は目を細めて微笑んだ。

「私には孫がいましてな、上が女の子で今年四歳になります。先程学園の森で精霊を二属性手に入れたらしくて」

「ほお、この短時間にですか」

「そうなのです。下の男の子はまだ一歳なのに、彼も精霊を手に入れたそうなんです。息子には落胆させられたが、素晴らしい孫を授けてくれましたよ」

孫の話になった途端、優しそうなお爺さんの顔になった。

現実に絶対悪なんていない。アニメやゲームみたいに、敵はみんな性格破綻(はたん)者なんてことはありえない。会ったこともないのに敵勢力認定なんてしちゃ駄目だ。……まあ、この印象だって彼がそう見せようとしている可能性があるんだけど。

苦手だ。言葉に含まれる意味まで考えるとか。裏まで読むとか。

だってそうなると、ここで会ったのも偶然じゃないかもしれないんでしょ。

「ディアドラ嬢」

「はい」

「二歳違いなら学園でも一緒になるでしょう。仲良くしてあげてください」

「もちろんですわ。それに下のお孫さんは一歳で精霊を持てたのなら、私と同じです」

「おお、そうですか」

「少しの魔法で動かせる魔道具の玩具がありますでしょ。天井からつるす玩具です。それなら遊んでいるうちに魔力量を増やせますよ」

「ちょっと待ってください」

アランお兄様が横から割って入ってきた。

「確かに魔力量を増やすのに、あの玩具はいいと思うんですけど、それで妹は夢中になりすぎて気絶していましたから、注意しないと危険です」

「……いや、あれはディアだから」

「それはそうだけど」

小声でふたりのお兄様が言い合っているのを聞いて、公爵は愉快そうに笑い出した。

「ははは。噂は本当だったのか。気絶するまで魔力を精霊にあげて、魔力量を増やしたと」

「……ソンナコトアリマセンヨ」

「いや、面白いお嬢さんだ。ぜひ三人共、うちの孫と仲良くしてやってください」

公爵の言葉に両親はちらっと視線を交わした。

だって陛下と親しいお母様と、ジーン様を皇帝にしたいパウエル公爵では、今までお互いに避けていたんだから。それが突然友好モードで来られてどう対応しようか困っているんだろうな。

「私は大臣になるまではほとんど領地におりましたので、公爵にお目にかかる機会がなかったかと思います」

「そうでしたね。前皇帝が崩御され国境沿いで小競り合いが起きた時も、ベリサリオがどこからも攻められなかったのは、日頃からの辺境伯の外交と軍の強化のおかげです」

「そう言っていただけるのは光栄です。そのため公爵が三属性もの精霊獣をお育てになっていると は存じ上げませんでした」

「精霊獣とわかりますか」

家族全員で大きく頷くと、パウエル公爵は嬉しそうに相好を崩した。

「今までは我が派閥が既に分裂していると知られるわけにいかず、ずっと精霊の姿のままでしたからな。最近は屋敷で好きにさせてやれるようになりました」

「分裂?!」

「そうです。精霊の森を破壊する決定をダリモアがした時に、うちの派閥は二つに分裂したのです」

マジで?!

『本当だ』

「そうだったのね……って、私が考えていることがどうしてわかったの」

『驚いた顔をしていた』

私と自分の精霊が会話したので、パウエル公爵は本当に驚いたみたいだ。目を瞬かせて私を見て、驚いていない家族を見て苦笑いしながらため息をついた。

「なるほど。本当に精霊王達に愛されたお嬢さんなんですな。まさか私の精霊が、勝手に会話してしまうとは思いませんでした」

「では精霊の森を壊したのは、本当に処罰された者達だけのしたことだったんですか？」

「精霊王がそう判断したのなら、それでいいのでは？」

「違います」

お母様の手を放し、私は一歩前に出た。

「あの時、伯爵が精霊の森を破壊したのはジーン様を皇帝につけるためだったと言ったんです。陛下が精霊王を怒らせて、精霊に愛されていたジーン様が許しを得て皇帝になるって」

「……あの馬鹿はそんなことを言ったのか。いや、それも確かに考えてはいたんだろうが」

「誤解しないでほしいんですけど、琥珀は伯爵達をどのように罰するかについては何も言っていません。彼らの精霊をなくしただけです。精霊が中央からいなくなったのは伯爵のせいではなくて、それを放置し政権争いに利用したみんなへの、特に陛下への罰だったはずです」

「ディア」

アランお兄様に肩を押さえられた。でもさ、精霊王の決断に任せるってなんか違うじゃん。人間が自分達で判断しなくなったら、それは共存じゃなくて依存だよ。

「陛下への罰？　初めて聞きました」

え？　もしかして皇宮内では、全部ダリモア伯爵のせいになっているの？

あの時琥珀は、伯爵に対してと同じくらいに陛下にも怒っていたのに。

あれ？　待って。なにかをあの時おかしいって思わなかったっけ？

「……少し話を聞いてもらえますかな」

「では、あちらで話しませんか？」

「クリス」

「どうやら僕達の知らないことがあるみたいじゃないですか」

一瞬両親は迷ったみたいだけど、私とアランお兄様達はすかさず頷いて、クリスお兄様がさっさと話を進めてしまった。

両親が迷うのもわかるのよ。ベリサリオ辺境伯とパウエル公爵が話し込んでたって、すぐに噂になるだろう。たぶん他の辺境伯や陛下からいろいろ聞かれちゃう。

でも、今まで陛下側からの話は聞けても、ジーン様を皇帝にしたいと思っている人達の話は全然聞けていないじゃない。情報は一方からだけ得ちゃ駄目だよね。

中庭にはいくつか大きな日よけが置かれ、そこに椅子とテーブルが用意されている。

そのひとつに腰をおろすと、側近達は少し離れた場所に待機した。

「精霊に外へ声が聞こえないように結界を張らせました」

「そんなことも出来るのか？」

パウエル公爵の質問に答えるように、彼の精霊達が大きく上下に動いた。

「仲がいいんですね。すごく大事にされているのでしょう?」

「妻に先立たれ、子供はひとり立ちしていますからな。孫の成長と精霊達を育てるのが楽しみなんですよ」

ああこの人、ダリモア伯爵と精霊に関して全く考え方が違うわ。なるほど、派閥が分裂するのは仕方ない。

「十一年前、前皇帝が崩御してすぐに他国との戦闘が始まり、辺境伯は皆、領地から動けなくなっていましたよね」

「そうですね。私もずっと領地におりました」

「ですから、皇宮で何があったのかご存じないでしょう。……エーフェニア陛下は当初は五年で皇位をジーン様に譲ると約束されていたのです。その後は、陛下と将軍はジーン様の補佐をするという条件で、我々はあの方の即位を了承し、一丸となって他国を退け国を支えたのです」

ウィキくんには、そんな詳しいことは書いてなかった。

個人情報を見たくなくて国についての項目しか見てないし、二歳の時だったし、リンクが多すぎて全部は読まなかったから、実は書かれているかもしれないけど読まなかった。

読まなくてよかったよ。そういうドロドロしたことは、下手に知っちゃうと命にかかわるんだよ。私はポーカーフェイスなんて苦手なんだから。

って、ああ! 知っちゃったじゃん。巻き込まれちゃったんじゃないの、これ。

「精霊の森を開拓したのは、避難民の住居を作る為だったというのはご存知ですか？」

「はい」

「中央にどんどん避難民が押し寄せ、受け入れる場所がなく、ダリモアは土地を探して奔走していました。兄であるトリール侯爵は自分より優れていると噂されるダリモアに協力する気がなく、他の貴族達も自分の土地に避難民を受け入れようとはしなかった。では私がと申し出たのですが、陛下に却下されましたよ」

「そんな……」

「皇帝になったばかりの陛下は、彼女に忠誠を誓わない私に借りは作りたくなかったんでしょう。でも他の案があるわけじゃない。それでダリモアはあの森に目をつけたんです」

「知っていたんですよね、精霊の森だって」

　お母様の問いに公爵は大きく頷いた。

「知っていましたとも。ですから止めました。それだけはしてはまずいと。そうするくらいなら、皇族の直轄地を使うように進言しろと。どうせ誰も彼も宰相に一任して協力もせず、文句しか言っていなかったのだから。陛下もどうにかしろと命じただけで、あとは放置ですよ」

「それで分裂を？」

「そうです。我々は私の領地に避難民用の住居を作る案を出した。でも宰相はあの森を開拓する案を出した。精霊王を怒らせる決断をする者達と、協力することは出来ませんよ」

　本当に、自分で話を聞いてみないとわからない。

精霊の森を開拓した派閥のトップだと思っていた公爵は、精霊を愛し精霊獣を育てた人だった。

「なら、ならどうして、あそこは精霊の森だと陛下に話さなかったのですか？」

「ナディア夫人、お忘れですか？　翌年、陛下はアンドリュー皇太子をお産みになった。つまりその頃にはもう妊娠なさっていて、政治の仕事は将軍に一任して私達の面会は受け入れてもらえなかったのです。将軍は宰相とどんどん仕事を消化した。森の開拓は、山のようにあった決定の必要な書類の山に埋もれ、どんどんサインがされて実行に移された。終戦処理、食糧問題、日頃の雑務。それに流されていつの間にか決定していたんです」

「宰相の計画通りなのでは？」

クリスお兄様の指摘に、公爵は笑顔で頷いた。

「そうでしょうな。頭の回る男だったし、根回しの上手い男だった。揉め事は宰相に頼めば丸く収めてくれると文官共に頼られていましたよ」

「そして五年経っても陛下は皇位をジーン様に譲らなかったんですね」

「そうです。皇帝崩御の混乱に乗じて攻めてきた隣国を打ち負かし、国境線を広げた英雄とその妻の美しい女帝です。国民はそういうのが好きですからね。陛下は人気があった。諸外国にも名が売れていた。それに比べてジーン様は全く表舞台に出ていなかったので、存在を忘れられていたんです」

「でもその時ならまだ……」

「その頃にはあなた達も皇宮に顔を出していたのではないですか？　特にナディア様は」

「はい。皇太子殿下がお小さい時にも何度も伺わせていただきました」

「なら知っているはずです。古い考えの者はもうこの皇宮に必要ないと、多くの貴族が次々と排除されたことを。そのほとんどがジーン様を次期皇帝にと願う人達でした。ダリモアではなく私についてくれた貴族達のほとんどもその時に地方に移動になり、私も今の領地に引っ越しました」

「……ああ、なんてこと」

ウィキくんに書かれていたことは間違いなくこの国の正史だ。

でも正史って、勝った者が後世に伝える歴史だよね。それが正しい歴史とは限らない。

陛下は国民の人気を得て、政権争いに勝って皇帝の座に留まった。

……ジーン様は、その様子をどんな思いで見ていたのだろう。

「待ってください。私は陛下から、ジーン様は皇帝になりたくないと話していると聞きましたわ」

「それはないですな。なぜなら、あの学園の森でダリモアが捕縛される三日前にも、彼らはジーン様と面会していましたから」

ああ……わかった。思い出した。

ジーン様を皇帝にしたいと推している人なのに、なんでダリモア伯爵はジーン様に精霊獣がいるのを知らなかったんだろうと思ったんだ。でもそのあとに、ジーン様は精霊に愛されている人だとも言っていた。

あの時、宰相はどんな顔をしていたっけ。

優秀だと、切れ者だと言われていた宰相は、最後になんであんな場所で陛下に退位を迫ったの？

やばい。いやな考えが浮かんできてしまう。

浮かんだからって、政権争いに口出しするわけにはいかないのに、胸の中にもやもやが溜まってしまう。

「気を付けてください。ダリモアは人望のある男だった。今でも彼が張り巡らせた人脈は生きていますよ。あなた達はどの派閥にとっても魅力がある。政権争いに巻き込まれたくないのなら、自分で派閥を作って宮廷内で力を持つことです」


パウエル公爵と別れ控室に到着した途端、今後の予定を聞いたり面会を求める文を届けたりする者達が、部屋の前の廊下に列を作った。今までは声をかけるのを遠慮していたパウエル公爵の派閥の人達が、ようやく精霊の話が出来ると接触してきたり、公爵との関係を確認したい人達から連絡が来たり。側近や執事が大忙しだわ。

私はというと知ってしまった情報に、しばらく脳みそがショートしていたけど、結果としてぽいっと放り投げた。

知らん。生まれる前の話なんて知ったこっちゃない。

ただし聞きたいことはある。

「今回のパウエル公爵のお話を、どこまでご存知でしたの？」

ソファーに座った家族を前に、腕を組んで仁王立ちになって睨む。相関図を作る時に、教えてもらっていない情報がまだあるんじゃないでしょうね。禁断のウィキちゃんを起動しなくちゃいけないなんて嫌なんだから。

「知らないことばかりだよ。中央は他所にはそういう情報を漏らさない。特に辺境伯にはね」

「そうだよ、ディア。それに進んで関わる気がなかったしね。皇族の政権争いに巻き込まれたらたいへんだよ」

お父様もクリスお兄様も知らなかったのか。

お母様も、ショックの受け方を見ると知らなかったんだろうな。

「わかってはいたけど、どんなに親しくしていても皇族と貴族は違うのね。私は、陛下は国のために無理をして女帝をしているのだと思っていたわ。ジーン様は皇位に興味がないと聞いていたし、私はバントック派に疎まれていたから」

「公爵の話が正しいと判断してしまうのもどうかな。……納得出来ることは多かったけどね」

本当は何があったのかを知りたかったら、情報を集めるしかないけど、そんなことをしたら陛下にもジーン様にも調べていることがばれるだろう。

無理。危険すぎる。私は静かに穏やかに暮らしたい。

私には関係ない話だし、私の動き方によっては、次の皇帝を決定してしまう危険があるような気がするし。いやまさかとは思うけどね。

「アランお兄様、なぜ黙っていますの？　まさか何か知って……いえ、聞きたくありません」

「あのさ」

「クリスお兄様と話してください」

「ジーン様って、ちょっと何考えているかわかんないよね」

「それは……あの妙な手紙をもらった時から思っていましたわ」

「でもさ、ディアに真っ先に個人的に接触してきた皇族って、ジーン様だよね」

「まあそうですわね。でも私と話をしようと考えたのは皇太子様だけですわよ。学園の森でのダリモア伯爵との一件があったあとでも、陛下も将軍も一度も接触してきませんでしたわ。精霊王の情報がほしくないのかと不思議には思っていましたの」

まあ、不気味な子供だと思われているだろうから、接触したくなかったかもね。

「母上。他所で話したら不敬になると思うので、この場だけの話にしたいのですが」

クリスお兄様が居住まいを正し、お母様に向き直った。

「なにかしら？」

「もしかして陛下のイメージは、周囲にいるブレーンが作り上げた偶像ではありませんか？　あの男言葉も仕草も」

「あ、一度将軍に女性の言葉で話しかけていました」

「やはり。彼女は自分を支えてくれる中央の貴族達に実務は任せて、自分からお飾りの女帝を演じているのかもしれませんね」

そんなに権力って大事なのかな。

弟を裏切ってでも？

「そうね。あの方は学生時代は、ごく普通のお姫様だったわ。前皇帝が崩御されてから変わったの。

でも私は、陛下がジーン様を裏切ったなんて思えない。あの方はジーン様をとても大事にされていたのよ」

あああああ！　もうわからん！

普通のＯＬの私には無理。

私は皇族より、自分の家族の幸せを優先するぞ！

届かない招待状

初めて訪れた皇宮の大広間は、ポカーンと口を開けて眺めてしまいたくなるほどに豪華できらびやかで広かった。

壁と天井は白と濃いブルーで色分けされ、白地の部分は金色のラインで縁取りされている。柱は白地に金の細工が施され、クリスタルの魔道灯の輝きを反射してキラッキラだ。

正面入り口から中に案内されると、突き当たりまでが遠すぎてここは廊下じゃないかって思ってしまいそうだけど、それにしては幅が広すぎる。

一番奥は三段ほど高くなっていて、ひときわきらびやかに装飾された壁の前に椅子が三脚並んでいる。皇帝を中心に将軍と皇太子が座るのだろう。

家族五人と側近ひとりずつ、全部で十人で広間を奥に歩いていく。会話していた人達が自分達に気付いて口を閉じ、上から下まで眺めてくる視線に晒されるのは、あまりいい気分ではない。

今日は金と紅の刺繍の入った紅鳶(べにとび)色のドレスにアメジストの装飾品をつけている。見た目にはご令嬢に見えているはずよ。はずなんだけど、これだけ注目されると不安になって扇を持つ手が少し震えている。小心者だと笑いたければ笑え。皇宮での公式行事は初体験なんだ。

せめてもの救いは周囲に家族がいること。身分の高い人ほど奥にいるから、私達もそっちに向かいながら知っている人に声をかけていくんだけど、誰に声をかけるかだってみんなが見てるのよ。

私はもう、黙って家族について行くだけよ。

「グッドフォロー公爵、今到着されたところですか」

「おお、ベリサリオ辺境伯。アーロンまでおいでになったそうですね。いかがでしたか」

おー！　知っている人だ！　グッドフォロー公爵といえば、

「パトリシア様！」

わーん。お友達がいたよー。これで両親と離れてもボッチにならないで済むよ。

お兄様にはお兄様のお友達がいるし、邪魔したくなかったんだよね。

「ディアドラ様、よかった。私、お詫びがしたかったんです」

「お詫び？　どうしたんですか？　はっ！　まさかパトリシア様もお食事会欠席?!」

「違いますわ！」

「じゃあ……」

「パトリシア、紹介してくれよ」

せっかく話していたのに、パトリシア様の肩に手を置いて話しかけてきた少年がいた。

「お兄様」

「ああ、別に紹介しなくてもいいよ」

今度はクリスお兄様が私の肩に手を置いて割り込んできた。

「僕が紹介しよう。彼は僕より一年年上のデリック。最近また彼女と別れたばかりだ」

「おい、その紹介はないだろう」

「妹に近付かないでくれ」

あー、三男だっけ。ノーランドでガールズトークした時には恋人がいるって聞いたわ。また別れたってことは、遊び人？　え？　いくつだっけ？

「そんな冷たいことを言うなよ。すっごく可愛いじゃないか」

長めの赤毛を手櫛でかきあげて、リボンタイをちょっと緩めて着崩した感じが、この世界の不良っぽい感じなのかな。たしかに女の子にモテそうなちゃらい感じだ。

「お兄様、私が今、ディアドラ様とお話していますの。邪魔しないでくださいません？」

「え？　なんでそんな冷たいの？」

「大事なお話ですの。ねー」

「ねー」

よくわからないけど、ここは合わせるところ。

「ほら、邪魔するなよ。アラン、話し相手になってやってくれ」

「やだ」

「俺だって男なんてやだよ」

仲がよさそうだな、おまえら。

「あ、あちらにカーラ様とモニカ様がいらっしゃいますわ。あちらでお話しましょう」

「はい。お父様、私あちらに行ってもいいですか？」

「うん？　おお、ノーランド辺境伯とヨハネス侯爵じゃないか」

「我々もあちらに行きましょうか」

公爵家と合流してさらに人数が増えた一団になってしまった。

グッドフォロー公爵の長男と次男は、もう成人しているので婚約者と一緒に挨拶に回っているんだって。これだけ多くの招待客がいるから手分けした方が効率的だよね。

「ディアドラ様、ちょうどお詫びしたいと話していたところなんです」

「四人も急に来られなくなったんですって？」

カーラ様とモニカ様と合流しても、またお詫びの話になってしまった。パトリシア様とカーラ様が紹介してくれた方がドタキャンしたから、気にしてくれてたのね。

でもふたりのせいというよりは、私が無茶したところもあったのよ。誰を招くかも重要だっていうから、ひとまず身分が高い歳の近いご令嬢とは顔繋ぎしておこうと思って、パトリシア様に中央に領地のある侯爵令嬢と、将軍の実家の侯爵令嬢を紹介してもらったのよ。カーラ様はお友達の伯爵令嬢を紹介してくれて、んで、ドタキャンされたの。

私とは直接接点のない方達だもの。嫌がられたのかもしれないわ。

あとでゆっくり話す約束をして、それぞれの両親に連れられて挨拶回りに戻っていく。知り合いに会えたおかげで緊張も取れて、手の震えも顔のこわばりもなくなった。

皇帝一家が登場したら最初に挨拶しないといけないから、ずんずんと大広間の奥に進んで行くと、すっげー声をかけづらい人達が並んでいた。

まずはチャンドラー侯爵ね。うちの両親は気付かないふりをして少し離れた場所を通り過ぎた。私もささっと人ごみに紛れて通り過ぎた時にちらっと見たところ、侯爵と息子さんらしき人しかいなかった。あのコルケットでの一件がなければ、あそこにブリジット様もキャシー様もいたのかもしれない。

そしてパウエル公爵と嫡男夫妻。さっき話をしたばかりなんだし、ここは和やかにご挨拶。

いやもう周囲のどよめきがすごいよ。陛下の友人であるお母様がいるベリサリオと、ちょっと前までジーン様を皇帝にと推していたパウエル公爵が、いつの間にか親しそうにしているんだから。

そして話題のジーン様。

さっきパウエル公爵にいろいろ聞いたせいで、どんな顔をして会えばいいのかわからなくなっていた。でも家族と一緒だから、別に私は会話しなくてもいいんだと気楽に近づいたら、彼と、隣にいた長身の赤毛の青年に注目されてしまった。

ジーン様と並んでいたのはパオロ・ランプリング公爵。まだ十九歳なのに公爵を継いでいる優秀な方なんだよ。赤毛の人ってふわっとした柔らかそうな髪質の人が多いのに、彼はさらさらの赤毛で、長い前髪を真ん中で分けていた。ちょっとビジュアル系のバンドにいそうな感じ。

いやあ、まごうことなきイケメンですわ。ジーン様と並んでいる姿が素晴らしすぎて、一瞬、さっきパウエル公爵に聞いた話の内容がすっ飛んだわ。

クリスお兄様とアンドリュー皇太子のツーショットもいいけど、このくらい育ったイケメンの方がやっぱいいなー。

「きみがディアドラ嬢か。初めまして」

「はじめまして」

話しかけないでくれたらもっとよかったな。イケメンに近付かれると緊張して逃げ出したくなる病気なんですよ。お父様に慣れるのにも時間がかかったんです。

でも二十歳くらいの若者は、ちょっと前まで対象外だったはず。子供はイケメンでもそれほど意識しなかったと思うんだけど、なんだろう。体に意識が引っ張られて若返ったかな。

どっちにしてもさすがに十三も年上の人は嫌だけどね。もっと大人になってから出会ったら気にしないかもだけど、六歳を恋愛対象にする十九歳は嫌だ。

「ひさしぶり」

「おひさしぶりです、ジーン様。今日はアーロンの滝に行かれなかったんですか」

「行ったよ。もう公爵だから、パオロと一緒に行ったんだ」

「それで、風の精霊が増えたんですね」

「そうなんだよ。出来れば今日中に全属性欲しかったなあ」

よし、ちゃんと会話したぜ。これで三大公爵家との顔合わせが済んだぜ。もう今日のお仕事は終わりでいいんじゃないかな。ものすごく濃い一日だと思うの。

その後、登場した皇帝一家にご挨拶して、私達のすぐ後に挨拶を終わらせたパトリシア様と合流し、窓際近くに移動した。最初のうちはお兄様達も一緒にいたけど、カーラ様が合流し、モニカ様が合流した頃に、すーっといなくなっていた。女の子に囲まれるのは嫌なんだろう。精霊獣とそれぞれの側近がいるから女の子だけでも問題ないしね。

「商会の直営店もご案内したいと思ってますの。チーズケーキを食べましょう」

「おいしいですよね、チーズケーキ。あまり甘くないのが好きです」

「……あら、スザンナ様とイレーネ様」

「お食事会のお話ですか？　お仲間に入れていただけます？」

「もちろんですわ」

スザンナ様はオルランディ侯爵のご令嬢。銀色の髪に目尻の下がった淡いブルーの瞳の、とても艶っぽい九歳とは思えないお嬢さんよ。

イレーネ様はリーガン伯爵のお嬢様で、真っすぐな赤毛が印象的な理知的なイメージのお嬢さん。ふたりとも翡翠の担当地域に領地があって、コルケット辺境伯とも仲がいいの。

前回、翡翠に会いに行った時、女の子のお友達がひとりも出来なかったでしょ。それで紹介してもらったのさ。ノーランドに近い領地の子も中央の子もいるのに、コルケット近辺がいないのはまずいからさ。

「ううっ。伯爵はうちだけ」

「やあねえ、そんなこと気にしませんわよ」

「あとふたりは伯爵家のご令嬢です。マイラー伯爵家のエセル様とブリス伯爵家のエルダ様」

「八人くらいがお話するのにちょうどいいですわ」

「お部屋にふかふかの敷物を敷きますから、そこにクッションをいっぱい並べてお菓子を食べながらおしゃべりしましょう」

「素敵」

女の子が六人も集まると賑やかだし華やかだよ。ただ全員十歳以下のお子様なんで、ほのぼのとした雰囲気ではある。後ろに並ぶ側近が保護者に見える。

「ディアドラ様」

わいわいと楽しく話をしていたから、ミーアに不意に声をかけられて私もみんなも驚いて、彼女の視線の先を見てまた驚いた。

エルドレッド殿下が側近らしきふたりの少年を連れて、足早に近づいてきていたからだ。

誰に用事なんだろうと女の子達の顔を見ても、全員身に覚えがないらしくって首を横に振った。

「ディアドラ、聞きたいことがある」

いつの間にか呼び捨てですよ、奥さん。まともに会話した記憶さえないんですけども。

「なぜ三日後の茶会に出席しない」

「三日後？　なんの話ですか？」

「僕の誕生日の茶会だ。招待状の返事が来ていないそうだぞ。パトリシア、おまえもだ」

三日後？　うわ。食事会と同じ日だ。

「殿下、私は招待状をいただいておりません」

「私もですわ。いったい何のお話でしょう」

「そんなはずはないだろう！」

「私に出したことは確認なさったのですか？」

「確認したんだよな？」

殿下が背後にいた側近に聞くと、ふたりとも困った顔で首を傾げた。

「いつも招待状を出しているだろう。そっちもだ。侯爵以上の家の子供には出しているはずだ」

女の子六人に、何を言っているのこいつ……っていう顔で首を傾げられて、殿下はむっとした顔になっている。

「殿下、もう一度聞きます。確実に招待状を出していらっしゃいますか？」

パトリシア様は公爵家の家柄だから、エルドレッド殿下とも親戚で幼馴染だ。だから殿下がちょっとくらい不機嫌そうでも負けていない。

「それは……」

「私からの返事がないことにいつ気付いたのですか？　まさか今日じゃないですよね」

「いや……」

「こんな間際まで何をなさっていたんですか」

「パトリシア様、落ち着いて」

「そうですわ。あちらでお茶でもいただきましょう」

「待て。ならば改めて招待してやる。三日後の茶会に来るがいい」

「……は？」

あ、いかん。顔を取り繕う（つくろ）のを忘れて、思いっきり威嚇してしまった。頭上で精霊がぐるんぐるんしちゃっている。

「な、なんだ。文句があるのか」

俺様な殿下としては、自分がお茶会に招待すると言えば、女の子は歓声を上げて喜ぶものだと思っていたんだろう。だけど六人とも全く喜ばないどころか不機嫌になっているから、状況がよく理解出来ないらしい。

「殿下、よろしいかしら」

扇で口元を隠して一歩前に出たのはスザンナ様だ。

「皇女も皇子の婚約者もいないアゼリア帝国の宮廷で、ディアドラ様は未婚では一番位の高いご令嬢なんですのよ。二番目はパトリシア様ですの」

うう……改めて言わないで。申し訳ないというか、緊張するというか。

「知っているぞ」

「まあ、御存じなのに、その方達に招待状すら送らず、突然このような席で言いがかりをつけ、三日後に来いと呼びつけるのですか。この国の皇子は高位の女性に対してそのような態度ですの？」

スザンナ様、目尻が下がっているせいか、あらまあ系のおっとりした雰囲気かと思っていたら、優しい顔と声で繰り出される容赦ない言葉が素敵。

「なにを……」

「殿下、女と男は別の生き物だとうちの執事が言っておりましたよ」

むっとした顔で言い返そうとした殿下の肩に手を乗せたのは、ダグラス様だ。

「茶会に女性を誘う時には、最低でも二週間以上、出来れば一か月以上の余裕が必要らしい」

アランお兄様もいたのね。

フェアリー商会の服飾関係の女性に、新しいドレスを作るには時間が必要なんだと聞かされていたもんね。

「ドレスなど何でもいいじゃないか！」

世の中の貴婦人を、たった一言で敵に回した馬鹿がいるぞ。

今のは男性が女性に言ってはいけない台詞の筆頭だよ。殿下、地雷原でスキップ踏んでこけている感じよ。

日本でだって、男性は仕事の時にスーツとネクタイが戦闘服でしょ。女性もきっちりとスーツを着て化粧して前髪決めて、よし今日も頑張るぞって気合い入れるでしょ。それに服装や化粧って戦闘服であると共に、社会人として求められている姿であって、ジャージ着て会社には行かないし、すっぴんで会社に行ったら生活が乱れてるって評価をされかねない。

この世界だってそうだ。

高位貴族のご令嬢は、センスのいい高価なドレスを着て髪を結いあげ装飾品をつける。それがみすぼらしかったりセンスが悪いと、家族が笑われて侮られる。実は領地経営が上手くいっていないんじゃないか、お金がないんじゃないかと思われて、取引に支障が出ることさえあり得る世界だ。

しかも私達、育ち盛りよ。どんどん身長が伸びているのよ。半年前のドレスだって手を入れないと丈が足りないのよ？　つんつるてんのドレスを着てお茶会に出ろってか。

「あら、びっくり。殿下ってまだお子様ですのね」

スザンナ様の笑顔が怖い。煙管もって横座りしている姉さんのイメージになってきた。

「周りに教えてくれる方がいらっしゃらないんじゃないかしら」

やさしいカーラ様も、さすがにさっきの言葉は許せないらしい。

「それに比べると、ダグラス様とアラン様はさすがですわね」

「しっかりなさってて年下とは思えませんわ」

モニカ様とイレーネ様は扇で口元を隠して身を寄せながら、しっかり殿下に聞こえるように話している。

パトリシア様は殿下と幼馴染だから、殿下の評価が急降下したのに焦って青くなっていた。だってここには、皇子に釣り合う年齢で侯爵以上のご令嬢のほとんどが揃っているんだもん。

たぶん伯爵以上なら皇子妃候補になれるだろうから、まだまだご令嬢は選び放題だろうけど、この六人とお食事会に誘っている伯爵令嬢ふたりは、皇家としては今一番親しくなっておきたい、辺境伯に近しい御令嬢と地方で力のある貴族のご令嬢なんだよな。

「おまえ達、殿下に失礼だろう」

「茶会に誘っていただけたのに文句を言うな」

うわ、このタイミングで今まで背後に控えていた側近の少年が、火に油を注いでくれた。

「今もしかして、おまえって言いませんでした？」

「まあ、彼らって身分は何でしたっけ？」

「そもそも誰？　あんな子、知りませんわ」

「お兄様、そこのおふたり、今、私のことをおまえって言いました」

一歩前に出てアランお兄様に言いつける。

お兄様とダグラス様は、おまえらアホだろうって顔で側近の男の子達を見てため息をついた。

「ベリサリオから正式に苦情を入れよう」

「ええっ?!」

「待て、アラン。彼らは僕の側近だぞ」

「だから、殿下の教育が悪いと思われるでしょうね」

「名前を自己申告してくださいな。調べるのは面倒ですもの。ミーア、メモをしておいて」

「おい、ディアドラ嬢」

慌てて止めに来たダグラス様の言葉は聞かずにそっぽを向く。

「私、お友達を馬鹿にされるのは許せませんの」

それにこのふたりがどこの派閥の子なのか知りたいのよ。

殿下の侍女長は？　執事長や補佐官は？　どの派閥が私達に招待状が届かないようにしたの？　なんのために？

ただの嫌がらせならいい。でも、なんだろう。いやな予感がする。

「エルドレッド殿下」

すすっと滑るように殿下に近付いたら、怖かったのか仰け反って避けられた。失礼だなおい。

「私達、三日後は予定がありますの」

「なに？　僕の茶会より重要な予定だというのか」

「私が主催した女の子だけのお食事会ですわ」

「……しかし」

さすがにそんなのやめちまえとは言わなかったか。それを言ったらお父様も怒るだろうからね。

「実はそれで、気になることがございますの」

囁き声で言ったら、殿下も興味を持ったのか身を寄せてきた。

なぜか隣にいたパトリシア様とアランお兄様、ダグラス様まで身を寄せてきたから五人で丸くなって団子状態よ。

「三日後、参加する方のリストを見せていただけませんか？」

「それは駄目だ。警備上の問題がある」

「では、リストは見せていただかなくてもいいので、ある四人が出席するかどうか確認していただきたいのです」

「なぜだ」

「ここでは目立ちますから、あとで別の場所でお時間をいただけませんか？　ご相談させてください」

守りたい系の顔をここで生かすんだ。

困ったように眉を下げて上目遣いに見上げて、ちょっとだけ首を傾げる。

「そうですわね、殿下にご相談するのがよろしいわ」

「でしょう。私達、ちょっとショックで……」

「なんだ。そんな大変なことがあったのか？　まあいいだろう。僕に任せておけば間違いない」

殿下は得意げに胸を張った。七歳の男の子なんて、ちょろいぜ。

「では連絡いたしますわ」

「うむ。あまり目立ってはいけないんだな。わかった」

足取りも軽く去っていく後姿を見送り、くるっと後ろを向いて女の子達に向き直った。

「同じ日って、偶然じゃないですわよね」

「でもあの四人の家は同じ派閥ではありませんわよ」

「なんの話だよ」

「やめとけ、ダグラス。女同士の戦いに、派閥の権力争いまで関わってそうな話だ」

アランお兄様に言われて、ダグラス様は眉間に皺を寄せて考え込んだ。

「おまえは関わるのか」

「ディアが当事者だからな」

「うわ……関わってても関わらなくてもめんどくさそうだな」

アランお兄様と仲がいいから、話をしていた流れでここに顔を出したんだろう。でもそういう何気ない判断が、後々大きな分岐点だったりするんだよね。

「ちょっと目立ちすぎだぞ」

足早にクリスお兄様が近づいてきた。

女性陣のテンションが秘かにアップしているあたり、さすがは美形。

「この組み合わせじゃ仕方ないと思うが、殿下までいるとは。で、どうなった？」

「別室で後で話すことになってる。場所の確保と連絡をしないといけなくなった」

アランお兄様とふたり並んで、情報の確認をする様子を見る女性陣のまなざしが輝いてるぜ。

ん？　クリスお兄様の背後に側近のライがいるのは当たり前だけど、なんで一緒にエルトンがいるんだろう。皇太子の傍にいなくていいの？

「あ、さっき学園で話しかけてきたのって」

「ああ。殿下の茶会と食事会がバッティングしていることを知らせようと思ってたんだ。だがもう話したんだね」

エルダ様に食事会の日時を聞いたのか。てことは、すでに皇太子の耳にも今回の件は届いているんだな。

「クリスお兄様、お茶会の招待状を扱うのは補佐官ですか」

「今回は公式ではないらしいが、補佐官だろうな」

「公式じゃない?!」

驚いた声をあげたのはパトリシア様だ。

「やっぱり。精霊王の怒りが解けるまでは皇族の祝い事は自粛していたはずなんです。中央で不作が続いたのも砂漠化した地域があったのも、皇族のせいだからと。それなのになんでお茶会なのかと思っていたんです」

「でももう琥珀は許してくれましたよ。お茶会は三日後ですし」

「準備は何か月も前から行われますでしょ。招待状は半年前には出したはずですわ」

「その通り。内密に計画していたようで、陛下も皇太子殿下も最近知った話なんだ」

「エルトン、殿下の補佐官達、出来れば侍女長や執事長がどの派閥の出身かわかるの?」

「いや、皇太子側の私が調べるのはまずい」

そうか。陣営が違うんだもんな。

「アラン、ヘイワード子爵に連絡を」

「わかった」

「ヘイワード子爵ってベリサリオ出身の……あ」

そうか、宰相の副官をやっているはず。

「因みにサッカレー宰相はパウエル公爵の派閥だよ。精霊をしっかり育てている」

「それで精霊の森の件には関わってなかったんですね」

「派閥が分裂した後、雑用に回されたらしい。まだ祝賀会の途中なのに悪いんだけど」

クリスお兄様が話の途中でくるっと振り返り、女性陣に話しかけた。

「目立たないように保護者の元に戻って、今までの経緯を説明してこれを渡してくれないかな」

「招待状のお話ですか？　それならもう……」

「それに伴って、ベリサリオ辺境伯より内密の話があると伝えて欲しい」

げ！　御令嬢方のおうちの当主を集めちゃうの？　お父様の名前で？

このメンバーの家が集まると知ったら、コルケット辺境伯も来るよね。ダグラス様も巻き込まれているよね。え？　どういう集会？

「密会するのにいい場所を確保してあります。こちらに詳しく書いてあるので、読み終わったら焼却してください」

全員に握った掌で隠せそうな小さなカードを配ったのはエルトンだ。スパイ映画みたいなことを言い出したよ。

「ディア、控室にメイド服を用意してあるので、それで来てくれないか」

「変装？　素敵。エルトンがここに来たということは、皇太子もいらっしゃるのね」

「あなた方がパウエル公爵と対話したことで、皇太子殿下も決断したようだ」

なにを?!

偶然か待ち伏せしていたかは知らないけど、パウエル公爵と話したことが、こんなに早く影響を及ぼすの？

「私も参加したいですわ」

「それは保護者の方とよく御相談してほしい」

必死な表情のパトリシア様に答えて、用事の終わったエルトンは、会釈してから人がたくさんいる方向に歩いていった。

「お兄様、なんの話ですの？」

「ここでは言えない。あとからわかることだから、出来ればきみ達は来ないで保護者に任せてほしい。危険が伴うかもしれないので、精霊に防御結界を張らせたままにしておくことをお勧めする」

防音の結界は張ってあるけど、どんどんやばい内容になっていく。襲撃されるってこと？　誰に？

皇太子は何を話そうとしているんだろう。エルドレッド皇子も来るのよね、私が呼んじゃったし。

「僕達はもう行くから、きみ達はちょっと話をしてからばらけて。ダグラス、おまえも侯爵に連絡だ」

「うい。えらい話になってきたな」

「さっき、さっさと離れないからだ」

ダグラス様とお兄様達が立ち去って女の子だけになっても、楽しくおしゃべりする空気じゃなくて、何を話せばいいのかわからない。でも不審に思われないためにも普通にしていないと。……もう充分に不審か。

「私、クリス様にこんな近くでお会いするの初めてです」

突然、頬に手を当ててイレーネ様が言い出した。

「やっぱり素敵ですね。綺麗すぎてこわいくらいです」

「そうねえ、隣に並ぶのに気後れしそうだわ。エルトン様ってまだおひとり？」

なるほど。こういう時はやっぱりイケメンの話で場を盛り上げるのね。

「領地がベリサリオのお隣なのよね。それで皇太子側近。今までノーマークでしたわ」

「うちともお隣です」

「まあ、カーラ様とも？　とても魅力的な立地ですわね」

「では、私はそろそろ両親の元に戻りますわ」

「私も」

スザンナ様とイレーネ様が去って、少ししてモニカ様とカーラ様も両親に連絡するために足早に立ち去った。残っているのはパトリシア様だけだ。

「ディアドラ様は会合に参加しますのね」

「はい。殿下も来ますし」

「私も行きます。話を聞くしか出来ないですけど、皇太子様とエルドレッド様のことが心配です」

「それは、公爵様のお気持ち次第なので、説得していただかないと」

「そうですわね。話してみますわ」

皇太子は何を話したいんだろう。

なんでエルドレッド皇子は内密にしてまでお茶会を開こうとしたんだろう。いや、エルドレッド皇子は乗せられただけの可能性高いな。

その人達は私達を茶会に参加させたくなかった。誰で、なぜなんだろう。

「ミーア、控室に戻ります」

「ご家族にお話しなくてよろしいのですか」

「ええ。どうせお兄様達もすぐに戻ってきますわ」

何も知らないというのは不安だ。

私の知らないところで物事がどんどん進んで、巻き込まれるのはこわい。知ってしまう怖さと知らない怖さ。

だったら知っていた方がいいんじゃないかな。情報は武器になる。

でも国の権力者達の動向や思惑を知ることになるんだよ。知ったから狙われることだってあるんじゃない？

……ああ、私、狙われたって平気だわ。この世界で今、私ほど狙われても生き残れる確率の高い人間はいなかったわ。

ベリサリオの控室の一番奥の部屋に閉じこもって鍵をかけ、精霊に念入りに結界を張ってもらった。

まだちょっと迷ってる。私はベリサリオでのんびりと暮らしたいだけだ。ウィキくんは精霊に関して活躍してもらったから、それでもういいじゃないかと思ってた。

でも今回、第二皇子の誕生日という大切なお茶会に、公爵家も辺境伯家も誰も呼ばれていないのよ。

彼らは第二皇子を担ぎ上げようとしているの？

皇太子がそれを黙っているはずがない。

私の周りの人達だって、こんなやり方は許さないだろう。

そしたら……内戦になってしまう。

家族が巻き込まれていく。

お友達の家族も巻き込まれていく。

知っていれば防げたことを、知らなくて何も出来なくて取り返しのつかないことになったら、私は弱い自分が許せないだろう。

みんなを守る力は持っている。あとは、その力を使う勇気と覚悟を持たないと。

テーブルに抱えてきた筆記用具と紙を並べ、床に直に座って胡坐をかいた。ミーアが置いていってくれた紅茶とクッキーで一息つき、おもむろにウィキくんを開く。

普段全く日本語を使わないので、ウィキくんを開きながら書いてあることを小声で声に出して読みながらメモを取り、テーブルの上に時系列に沿って並べていった。

日本語に触れても、生まれたばかりの頃に感じたような懐かしさは、だいぶ薄れてきている気がする。

大好きな家族と友達が出来て、今の私を自分と思えるようになってきて、少しずつ日本での生活が遠い思い出になっていく。六年は長いよ。

いまだに日本の両親のことを考えると申し訳ない気持ちになるけど、私が不幸になったらもっと申し訳ない。

よし、気合を入れるぞ。

ウィキくんは調べる対象の種類によって、説明のまとめ方が決まっている。

個人のページは名前の下に簡単な経歴が書かれ、次に、書かれている内容の目次が書かれている。経歴も目次の各項目もリンクで飛んで読みに行けるようになっているから、これなら関係ない項目を読まなければ、知らなくていいことは知らないままでいられるよね。たとえば好きな食べ物とか恋愛事情とか。

精霊についての項目はもちろんチェックだ。

………。

私さ、精霊に対するスタンスが見たかったんだよ。嫌っているとか、共存したいと思っているとかね。精霊の名前が知りたかったんじゃないんだ。

風の精霊がふーちゃんで水の精霊がみーちゃんて。名前に「ちゃん」まではいってるのか。この人、ペットの前だと喋り方や声まで変わっちゃう人と同じタイプでしょ。

パウエル公爵っていう人なんですけどね。

あのダンディーなおじ様がふーちゃんて……いや、ありだな。好感度あがったな。

奥さん亡くして子供は巣立って、精霊獣が生きがいだって言ってたもんな。

公爵嫡男に生まれて、優秀で切れ者で挫折なんて知らないで生きてきたんだろう。それが前皇帝崩御で全て変わってしまった。それまで共に国を支えてきた仲間は地方に追いやられ、中央に残ったのは精霊の存在など気にも留めず、魔道具があればいいという考えの者ばかり。

それでもいまだにパウエル公爵の派閥の人は、宮廷に意外と残っているようだ。目立たないようにして時を待っていたのかもしれない。

たしか今、中央で一番力を持っているのが、陛下の後ろ盾になっているキャナダイン侯爵とバントック侯爵を中心とした一派だ。ダリモア伯爵の実家だったトリール侯爵もこの一派だった。

ええとバントック侯爵が将軍の実家で……え、なにこれ。

うそ。ちょっと陛下の項目も読まないと。

「ディアドラ様、みなさんお帰りですよ」

「誰も入れないで」

「ディア、殿下の側近の名前と誰の紹介か調べたよ」

「ジン、アランお兄様からもらってきて」

密会の時間は二時間後。家族に説明することも考えると、あと一時間半。

まとめるのに三十分。

ああ……着替えもするんだ。

「うきゃあああああ!!　時間がないいいいい！」

「ディア、どうした?!」

「ドアを開けろ」

やばい、落ち着け。全部まとめなくていいんだ。要点だけだ。

熱くなれよ、諦めんなよって、前の世界で誰かが言ってた。

「大丈夫ですから、一時間待ってください。誰か着替えももらってきて」

くっそ。書かれていたことをただ読み流して、萌える！　って喜んでた二歳児の私を殴りたい。

将軍の項目は……ジーン様の項目は……。

ああ、やばいやばい。鳥肌が立ってきた。

この国の根底からくつがえしてしまうかもしれない。

『着替えだ』

「ありがとう」

立ち上がって、着替えながらウィキくんのリンクをたどって、結い上げていた髪もピンを乱暴に外して髪をおろし、ポニーテールにしてから三つ編みにしてくるくるっとまとめる。

「この人、ダリモア伯爵の紹介なの？　こっちも？　この人はランプリング公爵？」

ランプリング公爵ってジーン様の友人のビジュアル系の人よね。ベースっぽい人。

ベースって変人が多い気がするんだけど、今は関係ないわね。

「やばい。よくわからん」

人間関係が入り乱れすぎだろう。

それになんだこの暗殺未遂とか暗殺って文字の多さは。

「ダリモア伯爵の周り、けっこう暗殺されてるじゃん」

それで焦って、ジーン様を早く担ぎ出そうとして失敗したか。

つか、こんな身近で暗殺って。突然殺伐（さつばつ）としてきやがりましたよ。

駄目だ。キリがない。ここから先は、帰ってゆっくりまとめよう。

ともかくこれからの密会で話すことはまとめ終わった。


出来るだけ簡潔にまとめた紙を手にメイド服でドアを開けると、応接間に家族が座っていた。

「お待たせしました」

話しながらソファーに歩み寄り、私に注目している家族をゆっくりと見回した。

「これから私が書いたこの紙に書かれていることを読んでいただきます。今までに得た情報から導き出してはいますが、あくまで私の想像なので、これから証拠集めをしなくてはいけません。でもパウエル公爵やサッカレー宰相の証言があれば、なんとかなるはずです」

「ディア？　……なんの話だい？」

「私は水戸黄門になると決めました！」

拳を握り締めて宣言したら、慌てて立ち上がったアランお兄様が額に手を置いて熱を測りだした。

「もう、なんですか。おかしくなっていませんよ」

「おかしいよ。いつもだけど」

「たぶんこの後の会合で、皇太子が話そうとしていることと同じですよ」

「どういうこと？」

ソファーの座面に膝をついて身を乗り出していたクリスお兄様に、手にした紙を突きつける。重要なところだけ説明は書いてあるけど、だいたいが時間経過に沿って箇条書きになっているから、すぐに読み終えるはず。

「頭を使いすぎて吐きそう。一か月くらい寝たい」

「冬眠はもうちょっと待ってくれ」

アランお兄様に寄り掛かったら、ひとり掛けの椅子に座らされた。これから秘密集会？　説明は他の人に任せる。知恵熱出るわ。

「父上……思っていた以上にまずいですね」

「だが、おそらくこれが正解だ。ナディア、読むなら覚悟してくれ」

「ええ。その言葉で内容がだいたいわかりましたわ」

「転写しよう。人数分いるな」

え？　もっとさ、驚こうよ。

六歳の子供がそれを書いたのよ？　この国の今後を大きく変えていくかもしれない内容よ？

いろいろと問い詰められると思っていたのに、うちの家族、私の奇行に慣れすぎだろう。

「待ってください。この後の会合で他の方の意見や証言を聞くまでは、ここに書かれていることが正しいと決めつけては困ります」

「そうだね。でもわざわざこうして僕達に見せたんだ。ここに書かれていることは事実なんだろう？」

「閉じこもっていたってことは、どうやってこの事実に辿(たど)り着いたかは秘密なんだね。こういう力をむやみに使う子じゃないって、私はディアを信じているから」

「お父様。ありがとうございます。それにいつもは出来ません。無理」

主に私の集中力が。

いろんな立場から見ないと事実がわからないと思って、今回は個人のページをこれでもかって程見たからね。ちょっともう最初の方に何を読んだか忘れたかも。

「それでも裏付けはいりますよ。パウエル公爵を呼んでおいて正解でしたね」

「エルドレッド殿下に話して平気ですか？　彼の周りはバントック侯爵の手の者ばかりですよ」

「先に茶会の話をして、彼には帰ってもらうか。ナディア、そろそろ行かないといけない時間だがどうする？」

書かれていた内容にショックを受けて、お母様は先程から顔を両手で覆って俯いてしまっている。

「私も行きますわ。子供達が行くのに私が行かないわけにはいきません」

お母様は立ち上がり、私とお兄様方を並ばせて三人まとめて抱きしめた。

「あなた達は賢いし強い。精霊王達に愛されてもいる。でも私にとってはそんなことは関係ないの。大事な子供達なの。クリスでさえまだ成人していないのよ。絶対に無理はしないで。あなた達に何かあったら、私が精霊王の元に乗り込んでこの国を砂漠にしちゃいますからね。それと、ディア」

「はい？」

「意外とメイド服が似合ってるわ」

無理に笑顔を作ったお母様を、私からもぎゅっと抱きしめた。

秘密の集会

私達は祝賀会が始まって一時間もしないで退出してしまったので、大広間にはまだ多くの人が残っているそうだ。

今日は中央の人達のめでたい日なのだからと、辺境伯や地方の貴族が早く退出するのは、好意的に受け止められたらしい。

私はミーアから軽めの荷物を受け取り、主の荷物を精霊車に運んで帰るメイドの振りをして両親の精霊車に紛れ込んだ。

そろそろ外は日が落ちて、城の窓から漏れる灯りと外灯だけでは、精霊車がちょっと道をそれると闇に紛れてしまう時間帯だ。

本館でさえいくつもの棟に分かれていて、そこで毎日仕事をしている人でも全部は把握出来ない広さだ。そこに皇子達が住む建物や、迎賓館、温室、兵舎等の建物が、それぞれ庭に囲まれて点在しているのだから、人目につかない場所などいくらでもある。

精霊車が停まったのは、うっそうとした木々に囲まれた古びた洋館だった。

いったい何のために作った建物なんだろう。白を基調にした瀟洒(しょうしゃ)な雰囲気は女性のための建築物のようにも見える。

そこに続々と集まってくる公爵、侯爵、辺境伯の身分の方々。クーデター起こしたら成功しちゃいそうなメンツなのがこわい。ほとんどが琥珀の担当地域外の人達なので、全員精霊をいくつも連れているから、室内が精霊だらけよ。

御令嬢達には出来れば安全な場所で待っていてほしかった。これからする話は楽しい話じゃないし。

でもパトリシア様とスザンナ様、モニカ様はこの場に参加している。カーラ様はヨハネス侯爵が娘を心配して欠席させて、自分だけが参加している。リーガン伯爵は自分だけ伯爵だからと不参加にしようとしたのに、お世話になっているコルケット辺境伯に捕まったみたい。なんで自分がここに紛れてしまったのかわからなくて、隅の椅子に座っている。

「これは……どういうことだ」

私に誘われてやってきたエルドレッド殿下は、広間の壁に沿って用意されたソファーに座る顔ぶれを見て顔色を変えた。

彼はまだ七歳。将軍譲りのがっしりとした骨格のおかげで同年代の男の子より体格がいい。母親譲りの赤毛と金茶色の瞳は兄弟お揃いだけど、アンドリュー皇太子が穏やかそうな優しげな顔をしているのに対して、エルドレッド皇子は意志の強そうな顔をしている。目力がすごいよ。

「なぜ兄上まで……」

先に来ていたアンドリュー皇太子は、側近をふたり従えてひとり掛けの椅子に足を組んで座っている。皇太子だからしかたないけど、態度がでかいよ。まるでこの場にいる貴族達は、彼のために集まったかのように見える。

そう見えるようにしているんだろうな。

エルドレッド皇子の方はたったひとりだ。この場に連れてくるほど信頼出来る側近はいないのだろう。お茶会の件があるために身構えていて、椅子を勧めたら少し離れた場所を選んだ。

七歳の子供にはかわいそうだけど、完璧にアウェーだよね。

「ここにいる方々は、先程殿下とお話した時にいらしたご令嬢の保護者の方々ですわ」

「……そうか」

ちょっとおまけが増えているけどね。

あの場にいたダグラス様もカーライル侯爵と顔を出し、ベリサリオとノーランドが揃うのならばとコルケット辺境伯も来ている。

祝賀会の途中だというのに魔道士長と副魔道士長も来ていて、部屋の入り口で中にいる人の顔ぶれを見て、一瞬、回れ右をして出ていこうとしていたのは笑った。

「殿下は侯爵以上全員に招待状を出したはずだとおっしゃったでしょう？　ここにいる方々には届いていませんのよ」

「それは……確認した。こちらに不備があったようだ」

「まあ」

お友達同士のお誕生日パーティーなら笑って済ませる話だけど、一国の皇子のための誕生日のお茶会に、このメンバーを呼ばなかったと公になったら、エルドレッド殿下は地方をないがしろにする皇子だと思われても仕方ないわけだ。精霊王絡みで親しくしておかなくてはいけないはずのこのタイミングで、辺境伯を全員呼ばなかったんだよ。不備があったでは誰も納得しない。

「ご相談があるとお話したのを覚えていらして？」

こんな話し方しているけど、着ているのはメイド服だぜ。

しかもメイド服で変装しているの私だけだぜ。

注目されて動向を監視されているのは私だけだし、ちゃんと周囲に結界を張って人が近づいたらわかるようになっているので、他のご令嬢は変身しなくていいんだって。

そんな結界あるのに、私の変装って必要だったの？　これ、誰かの趣味じゃない？

「ああ、リストも持ってきた」

「ありがとうございます」

「僕から説明しよう。ディアは座ってて」

「はい」

目立ちすぎるのはいけないと思ったのかな。クリスお兄様が説明を引き継いだ。

「ディアは今まで公の場に出なかったので友達が少ないんです」

クリスお兄様？　話を引き継いだ途端に何を言ってくださってますの？

「それで友達を増やそうと女の子だけの食事会を計画しました」

「そうか、大変だな」

気の毒そうな顔をするな。私の心配を出来る立場じゃないぞ。

「その時、四人のご令嬢から食事会をするならこの日にしてほしいと、開催日を指定されたんです。それが殿下のお茶会と同じ日でした。しかし七日前にやはり参加出来ないと、また四人揃って断ってきたんです」

「誰だそれは！」

「バントック侯爵令嬢チェリー様とキャナダイン侯爵令嬢キンバリー様。キャボット伯爵令嬢セアラ様、コニック伯爵令嬢ルビー様」

「チェリー？　従姉のチェリーか？」

「はい。我が家から招待状を送ったのが七月の初めです。もうその時に彼女達はここにいる方々へは、殿下からの招待状が来ないとわかっていたと思われます。なぜわかったのでしょう？」

「親がそうしたと知っていたからか」

クリスお兄様と話している間、父兄達は無言でエルドレッド皇子の様子を観察していた。地方の貴族は皇子と接して人柄に触れる機会はそうはない。この場で少しでも皇太子と第二皇子の人となりを把握しようという考えだろう。

「その四人は殿下のお茶会には出席になっているんですね？」

「……そうだ」

「エルディ、自粛中だったにもかかわらず誕生日の祝いをしようとしたのはなぜだ？」

アンドリュー皇太子の顔つきは険しい。今年に入ってからだいぶ背が伸びて大人びて、皇太子オーラがびしばし出ている。ただ私の不信が原因でか、どうしても黒く見えるんだよね。皇帝やる人が黒くないと困るんだけどさ。

「茶会は三日後ですから、もう自粛期間ではありません」

「陛下に今年はやめるように言われていたよね」

「おじい……バントック侯爵が問題ないとおっしゃって」

「つまりおまえは、陛下よりバントック侯爵の言葉に従うのか。その結果、バントック侯爵に招待客を決められ、誕生日だというのに彼の派閥だけしかいない茶会を開催することになったのか」

「……」

私に頼まれて持ってきたリストが書かれた用紙を、エルドレッド殿下が強く握り締めたのでくしゃくしゃになってしまった。

クリスお兄様が再び話し始めた。

「殿下の側近や補佐官の出身を調べさせていただきました」

「側近は見事に中央のバントック派ばかりですね。補佐官と執事の中にはダリモア伯爵の紹介した者が多くいるようですが、やはりここも中央の者ばかりです。意外なのはランプリング公爵の紹介の人がいるんですね。精霊を持っている者が少し。精霊獣は皆無だ」

「でも生まれた時からずっと、傍にいた者達ばかりだ」

「それはそうだろう。皇子を自分の派閥に取り込むために、バントック侯爵が最初から身内で固めたんだ」

もう皇太子は弟に対する苛立ちを隠していない。祖父とその家族に甘やかされ、よいしょされ、プライドばかり大きくなった子供は周囲をまったく見なかった。

子供だからさ、普通はそれでいいのよ。七歳なんて、まだまだ親に甘えて遊んでていい時期よ、日本なら。でも皇族なんだよね。国の最高権力者の一族なんだよ。

「……お爺様が？　なら、兄上はどうなんです？　兄上の側近は……」

「紹介しよう。彼はエルトン。ブリス伯爵の次男だ。ブリス伯爵領はベリサリオ辺境伯領の隣にある。彼の土の精霊には何度も身を守ってもらったよ」

「身を守る？」

「お爺様の決めた側近は五歳の時にクビにした。使えないし、バントック侯爵を中心にした派閥は、金を集めて贅沢三昧しているからね。しかも精霊を育てていない。彼らの好きにさせていたら、中央は砂漠になっていたよ。今回はベリサリオが救ってくれたようなものだ。……そしたら急に事故にあうようになってね」

孫だよ。第一皇子だよ。息子が英雄になったおかげで力を持つようになったからって、やりたい放題過ぎるだろう。

「こっちの彼はギル。ハクサム伯爵の三男だ。身を守るために精霊を持っている側近が欲しいとある方に相談したら、紹介してくれたんだ。精霊獣は二属性だけだけど精霊としては全属性持ちだよ」

全属性持ちか。うちの家族と魔道省以外で、この宮廷では初めて見たかもしれない。地方に行けば何人もいるんだけどね。

あれ、ちょっと待って。

「アンドリュー皇子。暗殺されそうになっているって、初めてお聞きしたんですけど」

「初めて話したからね」

いつものような笑顔を向けてくる皇太子に、私は片眉をあげてみせた。

「つまりそういうことは話さないままで、私を渦中に引っ張り込むつもりだったということですか？」

「クリスに散々言われていたから、本気で求婚する気はなかったよ」

今まで静かだった部屋の空気が動いて、小声で会話する声が微かに聞こえてくる。

「きみがどういう子なのか。味方になってくれるのか確認したかっただけだ」

「その説明で瑠璃が納得するかしら」

「僕が納得しない」

「僕も」

「まず何がどうしてそういう話になっているのか説明していただきましょうか」

お兄様達とお父様も納得しなかった。皇太子と側近が身構えるほどにマジな顔で詰め寄ろうとしないで。

「エルドレッドの周囲はバントック侯爵の派閥ばかりだ。ディアドラがエルドレッドと親しくなった途端、取り込んで利用しようとするだろう。そうさせるわけにはいかなかったから、きみの反応を見たかったんだよ」

「いちおう、今はそういうことにしておいて差し上げます」

「ふたりは仲がいいのか」

むっとした顔でエルドレッド皇子が聞いてきたけど、周囲を見て。機嫌の悪い家族と興味津々な友達と、政治的にいろいろ考えているおじ様方がいるのよ。

「これが仲良く見えるのか？」

「ちっとも仲良くありませんわ」

あかん。これ、仲良く見えるやつや。

「ともかくエルドレッド殿下はこれからどうなさるんですか」

「どうとは……」

「皇太子を暗殺しようとするような、中央特権主義のバントック侯爵の派閥に取り込まれたままでいいのか……という質問ですよ」

クリスお兄様に聞かれて、エルドレッド殿下はぐっと口元に力を入れて考え込み、ちらっと皇太子に視線を向け、次に私に視線を向けた。こっち見るな。

「兄上の話が本当ならば、側近も傍仕えの者達も一掃する。だけどすぐには出来ない」

「すぐにしたら駄目だ。下手をしたらおまえも暗殺されるかもしれない」

「うっ……」

自分にも身の危険があると聞いて、大人に囲まれても今まで胸を張っていた殿下が、初めて不安な表情を見せた。

「そういうことなら、そろそろ殿下には自室に戻ってもらいましょう」

「なんでだ！」

「ここに来るために側近達を撒いてきたのでしょう。長居は危険ですし、茶会の日まであなたの態度を彼らは観察しますよ」

お父様は、まだ七歳の子供が命の心配をしなくてはいけないのが気の毒なんだろう。立ち上がり殿下の元に近付いて膝を折り、ゆっくりと言い聞かせるように話している。

「招待されていないと文句を言われたと。誰がリストを作ったんだと怒ってください。恥をかいたと我々を悪く言うのもいいかもしれません。自分の身の安全を第一に」

「大丈夫だ。もう僕しか手駒がいないんだろう？　そう簡単には殺さないさ」

「精霊を手に入れたばかりだし、育て方を習いたいと言ったらどうですか？　副魔道士長あたりに傍にいてもらうと安全ですよ」

「私？　あ、はい」

突然話を振られて、端の方で黙り込んでいた副魔道士長が慌てている。

「あの……」

胸の前で両手を握り締めて、パトリシア様が立ち上がった。

「今からお茶会に招待していただくことは出来ますか？」

「そうですな。幼少のころから親しくしていただいたというのに、私は何も気づかずに来てしまった。このまま殿下をバントック侯爵の派閥の者ばかりの茶会に行かせるなど出来ません」

パトリシア様の肩を抱いてグッドフォロー公爵が言う。

「私も出席します。よろしいでしょう、お爺様」

「もちろんだ。私も出席しよう」

ノーランド辺境伯とモニカ様も参加表明か。

出来ればそれは、この後の話を聞いてから決めてほしいな。

「殿下、ここにいる全員の招待状……いや、その場に入れれば何でも構わないでしょう。用意していただけますか。参加不参加は、さすがにもう時間がないので、それぞれ調整が必要ですし今は明言出来ないと思います」

クリスお兄様、ナイスだ。

「わかった。まとめて精霊省に持っていく」

「それが確実ですね」

「パトリシア様、モニカ様、スザンナ様」

私は立ち上がり、近い席に腰をおろしている三人に近付いた。

「三日後のお茶会に出るにはドレスの用意などが大変でしょう。みなさんでドレスを持ち寄ってお直しをしませんか？　たくさんのドレスが集まれば素敵な新しいドレスが作れます」

「いいですわね。皆さんに声をかけましょう」

「私はお茶会に出席するかどうかわかりませんけど、そちらは参加したいですわ」

「いつも頼んでいる店の者を呼びましょう。手伝ってくれるはずです」

「場所はフェアリー商会の皇都支店を使います。商会にいるお針子さんにも手伝ってもらいます。……それと、これからは私のことはディアとお呼びください。そしてよろしければ、私と仲が良いのだと噂を流してください。あなた方に何かあったら、私は本気で怒るんだと」

「守ろうとしてくださるのね」

「ありがとうございます」

「私もパティと呼んでください」

彼女達だけじゃなくて、お食事会に呼んだお嬢様方はしっかりと守りたい。全員、精霊がいるから大丈夫だとは思うけど、念には念を入れないと。

「僕もディアって呼んでいいかな?」

「お断りですわ」

にっこり笑顔の皇太子には、にっこり笑顔でお返事をする。

「この呼び方は親しいお友達と家族限定ですの」

「そうか。それはしかたないね」

言いたいことがあるならはっきり言えよ。毎回、奥歯にものが挟まったような言い方をしやがって。まあ、私もいろいろ隠しているので言えた義理じゃないんですけども。

「ディアドラは兄上の味方なのか?」

「味方?」

「いや……」

え？　こいつ、兄に代わって自分が次期皇帝になろうと考えているの？

「違うよ」

「え？」

クリスお兄様がすぐ横に立って、耳元で囁いた。

「ディアはどっちの皇子と仲良くする気なのか聞いているんだよ。もっとはっきり言うと、どっちが魅力的なのかと……ぶん殴ろうかな」

説明しながら怒らないでください。

「ちょうどいい機会なので、ここで私の立場をはっきりしておきましょう。皆さまも精霊王を後ろ盾にした娘が何を考えているか、どういう子供なのか気になっておいででしょう」

メイド服を着た女の子が皇族高位貴族が居並ぶ中、腰に手を当ててぐるりとその場にいる人達の顔を眺めるって、珍しい光景よね。

私がお食事会に招待した方のうち祝賀会で会った五人の家族に、カーライル侯爵とダグラス様、コルケット辺境伯とヴィンス様、魔道士長と副魔道士長。そして皇太子と第二皇子。他にメイドや側近、副官などが壁際に控えているからこの部屋に三十人はいるのよ。

「まず、ベリサリオ辺境伯長女としては、全てお父様に一任しています。ただの六歳の娘が家のことに口を出すのはおかしいでしょう？　政治にはまったく興味がありませんし、我が家には優れた嫡男がおりますので、好きにさせていただいておりますの」

しんと静まり返った中、私の声だけが室内に響くのはドキドキものよ。自分の行動が正解なのか全くわからなくてこわいけど、もうやると決めたからにはやり通すのさ。

「次に、精霊王を後ろ盾に持つ私の考えですが、その前に精霊王のスタンスについて確認させてください。精霊王は人間の地位、権力、財力に全く興味がありません。皇族と平民とで態度を変えたりもしません。気にするのは魔力量とその人の資質、性格、考え方です。精霊王にとっての敵は、精霊を傷つけ、精霊王の住居を破壊する者達です。さらにこの国の精霊王達は、私の意に添わないことをする者を排除します。ここ重要です。害をなす者ではないんです。意に添わない者なんです」

急に室内がざわざわと騒がしくなる中、皇太子は額を押さえて呻(うめ)いている。

「精霊王を後ろ盾に持つ私個人にとっての敵は誰か。大切な家族と大切な友人達を害する者達です。私は今みなさんを友人の家族として、精霊と共存しようと動き出した方々として信頼して親しみを感じています。ですからあなた方に危害を加えようとする者がいたら許せませんし、信頼を裏切って精霊に危害を加えたりしたら許せないと思います。あ、政治的にベリサリオの敵になっても、それは精霊とは関係ないので、普通にベリサリオ全員で力を合わせて倒しますね」

「ならば今回の件も、精霊王は出てくる話ではないな」

「今回の件とは、お茶会の招待のことかしら？　そんなことで精霊王のお手を煩(わずら)わせるわけがないじゃありませんか」

ここに扇がないのは残念だわ。私、今なら悪役令嬢っぽく出来るはず。

「でも、皇太子暗殺未遂なんて物騒なことが起こっているのに、その皇太子との縁組の話を持ってきた陛下は、充分に私の意に添わないことをしていると思いますのよ。いえ、暗殺があろうとなかろうと、その気がないというのにしつこいだけでも、意に添わないことをしてますわ」

　本当に怖いんだよ、私の後ろ盾。意に添わないってさ、範囲が広すぎて危ないじゃん。私があほの子で気に入らない子はやっつけちゃえって考えたら、国中砂漠だらけでその子は排除されちゃうのよ。しかも相手が皇帝の場合はもっと大変よ。

「皇太子殿下はあの場にいらっしゃいましたよね。瑠璃は『おまえの意に添わぬことをする者は排除する。国がおまえの意に添わぬことをした場合は、全ての精霊がこの国を去る』と言ってました。陛下が私の意に添わないことをした場合、それは国が私の意に添わないことをしたのと同じではありませんか？」

　慌てて腰を浮かす方々を、お父様とクリスお兄様がそっと手で制した。

「ディア、あまりみなさんを驚かすものじゃない」

「申し訳ありません。こんなことで帝国を砂漠にしたりしませんわ。そんなことしたら、大切な家族とお友達が困ってしまうじゃないですか。ねえ」

　口元にだけ笑みを浮かべて皇太子を見つめた途端、精霊達が小型化しているとはいえ、精霊獣に顕現した。

『この者が何かしたか』

『やるか』

　それと同時に、部屋にいたすべての精霊が壁際に移動して一塊になった。

この状況、妖精姫というより魔王になってない？

「何もやらないからね。みんな戻って。臨戦態勢にならないで」

「なるほど、これが本当のきみか。最初からこうしてくれていれば接し方も変わったのに」

この状況でも皇太子は驚きも怖がりもせず、むしろ感心した顔で頷いていた。

「最初？　四歳児に何をさせるんですか」

「違う。そのあとの……いやなんでもない」

お父様が留守の間に、ベリサリオの城で私に会ってたってばれたらやばいと思ったな。

「もう敬語はいいよ。きみに手を出したらまずいと、もっと徹底するべきだ。陛下に関しては……」

「暗殺について知らなかったなんて言わせないわよ。皇太子暗殺未遂に気付けないなんて、陛下は皇帝の器ではないと言っているようなものだわ」

「不敬じゃないかい？」

「そうよ。処罰するというならやってごらんなさい。今回だけは私はこのスタンスを貫くわ」

「今回だけ？」

「正確には今日から三日間だけ」

しばらく無言で睨み合ったのち、見つめ合ってないよ。睨み合ったんだよ。皇太子はため息をつき、降参だとばかりに首を緩く横に振った。

「さすがクリスの妹だ」

「そうだろう」

クリスお兄様、そこは得意げにするところではありません。

そして、こういう場だと存在感を消して、ひっそりと全員の様子を窺っているアランお兄様はぶれないな。私とクリスお兄様が目立つ中、ひとり陰に潜んでいる。

「どんどん時間が遅くなる。殿下は部屋にお戻りください」

「……あ、ああ」

私の演説に呆れたのか、殿下は素直に頷いて立ち上がった。

「副魔道士長、よろしくたのむ」

「はい。窓から本館内に潜入しましょう。中に入ってしまえばなんとでもなります」

殿下の帰る方法を話している間、たくさん話して喉が渇いたので、ミーアが持ってきてくれた果実ジュースを一気飲みした。ぷはー、乾いた喉に染みわたるぜ。

「ディア、はしたないよ」

「え？」

慌ててまわりを見たら注目されていた。

もういいよ。こういうやつなんだよ、私は。御令嬢っぽくないんだよ。

殿下が帰って、そろそろ解散ムードになり始めた頃、奥の部屋からパウエル公爵とサッカレー宰相が顔を出した。随分長いこと待ってもらってしまった。意外な人物の登場に、これで終わりじゃないのかと顔を見まわす人達にお父様が声をかけた。

「では、本題に入らせていただきます」

クリスお兄様の側近のライが紙の束をお兄様に手渡した。

「これからこの紙を配ります。読み終わったら返却してください。処分はこちらでします」

「それは？」

「読んでいただければわかります。現在の陛下が即位されてから今まで、中央で何が行われていたか。知りたくない方はここでお帰りになってくださっても結構です」

そう言われて帰る貴族はいない。彼らにも領主として守らなければいけない人達がいる以上、知らないわけにはいかない。

ずっと奥の席に黙って座っていたお母様は、膝の上できつくハンカチを握りしめている。アランお兄様は紙に書かれたことを読む皆の表情を、じっと見ていた。

「これはすごい。五年前に皇太子と話すまで私も知らなかった話がすべて書かれています」

パウエル公爵は大きく息を吐いてから、私達兄妹の顔を順番に見つめた。

「これは誰が？　いや、みなさんで？」

「それはお答えできません。重要なのは、そこに書いてあることが事実かどうかです」

「事実だ」

皇太子があっさりと答えて、紙をエルトンに手渡した。

「噂以上ですな。殿下のおっしゃる通り、ベリサリオはこわい」

「これだけ人材が揃っていて、精霊王の後ろ盾なんていう反則技まで持っているのに、当主が権力を欲しがらずに、領地に帰って商売したいって言うんだからおかしいだろ」

皇族からしたら不気味だよね。中央の権力争いをしている貴族から見たら、絶対に本音を隠しているって思われるはず。でも領地でいろいろやっている方が楽しいんだもん。

「最近、暗殺や事故が減ったのはベリサリオ辺境伯のおかげだそうですよ。中央の精霊を持たない人々は、尾行されたり狙われたりしたら、精霊省か魔道省に逃げ込めと言われているそうです。そこなら間違いなく精霊獣が守ってくれますから」

「それでたいした用もないのに、来客が多い時があったんですな」

「しかも要所要所にベリサリオ出身の者が入り込んでいるそうじゃないですか。宰相の副官にもいるそうな」

「人手が足りないから、誰かいないかと言われて紹介しただけですよ」

「またまた」

お父様とパウエル公爵が楽しそうにお話している。火花なんて散ってませんよ。気のせいですよ。

「それでどうするつもりだ」

「どうするって」

皇太子の相手は私かい。ここはクリスお兄様とのツーショットで、私に癒しを与えてよ。

「三日後に陛下と会えるように手配してもらいます。無理だったら謁見中に押しかけます」

「過激だな」

「さっき言いましたでしょ。今後三日間だけ、私は好きにさせていただきます。水戸黄門になるんですから」

「みと?」

「そこは聞き流して」

「わかった。ただし、その場に僕もいさせてもらう」

「いたい方はどなたでもどうぞ」

「待て」

ようやくお兄様が割り込んでくれたけど、皇太子に向かって「待て」って。身内だけの時はいいけど、ここでは駄目でしょ。

「茶会の方にも人員を割り振りたい。それにこれ以上巻き込まれたくない人は、帰るなら今ですよ。残るなら計画に参加してもらいます」

「残るだろう。ここにいる方達は」

クリスお兄様とお父様のやり取りを聞いて、立ち上がる方は誰もいなかった。

気分は探偵

謁見の申し込みは皇太子にしてもらった。

臣下から、明後日に謁見を入れたいなんて無茶な指定は出来ない。かといって、私の名前で問答無用で会わせろなんて言ったら、皇宮中の騒ぎになってしまう。

当日は騒ぎになるだろうけど、その日まではこちらの動きを知られたくなかった。

そして第二皇子のお茶会がある日、バントック侯爵派の主だった貴族がお茶会に出席していて手薄になる時間を狙って、私達は謁見の間に向かった。

大勢で一度に動くと目立つので、違う通路をそれぞれ通って、時間もずらして謁見の間の扉の前に集合する。

皇太子と辺境御三家、三大公爵とジーン様、ヨハネス侯爵、カーライル侯爵、ブリス伯爵、マイラー伯爵とそれぞれの側近や補佐官という錚々(そうそう)たるメンバーだ。

アランお兄様やパティと彼女のお兄様のデリック様、オルランディ侯爵とスザンナ、ノーランド次期当主とモニカ、リーガン伯爵とイレーネはお茶会に参加するためにここにはいない。エルドレッド皇子のお茶会に出席したいご令嬢の保護者には、バントック侯爵派がこちらの動きに気付いた時に動けるようにお茶会に出席してもらっているのだ。

これだけの顔ぶれと人数が謁見の間の前に集まれば、扉前の係官や警護の近衛が不審に思うでしょ？　だからみんなには出来るだけ普段通りの顔でいてねとお願いして、何事だろうとこちらを見た係官に、唇に人差し指を当ててしーってしながらウインクした。

「ちょっと母上を驚かせてみたくてね」

皇太子も笑顔で言ったから、サプライズだと誤解してくれたみたいだ。

「さて、もうそろそろいいかな」

「そうですな。時間が惜しい」

「これはどういう……」

ジーン様とランプリング公爵だけは何が起こるかわからなくて、訝しげな顔をしているけれど、ひとまず今は様子を見ているみたいだ。

「失礼しまーす」

精霊省の補佐官が私の合図に合わせて勝手に扉を開け始めたので、係官が慌てて飛んできた。

「まだ前の方が」

「大丈夫。宰相でしょう？」

「かまわん。さがれ」

皇太子に言われ、どうすればいいのか誰かに教えてほしくてきょろきょろと周囲を見回す。でも教えてくれる人などいるはずもなく、警護の者もこの顔ぶれを前にどうしていいかわからずに迷ってしまっている。

近衛が動かないのには理由がある。ジーン様と仲のいいパオロ・ランプリング公爵は近衛騎士団団長なのだ。十九で近衛騎士団団長ってさ、政治に口出しされないように、文句ねえだろって地位につけてやったぜって感じじゃない？

それでも近衛の騎士団団長がいるのに、下手なことは出来ないし、バントック侯爵派の騎士はお茶会の方に回されているみたい。

平和ボケしている貴族の子息ばかりの近衛では、とっさの判断が出来なくて、私達は悠々と謁見の間に足を踏み入れた。

謁見していた途中のサッカレー宰相は、手にしていた革を板で補強した表紙の付いたノートを閉じ、陛下に一礼して私の後方に下がった。

謁見の間の両側には各大臣や魔道士長、それぞれの補佐官、警護の近衛が並んでいる。その中央を皇太子と肩を並べて陛下の足元まで進みながら、私達は前もって分担していたとおり耐物理、耐魔法等の防御結界を各精霊に展開させた。

今頃は部屋の周囲の廊下でも、この部屋と控室から誰も出られないように結界が張られているはずだ。

第二皇子の手違いだったからって、御令嬢達がお茶会に出席する用意を整えるために、何時間も転送陣の間を貸し切りにさせてくれるんだもん。この場にいる貴族達の領地から、精霊獣を連れた精鋭部隊を送り込ませてもらったわよ。今頃は皇宮内や皇都のバントック侯爵派のタウンハウスで、いつでも動けるようになっている。

「これは……どういうことだ」

謁見の間の突き当たりだけ、壁が濃い青で彩(いろど)られ、壁の上部と天井がど派手に黄金で飾られている。三段階段を上がる高さにある壇上には、背凭(もた)れが二メートルはありそうな黒い椅子が二脚置かれ、将軍と陛下が座っている。

簡易ではあっても正装の軍服を着た将軍は、英雄の名に恥じない見事な偉丈夫ぶりだ。隣に座る陛下も、ひだの付いた薄手の足首まであるドレスに、豪華な刺繍の付いた襟の大きな上着を纏って、足を組んでゆったりと椅子に座る様子は麗しく気高く見える。

前皇帝崩御の後、組織を一新させ国内をまとめ上げた若く美しい女帝と、優れた指導者を失った混乱につけ込み、侵略を企てた隣国を蹴散らした英雄。

他国の使者が、今私が立っている位置に立った時、この若き指導者のふたりを見れば、帝国の未来は安泰で敵に回るのは得策ではないと思うのかもしれない。

「こんにちは、陛下。将軍。本日私は、ベリサリオ辺境伯の娘ではなく、精霊王の後ろ盾を持つ妖精姫としてこの場に来ました」

自分で妖精姫と名乗る恥ずかしさがわかるか。

私が内心恥ずかしさに悶(もだ)えている間に、私と皇太子以外の人達が背後で一斉に跪き、私の精霊が小型化して顕現し、私と皇太子を守るように周囲を囲んだ。

今日こそは悪役令嬢を演じきってみせるわよ。

いや、国のためになることをやるんだからヒロインなのよ私。

魔王って言ったやつは、あとで瑠璃の湖に重しをつけて沈めるからそのつもりで。

「少しお話させていただきたいことがありますの。それと、いくつかご質問もさせていただきたいですわ」

陛下は私の顔をしばらく凝視し、次に皇太子に視線を移した。

「どういうことだ、アンドリュー」

「恐れながら陛下、妖精姫の言葉を無視してよろしいのですか?」

皇太子は見事なまでに無表情のまま、一歩後ろに下がった。

この場の中心は私だよと、態度で示してくれたわけだ。

「無視してもいいですよ。時間がないのでこちらは勝手に始めます。私、歴史の勉強をしているんです。それで陛下や将軍についても本を読んで勉強しました。その本に、陛下は非常に優秀な方で、帝位継承で国内がごたついている隙に国境線を広げてやろうという諸外国の動きに気付き、自ら女帝に立つと宣言し、古い考えの者は排除し、強力なリーダーシップを発揮して国をまとめ上げたって書いてあったんです」

ウィキくん参照。

たぶん歴史の教科書があるのなら同じようなことが書かれているだろう。

「でも陛下と何度かお会いした感想は、あまり喋らない印象に残らない人だな……だったんです」

部屋の両端に居並ぶ人達が、私の遠慮のない物言いにざわめきだす。

陛下や将軍の眉間に皺が寄った。

「私って自分で言うのもなんですけど、面倒な存在だと思うんですよ。私が下手なことをしたら、この国がなくなるかもしれないんですから。そうしたら普通、どんな子供なのか確認したくなりますよね。でも私に接触してきたのは、皇太子殿下と変な手紙を送ってきたジーン様だけですよ。城に誰か送り込んでくるかと思ったけど、来てないですよね」

「いや、多少全国の貴族から間諜(かんちょう)が来ていたが、潰した」

「辺境伯の砦である城に、そうやすやす入れないでしょう」

お父様とクリスお兄様の台詞に、傍に座っていた他の辺境伯や侯爵方がさりげなく遠くに視線を向けた。今は親しくしているけど、こうなる前は私が不気味だったわけだ。

「まあともかく、それでおかしいなあって思ったわけです。それで調べました」

頭の中では二時間ドラマの終盤近く、盛り上がる音楽が鳴り響いている。気分は犯人を暴く探偵だ。

「前皇帝が崩御したのは、陛下が十七歳。将軍が十八歳。将軍が卒業を迎える歳でした。ふたりはすでに学園では有名な恋人同士だったんですよね。でもその頃から、皇女の嫁ぐ相手が侯爵家の次男でいいのかという声があったそうですね。皇帝が健在なら問題ないでしょう。あるいはバントック侯爵が今ぐらいの力を持っていれば、ふたりが結婚して新しい公爵家を作っても、何も問題はなかったでしょう」

「……何が言いたい」

「今から言います」

威圧感満載の将軍に、少しもひるむことなくあっさりと私が答えたので、将軍が意外そうな顔になった。

今更でしょう。私が今まで一度でも、あなた達にびびったことがありますか。虎の威を借る狐じゃなくて、精霊王の威を借るディアだよ。

「皇帝が亡くなり、皇位継承権の通りであれば、正当な次期皇帝になる権利を持っているジーン様がいるのですから、皇女としては年若い皇帝が政治をしやすくするために、他国に嫁いで戦争を回避するか、力のある貴族に後ろ盾になってもらうために嫡男に嫁入りするか、そのどちらかになりますよね。まだ学生で何の成果もあげていない侯爵次男は立場が弱い。でもエーフェニア陛下が女帝になれば話は別です。婿に入る方は陛下の補佐をすればいい。弟から権利を奪ってしまうが、たった五年。ジーン様が十歳になった時に皇位を譲ればいい。そう考えたんじゃないですか？」

「……」

沈黙だって、ひとつの答えだよ。黙秘は認めるけどさ。

「パウエル公爵、間違いがあったら訂正してくださいね」

「いや、陛下がその頃の主力派閥であった私に相談してきたのは、間違いなく今の話だ」

「パウエル公爵」

椅子の肘掛けを握り締める陛下の手に、ぐっと力がこもって白くなっている。

いつのまにか謁見の間にいる誰もが、真剣な顔で私の話を聞いていた。

「将軍は愛する人と結ばれるために進んで最前線に立ち、次々と勝利を勝ち取った。一気に功績をあげ英雄になった。ここまでなら、私がここで蒸し返す必要はありません。でも五年後、あなた方はジーン様に皇位を返さなかった。なぜでしょう？」

背後ではノーランド辺境伯とコルケット辺境伯が、跪いているのに疲れたのか地面に胡坐をかいている。イフリーまで、椅子の代わりになってくれる気らしく、さっきから足をついてくる。でもさすがにそれは態度がでかすぎるでしょう。

「英雄の父親という名声、皇帝の義理の父親という権力、次期皇帝の祖父という次世代でも力を持てる立場、バントック侯爵はそれを手放せなかった。それにアンドリュー皇太子が生まれてしまった。その時彼は三歳？　四歳？　可愛い盛りですよね。自分の息子にあとを継がせたいって思ったんですか？」

うん。今更だけど六歳児の言うセリフじゃないね。家族以外ドン引きしながら聞いている。いい加減に慣れてよ。

「ジーンを殺すと言われ……」

「エーフェニア！」

将軍が止めたけどもう遅い。

「それもありましたね。実際にジーン様は何度も暗殺されかかっていますもんね」

「ああ、陛下が言いなりになったって全く無駄だったよ。精霊に何回助けてもらったことか」

「それは私も証言出来ます。ずっと軟禁しておきながら、あらゆる手段で殺そうとしてきた。おかげで我々は、精霊のありがたさと有能さをいつも痛感していましたよ」

ビジュアルバンドの……いえ、ランプリング公爵の肩にも精霊獣になっていそうな精霊が二属性浮いている。彼はジーン様の身を案じて、皇宮の隅にある別邸に軟禁されていたジーン様の元に顔を出していたそうだ。

「それで精霊を育てていたパウエル公爵派は、地方に追いやられたんですね。殺せないから。逆に精霊を育てなかったダリモア伯爵の派閥は何人も暗殺され、彼らの言いなりになって精霊の森を開拓した。彼も気の毒です。ずっとジーン様を皇帝にしようと模索していたのに、最期には裏切られて切り捨てられてしまったんですから」

「え？」

はっとしてランプリング公爵が振り返っても、ジーン様は微かに口元に笑みを浮かべたまま私を見ていた。この人は不気味。四歳児に書いた手紙の内容といい、なにを考えているのかいまだにわからない。

「そういえばおふたりとも、皇太子殿下も何度も暗殺されかかっているって知ってます？」

「えっ?!」

「まさかそんな」

「驚くんですか？　このまま彼らに力を持たせていると、中央は力を失い砂漠になると五年前に相談しましたよね」

この状況と皇太子の立場だから止むを得ないのだろうけど、殿下の両親を見る眼差しは冷ややかだ。五年前って今の私と同じ六歳だよね。優秀すぎるだろ。

「今は我慢してくれとしか言ってくれないので、私はパウエル公爵に相談したんですよ」

「皇太子殿下と出会えて、私はようやく主君と思える皇族の方と出会えました。前皇帝に仕えたように皇太子殿下に仕えられるよう、様々な部署に仲間を潜り込ませておいてよかった。ようやくこの日を迎えられたんですから」

パウエル公爵は皇太子を押す派閥。今回行動したメンツは、みんなそうなのかな。

一方、バントック侯爵は言いなりにならない皇太子の代わりに、エルドレッド皇子を取り込みたくて、身内しか招待しない誕生日会を企画した。無理矢理でも誰かと縁組でもさせて取り込むつもりだったのかもしれない。

「そんな……私は知らなかった。ジーンが軟禁されていたなんて。精霊の森についても、アンドリューが暗殺されそうになっていることも」

「陛下、あなたが言っているのは要約すると、私は無能ですって意味ですよ？」

「きさま！　いくらなんでもそれは不敬だぞ！」

私の煽りに反応して、将軍が立ち上がろうと腰を浮かせ、近衛の何人かが私に駆け寄ろうとして、

『ほう、この娘に不敬と言える立場の者が人間にいたか？』

ごおおおお……と音を立て、将軍と近衛のすぐ前に火柱が上がると同時に、私の肩にポンと手が置かれる重みを感じた。

「蘇芳、来たの？」

『面白そうなことをしているじゃないか。瑠璃が突っ走るのはほどほどにしてくれと心配していたぞ』

相変わらずの美丈夫ぶりで、笑いながら瑠璃からの伝言をしてくれるとか、仲がよさそうで、私としては御褒美です。

『今の話、私も聞きたいから邪魔しないでほしいわ』

私と将軍の中間の、床のタイルがぼこぼこと波打ち、そこから頭頂部がゆっくりと現れ、次にこちらに背を向けているから後頭部が現れ、首が……肩が……。

琥珀！　その登場の仕方は何?!

瑠璃が湖から現れた時には湖面が光り輝いて、その光が集まって空に昇っていく中からイケメンが現れたから精霊っぽかったけど、これは駄目！　エフェクト大事！

背後から見てもナイスバディだけど、ずもももも……って床から現れちゃうと怨霊かラスボスっぽくなっちゃうから！

「蘇芳……あれはちょっと」

『だよな。出てくるのに時間がかかりすぎる』

そっちかーーーい！

って、声に出して突っ込んでないからね。トリオ漫才になっちゃうから。

心の中でだけ突っ込んで、思わず脱力してぽふんとイフリーの上に座ってしまった。


皇宮の貴族で精霊王に会った者はほとんどいない。皇族とその護衛や補佐官と一部の有力貴族だけだ。パウエル公爵でさえ初めて精霊王と対面したわけだ。

登場の仕方はあれだったけど、身体の線がわかる薄手のドレスに、白いショールを纏った琥珀は天女のようだ。蘇芳も、ただ立っているだけなのに、将軍や皇帝よりも存在感と威圧感が桁違いに大きい。

彼らを前にして跪かずにいられる人間にはまだ会ったことがない。

跪かないでね、友達だからねって言われているから跪けないだけで、うちのお兄様達も私も本当は跪きたいんだよ？　もう慣れたけど、最初は居心地悪いねって三人で言い合ったものなんだから。

「なんの話をしてたっけ？」

『皇帝が無能だって話だ』

「……でしたね」

蘇芳様、容赦ねえな。にやにやしながらこっちを見ないでほしい。完璧に楽しんでいる。

『言いたいことはいろいろあるが、まずは話を聞くとしよう。精霊の森については、いったん話がついている。それを今更蒸し返す気はない。私達は気にせずに話すといい』

琥珀は陛下の目の前に腕を組んで立ち、跪いた陛下を蔑んだ目で見下ろしている。琥珀の声に含まれる苛立ちだけで顔をあげられない陛下の手は、微かに震えているみたい。カチカチと床に腕輪が当たる音がする。

「パウエル公爵が精霊の森を開拓するのに反対しても、自分のところで避難民を受け入れると提案しても、陛下から何も返事がなかった理由がわかりましたね」

呆れた声で私が言うと、跪いたままパウエル公爵が疲れた顔で頷いた。

「まさかここまで他人任せだったとは」

「なかなか決定がされなかったからおかしいとは思った記憶があります。皇帝陛下なのですから命じてしまえばよろしいのにと。その頃はもう避けられていて面会を受けてもらえませんでしたからな。皇太子殿下がお生まれになって、妻と娘は会えるようになっても、私が近付けなかったのはバントックのせいでしたか」

グッドフォロー公爵でさえ会えないとなったら、会おうと努力するのをやめる人が出ても仕方ない。親戚だもん。

「ダリモア伯爵は、最初は違う候補地を何カ所も提案していたんですよ。でも陛下はどこも決定しなかった。今考えると、バントック侯爵は自分達の領地に受け入れる気がなかったので、決定出来なかったんでしょうね。それで全部、ダリモア伯爵に投げた。彼は精霊に興味がなく、実家のトリール侯爵はあの森が邪魔だった」

今こうして、パウエル公爵とグッドフォロー公爵が会話している姿も、前皇帝崩御の後、ついこの間までは見られない光景だった。そのあたりバントック侯爵派は派閥同士の諍い(いさか)を起こさせたり、自分に都合のいい噂をばらまくのが上手かった。

「外には出られないぞ」

背後で声がして、皆の話が中断した。

脇の扉から出ようとしていたのは文官ふたりだ。マイラー伯爵の野太い声に驚いて震え上がっている。

お食事会に招いたエセル様のお父様でもあるマイラー伯爵は、熊みたいに大きな人だ。初めて会った赤ん坊は、まず間違いなく泣き出すだろうくらいに顔が怖い。いやまじで悪党面だから。腕っぷしも強くて、海の荒くれどもにも一目置かれているらしい。

なのに娘大好き、奥さん大好きなパパさんで、娘の友達である私にも優しかった。

「ここは結界が張られている。出入りは出来ないぞ」

ら。

「ク……クーデターだ……反乱だ」

「おかしいな。誰も武力に訴えてはいないが？」

尻もちをついて震えている文官に、その強面で微笑むのはちょっとかわいそう。笑顔もこわいから。

「誤解されているようですが、私は陛下に退位を迫る気も、誰かを名指しして皇帝にしろなんて言う気もありません。それは私のような子供が口出しすることじゃないでしょう？」

イフリーの背に座って足をぶらぶらさせて、笑顔で話す私を見る陛下の目には、不気味なものでも見るかのような怯(おび)えがあった。

どうやら私、ＵＭＡから化け物にジョブチェンジしたようです。

「ただこのままバントック侯爵派を好きにさせておくと、中央は潰れますよ。彼らは仕事を他に押し付けて不正、癒着(ゆちゃく)、賄賂(わいろ)と好き放題しているそうじゃないですか。ダリモア伯爵が隠しておいた証拠を宰相が確保してくれていましたよ」

「……おまえはなんだ」

「はい？」

「おまえはなんなんだ」

跪いたまま顔を歪めて私を見上げる皇帝と、それを平然と見下ろす少女。

第三者から見たら、琥珀じゃなくて私がラスボスに見えたりして？

「陛下、よろしいですか？」

皇太子の斜め後ろに立っていたクリスお兄様が口を開いた。

「アランもディアも、僕とほぼ同じ知識があると思ってください。それぞれ得意分野は違いますが、高等教育課程で学ぶ必要がないほどの、知能を有していると思ってもらって結構です」

「ベリサリオってこわいでしょ。だから放置しておこうって言ったじゃないですか。この二年で私は、ベリサリオは好きにさせておくのが一番だと結論を出しましたよ」

とうとう皇太子まで床に胡坐をかいた。

そうか。皇太子が最近話しやすかったのは、ベリサリオに対して悟りを開いたのか。

これはもうほっとこうって。

権力に興味ないんだから、協力関係だけ構築してほっといてくれるのはありがたいな。皇太子とクリスお兄様とは友達だから、パイプはすでにあるんだもんね。

「クリスと同じ？　兄妹全部が？」

とうとうベリサリオ辺境伯家全員が化け物認定されてしまった。

クリスお兄様の神童ぶりがそれだけ有名だったんだけど、何かと比較の対象にされてしまうのがちょっと気の毒だ。そのうちクリス上、クリス下とか一クリス、二クリスなんて単位になったりして。

「皇太子殿下もあまり変わらないと思いますが」

「いや、俺には精霊車の発想はない」

「ああ、それはほら、ディアの着眼点と発想力は異常だから」

そこで仲良くお話ししているんじゃないの。陛下だけじゃなくて、周りにいる大臣達まで化け物を見るような目で私を見ているじゃない。

『この女は、我々精霊王が普通の子供の後ろ盾になったと思っていたのか？』

『人間の政（まつりごと）に口を出す気はないが、大丈夫か？　この国』

「面目ありません」

「まさかこれほどとは……」

呆れる精霊王と、いたたまれない顔で頭を下げる臣下達。

陛下も将軍もがっくりと項垂（うなだ）れて、何かを話す気力もなさそうだ。

「陛下にも将軍にも恨まれるのは覚悟のうえです。今までずっと両親の愛情を疑うことなく生きてこられたことを感謝しています。息子としてはこんなことはしたくなかった。でも我々は皇族なんです。この国に生きる全ての者に対する責任がある。皇太子として中央を現状のままにしておけません」

胡坐をかいた足の上に置いた皇太子の手が、時折微かに黄色く輝く。

たぶん無意識に魔力を込めてしまっているんだろうな。それで精霊が反応してしまっている。

「琥珀様との話し合いがすんで、来年からは中央でも地方と同じ収穫が得られるようになります。でもこの何年かの不作の影響は大きいですよね。陛下は今後、中央をどうする気ですか？　中央以外はもう二年間、過去最大の収穫量だったんですよ。おそらく来年も同じでしょう。もう作物は足りているんです。今更中央で多くの作物が出来ても、備蓄も終えている地方は買い取りませんよ」

どうしてわかってくれなかったんだと思っているんだろう。皇太子の顔は悲しげだ。

「だから私はバントック侯爵派を解体しなくてはならない。陛下には退位して……」

「ちょっと待ってくれないか」

皇太子の言葉を遮ったのはジーン様だ。

口角をあげて微笑んだジーン様は、陛下に視線を向けてため息をつきながら緩く首を横に振った。

「僕は騙されていたらしい。陛下と将軍はもっとちゃんと国を治めてくれていたと思っていたよ。だって僕を軟禁してまで手に入れた皇帝の椅子なんだから」

「ジーン？」

陛下が驚きに目を見開いた。

「あなた達は宰相が……ああ、ダリモア伯爵がすべて悪いって言っていたじゃないか」

「そんなことは言ってないわ」

「少なくともバントック侯爵の話はしてくれなかったよね。そもそも二年前に会うまで、何年も話をしたことなんてなかった」

「……」

「それなのに、私が精霊獣を持っていると聞きつけて突然やってきて、もう外に出てもいい。私が助けてあげよう。だから協力して皇族の敵を排除しようって言ったよね」

なんかもうドロドロになってきたぞ。

ここに不倫とか、色仕掛けで騙していたスパイでもいたら、昼帯ドラマのような展開になるんじやない？

「女帝も認められているから、私より姉上の方が正当な後継者だ。性別で差別する彼らが、即位の決まりを破っているって聞いていたんだけど、そうじゃないみたいだね？」

ひやりとする声が静まり返った謁見の間に響く。

たぶんジーン様がこんなに喋っているのを聞いたことがある人は、ほとんどいないだろう。私もまさかここで、彼がこんなふうに話し出すとは思わなかった。

「だったら、正当な後継者は私じゃないのかな」

ええ?! この人、即位する気があったの?!

「いや……しかし。あの時は……」

意外そうな声を出したのはコルケット辺境伯だ。

そうだよ、学園の森で話をした時にジーン様はダリモア伯爵になんて言ったっけ？

「そういえばあの時いたのは、陛下と将軍とジーン様と、私達と辺境伯ふたりだけでしたね」

クリスお兄様に言われて気付いた。

皇族が進んで琥珀に責められた話をするわけがない。補佐官や護衛だって口止めされただろう。だとしたら中央の人達は、あそこでどんな会話がされていたか知らないんじゃない？ ずっとジーン様を皇帝にと思っていたダリモア伯爵にジーン様が冷ややかだったことも、陛下達と仲良さそうだったことも、辺境伯達しか知らないってことだ。

「命の危険があったからだ」

「ジーン……きみはなんで」

何か言いたそうなランプリング公爵を無視して、ジーン様はゆっくりと立ち上がった。

「私は今までずっと、姉に人生を奪われてきた。軟禁され忘れられ放置されてきたんだ。自分の人生を取り戻そうとするのが、なぜ悪い」

「あなたに皇帝が務まるのですか？」

アンドリュー皇太子が立ち上がり、ジーン様に向き直った。

「私に向けられた暗殺者の中に、あなたが差し向けた者もいたと気づいていないとお思いか」

「これはとんだ言いがかりだな」

同じ赤い髪と金色の瞳の、面影の似たふたりが向かい合う。

「では私も遠慮はやめよう。私に差し向けられた暗殺者の中に、将軍の手の者もいたのに気付いていたよ」

「私はそんなことはしていない！」

「その言葉をどれだけの人が信じるかな？」

ちらっと横眼で将軍を見て、ジーン様はまたすぐに視線を皇太子に向けた。眉を顰めた皇太子と違い、ジーン様は飄々（ひょうひょう）とした様子で口元に笑みを浮かべている。

『待って』

流れを止めたのは、意外なことに琥珀だった。

『茶会が面倒なことになっている』

「めんどう？」

『飲み物と菓子に毒が入れられていたようだ』

なんですって。

アランお兄様やみんながいるのに?!

「速攻で私を連れてって！」

『落ち着け。みんなまとめて連れて行く』

琥珀と蘇芳がここにいてくれることが、心の底からありがたかった。

茶会は廻る

案内された席の前に立ち、パトリシアは眉を顰めて唇を噛んだ。

本来、皇族の誕生日には舞踏会か夜会が行われるものだが、エルドレッドはまだ七歳。代わりに行われる茶会は、テラスから見た中庭の美しさが有名な広間で開催された。

テーブルには花がふんだんに飾られ、給仕の者達の態度もしっかりとしている。しかし用意された席は皇子の席から一番遠く、さも無理矢理後から付け足しましたという席だ。前の席との間の通路に観葉植物が並べられているため、視界が遮られて上座の席は見ることが出来ない。

たしかに開催直前に人数が増えたのだから、こういう席があっても致し方ないかもしれない。だがパトリシアは公爵家令嬢だ。身分も皇族との近さでも、招待された者の中で一番上だ。ベリサリオ辺境伯が格上扱いされても、それはなんの文句もない。バントック侯爵家も将軍の実家だ。まあしかたない。でも許されるのはそこまでだ。

本来なら皇子のすぐ近くに席が設けられているべき家柄の者が、広間の入り口近くに隔離されるというのは、明らかな悪意だ。

「これはひどいな」

いつもは軽い雰囲気の兄のデリックでさえ、さすがに眉を顰めている。

「子爵家が公爵家より上座ですか」

オルランディ侯爵が呆れた声で呟いた。その隣には娘のスザンナが扇で口元を隠しながらため息をついている。

「まあ様子見といきましょう。テーブルをふたつ用意してくれたようですが、十人座れるならこちらにまとまってもいいでしょう」

招待状は三日前に話をした全員に届けられていたが、半数以上が今は謁見の間にいる。席は空席だらけだ。ノーランド次期当主であるコーディは、黒い笑顔を浮かべながら腰をおろした。父とは違って魔法専門だが、血の気の多さは変わらない。バントック派を潰す気満々だ。

「アラン様はまだいらしていないのね」

隣に腰をおろした娘のモニカは、慣れない場に緊張しているイレーネを隣に呼んで話しかけている。イレーネの父のリーガン伯爵は、胃のあたりを押さえながら無言で席についた。

全員が席に着くと、皆の前に様々な種類の一口大のケーキの並んだケーキスタンドが置かれ、てきぱきとお茶の準備がされていく。今日はまず皇子の挨拶があるはずなので、誰もお茶に手をつけずに雑談を始めた。

皇子の席には御令嬢ばかりが座っている。どう見ても皇子とバントック派に所属する貴族の令嬢のお見合いの場だ。ディアドラの招待をドタキャンしたご令嬢は全員この場に出席しているようだが、元々バントック派だったふたりの侯爵家令嬢は皇子の両隣に座っているのに、伯爵令嬢ふたりは、皇子とは離れた隣のテーブルに座らされていた。

彼女達は地方の貴族で、親はバントック派ではない。ディアドラに一緒に誘われていた御令嬢の親に悪い感情を持たれ、自分の両親に怒られ、皇子の傍にも行けない。自分達だけ皇子の傍に座る御令嬢達に、ふたりは苛立ちの目を向けていた。

だがそれすら後方の席に座るパトリシア達にはわからない。厨房側への出入り口ならよく見えるため、忙しげに行き来する給仕の者達の様子だけはよくわかった。

「皇子が挨拶されているようですが、まるで聞こえませんな」

「ここまで態度がはっきりしていると、いっそ笑えます」

オルランディ侯爵とコーディも、ここまであからさまな態度を取られるとは思っていなかった。これでは宣戦布告と同じだ。

「せめてお茶くらいは楽しみませんか？」

あくまで遠慮がちなリーガン伯爵に、オルランディ侯爵は苦笑して頷いた。

「きみはあいかわらずだなあ。だが確かに文句ばかり言っていても仕方ない。あとで挨拶に来るかどうか」

「どう出るか楽しみです」

コーディがにこやかに答えながらティーカップを手に取った。

パトリシアもカップに手を伸ばそうとして、

「パトリシア!!」

不意に横から腕が伸びてきて手首を掴まれた。

そんなに大きな手ではない。まだ子供の手だ。でも細いパトリシアの手を掴むには充分な大きさで、ぐいっと手を引く力も強く、体ごとよろめきながら顔をあげた。

「飲んだのか？」

そこには切羽詰まった顔をしたアランがいた。公式の場なのでセットしてきたのだろうに、赤茶色の髪が乱れ前髪が少し落ちている。真剣な光を帯びた透き通った灰色の瞳に見つめられ、パトリシアは慌てて首を横に振った。

「デリックは?!」

「一口だけ……」

「解毒！　回復！」

アランの声に応えて、精霊獣がデリックに回復魔法をかける。

「毒?!　お兄様に回復と解毒を！」

もうアランの精霊獣が回復したというのに慌てたパトリシアが叫んだため、デリックの精霊まで回復を行い、三人分の魔法を浴びて光が重なって、デリックの姿が見えなくなるほど眩しくなった。

「ありがとう……もう平気……目が死ぬ」

「毒？　……ぐっ」

紅茶を飲んでしまっていたオルランディ侯爵が胸を押さえるのと同時に、彼と娘のスザンナの精霊が解毒と回復の魔法をかけた。

「イレーネ、念のためにみんなに解毒と回復！」

「はい！」

精霊獣になっているため、イレーネの解毒や回復は精霊しかいない人よりレベルが高いのだ。

アランがみんなを呼び捨てにして指示をしているのを、気にする者はいない。もう全員が食事に毒が入れられていたというのを察していた。

「どういうことだ？」

「説明はあとで！　殿下!!」

指示だけ出して走り去るアランをパトリシアは呆然と見送りかけ、殿下という言葉に我に返った。

「エルディ?!」

パトリシアが急いでアランの後を追いかけ始めてすぐ、横を追い抜いた人物は、皇太子の側近のエルトンだった。

「私は回復に向かいます。向こうには精霊がいない」

ガシャンと食器が割れる音や、どさっと重たい音がいくつも聞こえてくる。立ち上がって観葉植物の向こう側に目をやったコーディは、先に精霊獣を行かせながら振り返った。

「デリック様、娘達をたのみます。向こうの状況は見せない方がいい」

「あ……ああ、わかった」

「毒が違う？」

「ええ、あちらは即死系の毒だったようです」

席が離されていたのは、このためだったようだ。

こちらは全員精霊を持っている。しかも元々招待されていなかったメンバーだ。

だがバントック派は、あまり熱心に精霊を育てていなかった者が多く、回復を使える精霊が少ない。子供達はようやく三日前に精霊を持てるようになったばかりだ。

「狙いはバントック派か」

無事な男手は、カーライル侯爵とリーガン伯爵とコーディだけだ。

皇子の元にも行きたいが、すでにアランとエルトンが向かう姿が見えた。エルトンは弟を心配して皇太子が待機させていたのだ。

「近衛はどうしたんだ？」

「呼んできます」

「我らの手の者もいるはずだ」

「はい」

側近は中に入れなかったため控室だが、外には警備兵や皇子の護衛がいるはずだ。リーガン伯爵が駆け出すのを見送り、コーディはもう一度精霊に回復が間に合いそうな者がいないか探すように指示を出した。

もうカーライル侯爵は魔力が続かないだろう。コーディでさえ、がっつりと魔力が減るのを感じるほどに解毒と回復の魔法を使っている。それでも間に合った者はいないようだ。

「即死系では、さすがに無理か……」

そこは戦場の経験がある者にとっても、目をそむけたくなるような状況だった。テーブルに突っ伏す者、背凭れにもたれて喉を押さえ顔を上向けている者、床に崩れ落ちている者。男性も女性も口端から血を流してこと切れている。

即死系の毒のせいで助けも呼べず、苦しさに喉を掻(か)きむしりながらうめき声をあげることしか出来なかったようだ。

せめて席がもう少し近ければ。

せめて観葉植物がなければ。

いやそれでも、即死系の毒に対応出来たかはわからない。

「いったい誰が……」

「バントック侯爵とキャナダイン侯爵があちらに」

ふたりともすでに死んでいるのは間違いない。

政敵とはいえ、まさかこんな最期を迎えるとは。

あまりに呆気ない幕切れに、ふたりは苦い思いを噛みしめるのだった。

一方、エルドレッド皇子の元に向かったアランを追いかけたパトリシアは、

「防御結界！　皇子を守れ」

精霊に的確に指示を出すアランとは違い、何もできない自分に苛ついていた。

こわい。何が起こっているのか理解出来ない。何をすればいいのかわからない。パニック状態になりかけている自覚がないまま、それでも皇子が心配でドレスの裾を掴んで走っていた。

意外なことに聞こえてきたのは金属音だ。

皇子を背に庇った青年がふたり。彼らは給仕の制服を着て短剣を持っている。頭上にいるのは彼らの精霊のようだ。

彼らに相対しているのは、執事の着るような服装の男達三人。全員剣を持っている。明らかに分が悪い。

「時間がない」

「邪魔が入る前に死ね！」

振り上げられた剣は、しかし彼らに届かなかった。

カーンと澄んだ音を立てて剣が見えない壁にぶつかり、その反動で男は後ろによろめいた。

「なんだと？」

他の男も剣で見えない壁を突いてみたが、まるで歯が立たない。

そこへ、横から激しい衝撃波を食らい、三人共ふっとばされて床に転がった。

「殿下、無事ですか！」

「エルトン、来てくれたのか」

アランとエルトンの精霊獣が三人の男を囲み、動けないようにしている。

エルドレッドの無事な姿を見て、パトリシアはへなへなとその場に座り込んでしまった。

「ついてきちまったのか」

皇子の無事が確認できれば自分が出ていく気はないアランは、エルトンにその場を任せ、床に座り込んでいるパトリシアの横にしゃがんだ。

「ひどいことになったな。無事なのは皇子と同じ席にいた令嬢だけか」

皇子が食べ物や飲み物に手をつけなければ、同席している者も手を付けられない。それが今回、彼女達の身を守ったようだ。

「うちの招待状だけ、一時間遅れた時間が書かれていたんだ。念のためにエルトンに確認してよかった」

「そうだったんですね」

それで駆けつけてくれたおかげで、パトリシアは毒で苦しまずに済んだ。

「ありがとうございました」

「？　なにが？」

「え？」

「え？」

ふたりして首を傾げているところに、優しい光が降り注ぎ、次の瞬間には謁見の間にいたはずの人々が姿を現していた。

「精霊王が来ていたのか」

アランが立ち上がり、目立たない位置にさっと移動するのをパトリシアは意外な気持ちで見送った。

今をときめくベリサリオ辺境伯の次男だ。堂々と皇子の傍にいればいい。なんで人ごみに紛れるんだろう。

「アランお兄様は相変わらずね」

呆れた声に顔をあげたらディアドラが立っていた。

「パティ、大丈夫？　もう安心よ」

他の誰に言われるより、この少女に言われるのが一番安心だと思えるパトリシアは、泣きそうになるのを堪えて頷いた。

皇帝の椅子

お茶会の場はひどいことになっていた。

サスペンス劇場じゃなくて、これはテロだ。

どんな理由があっても、こんな殺人が許されていいわけがない。

といっても全貌はわからない。多くの人が亡くなっている現場を一瞬見てしまっただけでも衝撃が大きすぎて、見ていられなかった。

それでも私がしっかりと立っていられるのは、蘇芳が背後に立ち、肩に手を置いてくれているからだ。守られていると感じられる。自分の心配は後回しにしても平気だと思える。だから落ち着いてパティに声をかけられたし、アランお兄様が目立たない場所に移動したのも気付けた。

あとは意地だ。

謁見の間で散々偉そうなことを言っておいて、こういう時だけ弱い女の子ですって態度をするのは嫌だ。みんなが私を化け物だと思っているのなら、化け物は化け物らしく最後まで動じずにこの場を乗り切ってやろうじゃないか。

そのあと家に帰ってから、寝込めばいいんだ。

「エルディ!!」

転移してきた途端に息子に駆け寄った陛下の手を、皇子はさっと避けて身を引いた。

「え?」

「陛下、私は無事ですのでお役目を」

正直驚いた。これがついこの間、女の子達を前に失言をかましていた子供か?

この何日かで自分を取り巻く世界が崩壊して、子供ではいられなくなってしまったのかな。

皇太子だけではなく第二皇子にまで距離を置かれ、陛下は一瞬言葉を失い、周囲の状況に気付いて将軍の傍に戻った。

彼女は本当に、ただの苦労しらずのお姫様だったんだ。

それが好きになった人と結ばれたくて、安易な気持ちで皇帝の椅子に座ってしまった。

今のこの集団殺人事件だって、その安易な決断の結果だとも言えるんじゃないか。

意外と言っては失礼だけど、若いからお飾りだと思っていたビジュアル系公爵は、実は何気に切れ者だったようで、近衛を動かして辺境伯達と一緒に被害の確認と無事だった人達の保護にあたっている。

皇族の護衛は、みんな貴族の子息だ。前回の戦争は国境戦で中央にいる人達は実戦を知らない。それにバントック派の者も多いのだろう。身内が亡くなった者や殺人の現場を初めて見る者の中には、まるで役に立たなくなっている者もいる。そういうやつらを外に追い出し、使える者達に指示を出し、私達が領地から連れて来た精鋭部隊と協力させるのだから大変だ。

一緒に転移してきた大臣たちは証人だ。何が起こったのかその目で確認してもらわないといけない。まさかとは思うけど、私達が計画してやったと思われては困る。

皇太子とクリスお兄様とその他の貴族のおじ様方は、今後どうするか話しているみたいだ。謁見の間の話もまだ終わっていなかったからね。

「犯人の目星はついているのかな」

『面倒だから、裏方もみんな捕まえておいたわよ』

空中に翡翠が姿を現した。

不意に綺麗なお姉さんが空中に出現したので、兵士の皆さんの動きがいっせいに止まる。室内が一瞬で静かになったので、何事かときょろきょろしてさらに固まる人もいる。慣れている方々は跪こうとして翡翠に止められていた。

「翡翠様、お目にかかれて光栄です」

コルケット辺境伯だけではなく、控えていた側近や兵士まで足を止めて挨拶するあたり、コルケットは体育会系っぽいし、翡翠が大好きだ。

『誰も外に出られないようにしたうえで、動けないようにもしてある。毒はまだ持ったままだから捕まえに行くといい』

頭の上に大きな手が置かれたので見上げたら、いつのまにか瑠璃が隣に立っていた。

『まったく。おまえまでここに来ることはなかっただろう。必要な奴は全員送ってやるから別の部屋に行こう』

精霊王の中でも一番会う機会の多い瑠璃の登場で、一瞬泣きそうになってしまった。甘えたくなる弱さをぐっと堪えて、頷いてから歩き出す。

「ここは警備兵に任せた方がよさそうね。クリスお兄様」

「え？」

私が近づくと精霊王達ももれなくついてくる。今だけお得なパック状態だ。

翡翠様は前回のお宅訪問以来クリスお兄様が気に入ったようで、いつの間にか隣に並んで腕を組んでいた。

「裏方の人間もみんな捕えているそうです」

「ああ、毒薬を持っている奴が見つかっているみたいだ。精霊王のおかげだったのか」

犯人達が逃げていないし、動きがおかしいので何事かと話題になっていたそうだ。

「ここにこれ以上いると、あちらの警備兵の方の邪魔になるでしょう。私達は犯人も連れて近くの部屋に移動しませんか」

「ちょっと待ってくれ」

急いで皇太子達の方に行こうとして、腕を組んでいる翡翠がびくともしないのでクリスお兄様はつんのめっていた。説明をして腕を放してもらっていたけど、さすが精霊王、腕力も強いのか。

『アランくん、ここで何しているの』

琥珀が見当たらないと思ったら、今度はアランお兄様が捕まっていた。

『移動するみたいよ』

「そうですか」

『ほら向こうに行きましょう。ディアちゃんに何かあったらどうするの』

「僕は……行きます」

弱い。アランお兄様、弱すぎるぞ。

「お兄様は、お茶は飲まなかったのですか？」

「招待状に書かれていた時間が、ベリサリオのだけ一時間遅かった」

「は？」

「それに僕達の席は隔離されていて、もっと弱い毒だった」

私の敵になるのはまずいと思って、招待状の時間を遅らせるなんて真似までしておいて、どうして毒を私のお友達やその家族に飲ませようとしたんだろう。家族じゃなければ問題ないと思った？

それとも中央の人達は、私と精霊王が一緒にいる場を見たことがないから、半信半疑だったのかな。

どちらにしても犯人は許せない。

どんなにあくどい事をしていた人間だとしても、日本で生きてきた私としては殺していいとは思えない。

たぶん、捕まれば処刑される人もいただろう。それでも裁判をして罰せられて処刑されるのと、殺してしまうのとでは違うよ。

用意されたのは、事件のあった広間の隣の部屋だった。

丸いテーブルが並べられた部屋も広間と同じくらいに広くて豪華だ。そこに謁見の間から移動した人達と、お茶会に参加していた人達と、犯人と思われる給仕達と第二皇子を襲っていた男達が移動してきた。

一瞬で。

精霊王、すげえぜ。

本当はお友達には安全な場所で待っていてほしかったんだけど、精霊王と保護者がいるこの部屋より安全な場所ってないいんだよね。

精霊王が跪かなくていいから椅子に座れと言ってくれたので、辺境伯三人とそれぞれの家族が同じテーブルに座り、公爵ふたりと皇太子と皇子が一緒の席で、陛下と将軍はふたりだけで座っている。大臣達やお友達とその保護者達もそれぞれ席について、じゃあ話を進めようかという段になったら全員が私に注目した。

さっきまで私が仕切っていたのは、私なら不敬罪にされる危険がなかったからだ。

もうここまで話が進んだら、大人の方達に任せた方がいいと思うのよ。

ただね、私の左右に助さん格さんみたいに蘇芳と瑠璃が立っているんだわ。翡翠と琥珀は私と同じテーブルに座っている。この状態であとはよろしくっていうのは、申し訳ない気がする。

「では、もうしばらく私が話を進めてしまっていいですか？」

ぐるりと場を見回したが誰も異論はないようだ。そりゃな。

捕まった者達だけが、このガキはなんなんだって顔で私を見ている。

「あの皇子を守っていた給仕さんは、皇子の側近ですか？」

「いやあれはランプリング公爵の手の者だ」

お父様に言われて、私はまじまじとビジュアル系公爵を眺めてしまった。

現場の指揮は部隊長に任せてここに来てもらってよかった。隣の部屋の慌ただしい様子は、この部屋にも届いている。

「不穏な動きがあると報告を受けていたので、近衛の者を潜入させていたんだ」

この人もすげえな。まだ十九歳で公爵で近衛騎士団団長で切れ者かよ。なんで独身なの？　婚約者は？　この世界の女達は何をやっているの。

「パオロ、ありがとう。おかげで弟は無事だった」

「いえいえ。エルトンやアランの精霊獣が間に合ってくれなければ、どうなっていたかわからないと彼らは言っていましたよ」

しかも爽やかだ。

きっと今、高等教育課程に通っているくらいの年齢のお姉さま方の一番人気は彼だな。

「ではこちらの捕まっている方々は、どういう方達ですか？」

「ダリモア伯爵の紹介で働いている者達だ。弟の周りは側近がほぼバントック派、メイドや補佐官がバントック派とダリモア派が半々だった」

「殿下に襲い掛かったあなた達も毒を盛ったあなたも、元はダリモア伯爵の手の者だったってことでいいのかな？」

私に聞かれて、後ろ手に手を縛られて跪かされている男達は、一瞬だけ迷ってすぐに頷いた。

「ダリモア伯爵は恩人だったんだ」

「俺もだ。男爵家の三男なんて、腕が立って騎士団に行く以外にほとんど仕事なんてない。下手したら平民落ちだ。あの方は屋敷で働かせてくれて、仕事を覚えたらもっと給金のいい城での仕事を紹介してくれたんだ」

上手い手ではある。恩を売れば情報を流してもらえるからね。

でも仕事が欲しかった彼らからすれば、第二皇子の側仕えだよ。エリートだ。家族にだって自信もって言える仕事だ。ＷｉｎＷｉｎの関係だよ。

「じゃあどうしてあんなに多くの人達を毒殺したんですか」

「そんなのここで聞く必要があるのかな。それよりさっきの話の続きをしたいんだけど？」

椅子に座らずに、ビジュアル系公爵と並んで壁に寄り掛かっていたジーン様が不満そうに言った。

「さっきの話に関係しているから聞いています。答えてください」

もうさすがに疲れていて笑みを浮かべる気力がなくて、事務的に答えて視線を戻した。

「バントック派は、我々の仲間を何人も殺したんですよ。その復讐です」

「なるほど。バントック派に辺境伯には招待状は出すなと言われましたか？」

「ああ、だからちょうどいい機会だと思った。ベリサリオとあんたの関係者には手を出すなと言われていたからな」

「誰に？」

「……」

ここまで淀みなく答えていたのに、それは答えられないんだ。

「でも手を出しましたよね。アランお兄様やお友達やその御家族にも、種類は違うけど毒を入れてあった」

「それは知らない！　俺が使った毒は一種類だけだ！」

え？　じゃあ他にも犯人がいるってこと？

彼らはおそらく全員処刑だ。今更そんな細かい嘘に意味はない。

「ここに仲間は全員いるの？　他に給仕に当たっていた人は？」

慌てて立ち上がり入り口近くにいた近衛に聞くと、よくわからないらしく困った顔をしている。

そうだよね。あなたは護衛が仕事で犯人確保が仕事じゃないもんね。

誰に聞けばいいんだろう。

「ダリモア派以外は別室に集めてあります」

さすがビジュアル系、頼りになる男！

「持ち物の確認と身元の確認を急ぐように伝達してきてくれ」

「はっ！」

近衛のひとりが急いで外に出ていき、代わりの人がちゃんと持ち場についた。

今私の中で、ビジュアル系公爵の好感度がぐんぐん上昇中よ。

「あなた達がダリモア伯爵をはめたんだろう。精霊王との会合の場で、全て彼のせいにして処刑したんだろう！」

ちゃんと話を聞いてもらえると思ったのか、剣で皇子を殺そうとした男が叫んだ。

「私達がはめる？　誰がそんなこと言いました？」

彼らはまた口を閉ざしたが、端に座っていた男のひとりがちらりと視線を動かしたのに気付いた。

彼が視線を向けたのはジーン様だ。

私だけではなく何人もその視線に気づいたようで、注目を浴びたジーン様は片目を眇(すが)めて横を向いた。

「あの時あの場にいたのは処刑された人達を除けば、陛下と将軍とジーン様。あとは三人の辺境伯と私達兄妹だけ。それぞれの側近や補佐官、護衛はいたけど、彼らだって口止めされていたはず。だったら自分の好きな話を出来ますよね」

「好きな話？　嘘だったのか?!」

「辺境伯は皇帝とグルだと聞いたぞ！」

「いえむしろ、陛下にしてみれば私達は忌々しい敵でしょう」

「……どういうことだ」

愕然(がくぜん)とした様子で彼らは私達の顔を見あげている。

精霊王に囲まれている私は、たぶん彼らにとっては人外と同じだ。しかも子供で過去のしがらみとは無縁に見える。だから徐々に信じる気持ちが芽生えているんだろう。

「おかしいなと思ったんですよ。宰相になるくらいだから、ダリモア伯爵は切れ者だったんでしょう？　それなのに陛下に嫌がらせのようなことをしているって話だったし、あの場で突然、ジーン様が皇帝に相応しいと言い出した。精霊に興味ないのは本当だったんだろうけど、パウエル公爵の話やあなた方の話を聞くと、真面目だったせいで面倒な仕事を押し付けられて、しかも仲間が次々に暗殺されて切羽詰まっていたんじゃないかと思えてきたんですけど、どうでしょう」

「たぶんそれであっているんじゃないか。ジーン様とはたびたび会っていたようだし、彼を皇帝につけたかったのは間違いない。だがあの時は、ジーン様は陛下と親し気でダリモア伯爵と敵対しているような態度でしたよね？」

お父様が話を引き継いでジーン様に問いかけても、答えは返ってこない。ただ興味なさそうに横を向いたままだ。

「あの時、ダリモア伯爵はジーン様に精霊獣がいることも知らなかったんじゃなかったか？」

「うむ。たしかに」

ノーランド辺境伯とコルケット辺境伯も同意するのを聞いた男のひとりが、腕を縛られたまま立ち上がった。

「だましたのか！　あんたが毒を使えばいいと言ったんだぞ！　皇子もバントック派の手先だと！」

「……」

「あんたが皇帝になったらダリモア派を取り立てて、宮廷で文官の仕事を用意すると言っていたじゃないか！」

「うるさい。私は毒は有効だと言っただけだ。誰に使えとも、いつ使えとも言っていない」

「……ジーン」

ジーン様はビジュアル系公爵を見つめ、私達を見つめてから、面倒そうに前髪をかき上げてため息をついた。

「さっきから何を騒いでいるんだ？　これは派閥同士の抗争だろう。それに私が助言していたとしてなんなんだ？　貴族社会なんてそんなものだ。私だって何度も毒殺されかかっている」

「きさま！　我々を騙したな！」

飛び掛かろうとする男は、警備兵にふたりがかりで押さえつけられた。

「騙してなどいない。ダリモアは仕事は出来たが馬鹿正直で融通(ゆうずう)が利かなくて、兄に頭が上がらなかった。それでバントック派と陛下に利用され、散々働かされて捨てられたんだ。ああ、彼と将軍はよく似てるな」

修羅場ですよ。それも深刻な。国をかけた。

でもジーン様は口元に笑みを浮かべたままで、話し方も世間話をしている時と変わらない。

たぶん優秀な人なんだろう。皇帝として貴族として、政治の面でこういう人は強いんだろう。

今回だってエルドレッド皇子がお茶会に来ないことに文句を言いに来なかったら、私はウィキくんを見なかった。そしたらこんなに短期間で行動を起こしたりしなかった。

私が動かなかったら精霊王もここにはいない。

毒殺は誰にも気づかれない間に起こり、バントック派と皇子は殺され、犯人はわからないままになっていたかもしれない。

この世界に科学捜査なんてないからね。

そしたらジーン様の計画通り。

もしかしたら皇太子も殺すつもりだったのかもしれない。

ジーン様の計画が上手くいけば、その手が血にまみれていても彼が次期皇帝だ。

精霊王は人間の地位や権力に興味がない。精霊と精霊王の住む場所を害さなければ、誰が皇帝になろうと気にはしない。

「自分で行動に移すと決断したんだろう？　今更私のせいにするな。憎いバントック派をあんなに殺せたんだ。満足だろう？」

「それがあなたのやり方なのか」

ジーン様に比べれば、皇太子はまだ感情が顔に出るし、人との付き合い方も不器用だ。

今も、ジーン様を睨みつける瞳には、苛立ちや怒りが滲んでいる。

「やりかた？」

「邪魔な奴は殺すのが。エルドレッドも殺そうとしたんだろう」

「彼がね、私じゃない」

「弟はバントック派だと言ったんだろう？」

「あのままだったらなっていただろう？　バントック派の側近に囲まれて、バントックの言いなりになって茶会を開いていたじゃないか」

それでも皇太子だって、今のジーン様と同じ年になる頃には、きっともっと成長しているはずだ。

正義や清廉潔白さなんて私だって皇帝に求めやしない。

ずる賢さや腹黒さ、計算高さだって皇帝には必要だろう。国のために臣下を犠牲にしなくてはいけない場面だってあるかもしれない。

それでも、このやり方はどうなの？　他にもやり方があったんじゃないの？

「アンドリュー、賢いきみならわかるだろう。利用されるような皇族は邪魔だ。時には家族であろうと切り捨てる決断が皇帝には必要だよ。それが出来ないと将軍や姉上のようになるよ」

「なるほど、それは一理あるね」

パウエル公爵が穏やかな声で言いながら、テーブルに肘をついた手を組んだ。

「では、皇帝の地位を望むあなたに質問させてください。皇帝になってあなたはまず何をしますか?」

「……え?」

「中央が厳しい状況だと先程皇太子殿下が話していたでしょう? 皇帝になるのなら、明日からでもすぐに公務についていただきたい。バントック派の抜けた穴もありますし、まずは何をどうするのかお聞かせ願いたい」

「……姉上と将軍は退位させ、今まで皇帝の座を私物化していた罪で捕える。死んだバントック派の役職に人をつけて、今までと同じように政治を行えばいいんだろう」

今まで自信満々に答えていたのに、急に視線が泳ぎだして焦りが見えた。

「そうか、ジーン様にとっては皇帝になることがゴールなんですね」

私の呟きにジーン様がむっとした顔で睨んできたけど、図星でしょ?

「軟禁されていた時からずっと、英雄になっている将軍や皇帝として脚光を浴びていた陛下を見てきて、皇帝の椅子に座ることが目標だったんでしょう?」

「何をわかったようなことを……」

「私でもひとつわかっていることがありますよ。今、ちゃんとした理由もなく陛下と将軍を退位なんてさせようものなら、国民の支持をあなたは得られない」

「国民? そんなものは適当な作り話を流せばどうにでもなる!」

ようやくジーン様の感情が見えた。どうも私は嫌われているらしい。

だよねー。私が、彼の計画をめちゃくちゃにしている一番の原因だもんね。

「ならばおまえはどうするのだ！」

「そうですね」

聞かれた皇太子は、すっかり落ち着きを取り戻した様子で、顎に手を当てて考えながら口を開いた。

「陛下と将軍にはしばらくお飾りになってもらいます。精霊の森の失態と今回の大量毒殺事件の責任を取って退位するが、息子に仕事を引き継ぐ必要がある……ということにして、三年くらいは猶予がいるでしょう」

自分の両親に、お飾りになってもらいますって言っちゃうのか。

この人も皇族なんだな。当たり前だけど。

「それと同時に国を精霊王の担当ごとに四つに分け、各場所から一人ずつ代表を出してもらって、補佐をお願いしたい。私が十八になるまでは、私とその四人で国の最高機関として政治を行います。しばらくは辺境伯方にお願いするか誰か推薦してもらって、中央はパウエル公爵でいいでしょう。中央はもう農業で地方と競争するより、国の中心にあるという地の利を生かして、商業都市にするべきだと思うんです。まずは街道の整備、物流の……」

「あ、もういいです」

誰も止めないので、私が止めた。

「え？　まだ途中だよ」

「長いでしょ？　一時間くらい話していそうじゃないですか」

くすくすとおじ様方から笑いが漏れた。

国の未来を夢中になって語る若い皇太子は、かなり好感度を上げている。

好感度をどうあげるかも、上に立つ者は計算しなくちゃ駄目だね。

「辺境伯三人を巻き込む案はいいですな」

「まったくです。彼らだけで結束されては困りますからね。是非とも力を貸していただきたい」

本人達が目の前にいるのに平気でそんな会話をしている公爵ふたり。

「引退は先延ばしにしてコーディに行かせるか」

「うちもクリスに行かせましょう」

「いや、そこは父上が……」

「ええ!?」

「私は精霊省大臣ですし」

「大臣やめればいいでしょう」

「そんな……」

辺境伯三人も皇太子の出した案に賛成ではあるようだ。

頑張れ、お父様。

「……そうか。きみはアンドリューの味方か」

「はい？」

なんで突然そんな話⁈

「皇太子と結婚する手はずになっているのか」

「なってませんよ」

「ありえない」

私と皇太子の否定の言葉を聞いて、ジーン様だけでなく、周囲からまで意外そうな声が聞こえた。

というか、ここに来てそんな言いがかり？

ジーン様、がっかりだぜ。

「じゃあ疑われているようなので、私の相手に求める条件を発表します」

「相手に求める？」

ジーン様は意外そうだ。

そうか、彼はまだ私が皇族と結婚する気がないのを知らなかったか。

「まず皇族じゃないこと。あ、他国の王族もダメです。それと皇位継承権を持っている人もダメです」

「え？」

「はあ？」

あちらこちらから意外そうな声が聞こえる。

エルドレッド皇子まで間の抜けた声を出しているのは何なの？

「一番重要なのが、全属性精霊獣持ちであること」

「ディアと一緒にいて退屈させないくらい頭の回転が速いこと。彼女を守れるくらいの権力と身分と財産を持っていること」

「……クリスお兄様」

『それは……生涯独身で通すのか？』

ちょっと待って。それを瑠璃が言う？

責任の一端は瑠璃にもあると思うの。

ほら、みんなコメント出来ないくらいにドン引きしているじゃない。

「我々が最初から皇太子殿下を皇帝にするために、今回の行動を起こしたのかと言われれば、確かにその通りです。ジーン様がアンドリュー皇子の立太子を薦めた言葉を聞いていたので、まさか帝位を求めているとは思っていませんでしたよ」

コルケット辺境伯の言葉に、他のふたりの辺境伯が頷く。

「ノーランドは皇太子殿下の即位を希望します。あの時、ダリモア伯爵とジーン様のやり取りをこの目で見てますからね。同じように他の貴族も使い捨てるだろう人に仕えられません」

「利用するなら、最後まで気付かせないように利用しなければ駄目ですよ。禍根を残すといずれ足を引っ張られる」

「さすがグッドフォロー公爵、こわいこわい」

「いやいや、パウエル公爵ほどではないですよ」

このオジサン達、実は仲いいな。

「ジーン、なんでこんなやり方をした」

苛立ちを堪え、うめくような声でビジュアル系公爵が、いやランプリング公爵が言った。

「なんで？　軟禁されて忘れられていた私に、他にどうしろと？」

「相談してくれればよかっただろう。ここにいる方達への橋渡しだって出来たはずだ！」

「なんでも持っているおまえに何がわかる！」

ランプリング公爵から距離を取り、ジーン様が忌々しげに叫んだ。

「学園にいた時も下手に私に近付いたら、陛下とバントック派に目をつけられると、誰もが遠巻きに眺めるだけだった。おまえだって、気の向いた時に顔を出すだけだ。親の愛も友人も地位も手に入れているおまえには、さぞかわいそうな奴に思えただろうさ」

「ジーン?!」

「正当な皇位継承者は私だ。その権利を奪った姉の子供を、なぜ皇帝にしようとする。暗殺しようとしてくるバントック派を一掃しただけだ。他の貴族に手を出す気なんてなかった。それは彼らが勝手にやっただけだ」

他に方法はあったんだよ。軟禁されていたとしても、ランプリング公爵もダリモア伯爵も面会出来ていたんだから。

ふたりにたのんで仲間を作って、今回私達がやったようにすればよかったんだ。

でもジーン様は誰も信じられなかった。

今だってたったひとりでそこに立っている。

「私は……」

『待ちなさい』

口を開こうとした私を琥珀が遮った。

『あなたがつらい役目を負っちゃ駄目よ。大人にやらせなさい。それに私はジーンを私の担当の土地の代表とは認めない』

「な……なんでですか。私は精霊をちゃんと育てている。精霊王の森を開拓したのはダリモアだ」

まさか精霊王に否定されるとは思わなかったらしい。

ジーン様は顔色を変えて、琥珀に何歩か歩み寄った。

『知っている。もうそれについては罰を与え、許したばかりだ。だがな、おまえはあそこが精霊の森だとダリモアに聞いて知っていただろう？　知っていて止めなかった。何もしないのも罪だぞ』

「な……にを」

『精霊は人間と対話する。つまり人間の言葉がわかる。だからお前はそこにいる者達と会う時に、精霊を隣の部屋に隔離しただろう？　精霊獣は育てば少し離れていても主の指示を聞くぞ。隣の部屋なら丸聞こえだ』

待て。それは声だけだよね。

お風呂、覗いてないよね。

『ああ、心配するなよ。普段精霊は共存する人間の指示を一番大事にする。意味もなく私達が聞いても、主の秘密を話したりはしないぞ。だが、精霊王の森に関することは別だ』

「……」

琥珀がジーン様の方に手を伸ばすとすぐ、ジーン様の風の精霊がふわりとその手に乗った。

『残りの二属性の精霊獣は、おまえとの暮らしが長い。今回精霊の森を壊したわけではないので、彼らはそのままにしておこう。だが新しい精霊を今後手にすることはない。……そういえばパウエルも知っていたな』

「……はい」

背筋を伸ばして椅子に座り直して、パウエル公爵は頭を下げた。

『おまえは森を壊すのに反対して、地方に追いやられたと聞く。精霊獣も随分と可愛がってくれているそうじゃないか』

琥珀のその笑顔は、パウエル公爵が精霊獣をなんて呼んでいるか知っているな。

『皇帝に誰がなるかは人間が決めることだ。だがジーン、おまえはアーロンの滝に近付くことは禁じる』

皇帝の代わりに誰かが中央の代表として精霊王に会えば、その人の影響力が強まるだろう。他の精霊王と会っている辺境伯との繋がりだって強まる。

それに今は、精霊王に会えない皇帝って受け入れられないだろう。

不意にノックの音がして、先程出て行った近衛が戻ってきた。

「どうでした？」

皆の注目を浴びて、彼は青い顔で口を開いた。

「給仕の者がふたり廊下の奥で自害しており、彼らが飲んだ毒がグッドフォロー公爵方のカップに残っていた毒と同じものでした。あの……彼らの持ち物の中に、ニコデムス教の者が持つ腕輪がありました」

「なんだと！」

つまり、精霊と仲のいい私のお友達やその家族を、ニコデムス教のやつらが殺そうとしていたってこと?!

「それと、殺されていた貴族の中に、手の甲にひし形の痣のある者がおりました！」

「ペンデルスの者か?!」

「バントック派は精霊に興味を持たないとは思っていたが、まさかペンデルスと繋がっていたのか」

こわい。皇子を取り込もうとしていた派閥に、精霊を敵にする国や宗教が関わっていたの？

もし今回気付かなかったら、帝国はどうなっていたんだろう。

「瑠璃……知っていたの？」

『多少はな。彼らは精霊を持たないから情報が得にくい』

『だから我々が顔を出したんだ』

申し訳なさそうな瑠璃の肩をどついて、蘇芳は私の頭をわしゃわしゃと撫でた。

『悪いことばかり考えるなよ』

「バントック派を殺害したダリモア派と、それを利用しようとしたジーン様と、精霊を育てている貴族を殺そうとしたニコデムス教と、いつのまにかバントック派に紛れ込んでいたペンデルス人？」

複雑すぎるだろう。

三つ巴どころじゃないぞ。

『権力の頂点だ。ちょっとでも隙を作れば付け込まれる』

『そんな難しいことはひとまず置いておいて。私は子供を暗殺しようとするような男は嫌いよ』

翡翠の言葉に、私は大きく頷いた。

エピローグ

今日は一日が長い。疲れた。

大人達はまだ、あの部屋で話し合いを続けている。

皇太子が次期皇帝になることは決定したけれど、陛下や将軍の今後についてや、ジーン様の処罰について、生き残ったバントック派の人達の処遇など、決めなくてはいけないことは山ほどあるのだ。

子供達は先に帰っていいよ。お食事会だろうって言われたけど、殺害現場を見てしまった私達に、キャッキャウフフする気力はない。

いちおう海の見えるテラスに席を用意して、目の前で美味しく焼かれていく魚介類を食べられるようにはしているけど、みんな、なかなか食べ物に手を伸ばせない。

「ほら食え」

ガチャッと乱暴に私の前に皿が置かれた。

網焼きされたばかりのぷりっぷりのエビにタルタルソースがかかっている。

「美味いぞ」

得意げに皿を配っているのはダグラスだ。

女の子だけだと不安かもしれないとカーライル侯爵が呼んでくれた。

「おまえも食べてていいぞ」

「いやあ、俺は参加してないからさ、元気有り余っているから気にすんな。嫡男なんだからと家で待っているように言われちゃってさ」

「そんなの気にすることはない」

アランお兄様の言う通り、そんなの気にする必要ないよ。嫡男を失うわけにいかないのは、貴族としては当たり前だ。あの場にいた嫡男てクリスお兄様以外は、大人の人達だけだったもん。デリック様は三男だしね。

「私も……参加出来ませんでした」

「私も！　お父様がどうしても駄目だって」

カーラ様は誘ったのにドタキャンした伯爵家令嬢が、殺されてしまったと聞いてがっくりしてしまっている。エセル様は、あの強面のマイラー伯爵に溺愛されているから仕方ない。

自分だけ安全な場所にいたって後ろめたく思う必要ないんだよ？

本当は他の子達にも安全な場所にいてほしかったよ。

こんな時は招待した側がしゃんとしないと！

ほっぺたをパンっと音をさせて両手で挟んで気合を入れて、タルタルソースをたっぷり付けたエビに食らいつく。

「おいしーー。悲しいはずなのに美味しい」

どんな時でも人間は食べて寝て生きていかないといけないのだ。

しぶとく強く、私は生き抜いてみせるぜ。

「皆も食べてみて。美味しいよ」

「うん……美味し……」

「イレーネ」

美味しい物を食べるって日常的なことをしたからかな。ほっとしたのかイレーネは食べながらぽろぽろと涙をこぼしてしまって、慌ててスザンナが隣から肩に手を置いてそっと撫でている。

「お茶会の前の日にあの子に聞いてみたんです。なんで私達に嘘をついたのか。そしたらクリス様やアラン様に可愛がられているディアは生意気だって」

カーラ様の言葉に、私はエビにフォークを刺したままフリーズしてしまった。

私にどうしろと？

兄妹だから、そりゃあ妹を可愛がるよね。

「どうしよう。私、女心がわからない」

「安心して。私にもわかりませんわ」

「さすがパティ。私達、お友達ね」

「あなたもたまにわかりませんけど」

「はーい。サラダを持ってきたよ。いやあ、こんなに可愛い子ばかりで困っちゃうなあ。誰とお話しよう」

デリック様までなんで働いているの。

あれか、女の子にいい格好を見せたかったのか。可愛い子がたくさんいるからテンション上がっちゃったのか。

「スザンナ嬢、よければこれから僕と……」

「ごめんなさい。今は忙しいの」

「おお、イレーネ嬢を僕も慰めてあげたい」

「お兄様、空気を読んで」

「パティ、冷たい顔も可愛いけど男の子にモテないよ」

すごいな、デリック様めげないな。

女の子にモテるには、このくらいメンタル強くないといけないのかな。

考えようによっては、公爵子息でこの気さくさはすごいんじゃないの？

ちょっとうざいけど。

「何をやってるんですか」

遅れて戻ってきたクリスお兄様が、氷点下のまなざしでデリック様を見てから私の隣に腰をおろした。

「陛下と将軍は、退位したら地方の小さな領地で生活することになった」

前置きなしに報告だよ。

うちの兄妹では当たり前でも、お客さんいるんだけど。

「公爵じゃなくて、一代限りの男爵扱いだそうだ」

「男爵⁉」

「侯爵家次男が戦争で功績をあげたけど、本来の皇位継承者に皇位を引き継がずに私物化。実の父の悪事を知っていたのに黙認。爵位を取り上げられても仕方ないところだよ。ただ国民の人気が高いからね。どっちにしろ当分の間はお飾りになってもらうことになったから、表面上は今のままだ」

「地方に追いやられていたパウエル公爵派は？」

アランお兄様も当たり前の顔で報告聞いているし。おもてなしの心がお兄様達には足りないわ。

「バントック派のほとんどが当主を失ったし、汚職や不正の証拠があがっているからね。中央の貴族がごっそり減るから、地方に追いやられていたパウエル公爵派は中央に戻すらしいよ。ただパウエル公爵は絹織物の産地である今の領地が気に入っているし、皇太子をずっと助けてきた功績があるだろう。それで中央と地方と領地が二カ所に増える。あ、エビ貰うね」

「それは俺のだぞ」

「お兄様、ダグラスもいちおうお客様ですから、私のエビをどうぞ」

「ありがとう、ディア」

「おまえらの俺に対する対応酷くないか？」

文句を言いつつも、立ったままアランお兄様とエビや貝をもぐもぐしているダグラスは、本当にいいやつだ。彼とならマブダチになれる気がする。

「クリスお兄様、ジーン様は」

「うーん、まだ決まっていない。けど、皇子殺害未遂とバントック派殺人に関わっているから、たぶん処刑になるんだろうけど……」

「けど？」

「ずっとジーン様と一緒にいた精霊獣がいただろう。ジーン様が処刑される時には、砂に返してくれと琥珀様に言っているらしい」

「……そか」

ジーン様はどんな気持ちで、精霊獣の想いを聞いたんだろう。

「ただし対外的には、今回の事件は全てニコデムス教が起こしたテロだという話になる。みんなもそのつもりで」

「皇宮内にニコデムス教に入り込まれていたって知られるのはどうなんだ」

デリック様はちゃんとこういう話も出来るらしい。女の子を追いかけているだけじゃない。あの殺人現場にいたのに、ちゃんとモグモグ食べられているのもすごい。男の子達、すごいね。女の子達の前だから頑張っているのかもしれないけど、頑張れるだけでもすごいよ。

「皇帝の弟が派閥を潰すために、大人数を一度に毒殺したなんて話よりマシだ。今回のことを利用して、我が国ではニコデムス教を禁止出来る。僕達は別室で会話していただろう？　バントック派の近衛が何人もいたけど、彼らはどんな内容の話がされているか知らない。だけど自害した信者の死体は見ている。だからもう犯人はニコデムス教だって噂が流れている」

ニコデムス教は、ペンデルス共和国の国教なんだよな。つまり今回の件には、ペンデルス共和国が関係しているってことよね。

ウィキくんにはまだまだ活躍してもらわないといけないのかな。

「あー、やだ。私、今頃になって手が震えてる」

震える右手を左手で押さえて、モニカが困った顔で呟いた。

彼女だけじゃない。みんなもういっぱいいっぱいで、ご飯も喉に通っていない。

「よし！　これは無理して食べるより、スイーツでしょ。今日は特別に客室にふかふかのカーペットを敷いてもらったから、クッションをいっぱい置いて床に寝転がって、スイーツ食べながら思いっきり泣こう！」

右手を振り上げて宣言したら、みんな待っていたのか一斉に立ち上がった。

「まだ食べきれていないので持っていきます」

「お先に失礼します」

「ご飯は明日の朝にいただきます」

いっせいに部屋に戻っていく女の子達を、男性陣は呆気に取られて見送っていた。


一晩泣いたくらいじゃ、あの現場を見てしまった心の傷は治らない。きっとトラウマだよ。

だったら、つらくなったらまた集まって美味しい物を食べよう。

日本でもこの世界でも、女の子の元気の素はきっと同じだ。

そうしてもっと強くなって、綺麗になって。

恋をするぞ！

恋をするよ？

生涯独身じゃないよ？

ニコデムス教の影は不気味だけど、私には精霊王達がついている。

ディアドラの冒険はこれからなのだ！

分岐点

―イレーネ視点―

出かける前に侍女が髪を整えたり、化粧したりしてくれるのを、私はいつも落ち込んだ気分で見てしまう。

中央に多い赤毛の子は、ほとんどが緩やかに波打って程よく広がって、結い上げていなくてもゴージャスに見える髪をしている。でも私の髪は赤毛では珍しく真っすぐで、ぺたりとしてしまってみすぼらしい。顔も地味で、赤い瞳ばかりが目立ってしまう。

スザンナみたいな、綺麗な銀色の髪が羨ましい。

彼女はそもそも侯爵家令嬢で身分が違うし、美人だと有名なご令嬢だ。目尻の下がった大きな青い瞳が印象的な優し気なお顔で、私と同じ九歳なのに大人っぽくてとてもモテる。でも性格はさっぱりしていて頼りになるので、来年から一緒に学園に行けるからほっとしている。

ただ寮が違うのが残念だ。うちは牧場しかない土地の伯爵家だから、自分の領地の寮は持っていない。

同じ貴族と言えども爵位の違いは大きいわ。

特に伯爵と侯爵、辺境伯、公爵の間には大きな差がある。

公爵は皇族のご親戚だし、侯爵と辺境伯は軍事力を持つことを許されている。それに、辺境伯、侯爵、公爵は爵位を授けたいと陛下に申請する権利があるし、領地が広いから貴族に預けている土地もある。

でもコルケット辺境伯家には今、皇子に歳の近い子供がいないし、領内にも子爵までしかいないので、高位貴族だけしか参加出来ない授業やサロンに行ける子供がいない。それだと皇子や高位貴族の子供がたくさんいる今の学園で、顔を繋いで将来に役立てられない。

それで親戚関係のラーナー伯爵家と仕事上付き合いのあるうちに、寮に来てくれと言っているのよね。

スザンナは侯爵令嬢で、自分の領地の寮があるから誘ってくれているんだけど、お父様はコルケット辺境伯と親しいから無理だろう。

そういえば、ラーナー伯爵のところのデリル様って、この間、ディアドラ様の傍に張り付いていた子でしょ？　私が彼女と知り合いだとわかったら、うるさそうで面倒だ。

あの時は私もコルケット辺境伯に、ぜひディアドラ様と親しくなってくれと頼まれて、翡翠様に会いに行く前の食事会で話そうとしたのだけど、ディアドラ様の周りには男の子がいっぱいで話せなかった。

それでがっかりしていたら招待状が届いたから、お父様なんて小躍りしていたっけ。

うちの屋敷は敷地だけは広大で、窓から外を眺めると緑の絨毯が広がっていて、ところどころで草を食んでいる牛や馬が見える。

田舎伯爵の私のうちに、公爵家より身分が上になったベリサリオのお嬢様からの招待状がくるなんて、何かの間違いじゃないかって思っていたけど、昨日はエルドレッド皇子がひどいことを言ったせいで緊張なんて飛んでしまって、みんなと普通に話せてよかった。

唯一、妖精姫と盛り上がれそうな話題と言えば、私には精霊獣が三属性いることだ。残念ながら火の精霊はいないんだけど、他はちゃんと育てている。

牛の方が人間より多い領地だから、きっと精霊はいっぱいいると思う。だって精霊って自然がいっぱいあるところにいるんでしょ。うちの周り、自然しかないから。

皇宮に行くのは初めてで、疲れてさっさと寝てしまった後に、他の方々が集まって難しいお話をしたらしい。

夜遅くまでコルケット辺境伯と出かけていたお父様は、早朝に私を起こしに来て、青ざめた顔でフェアリー商会の皇都支店に行けと言い出した。今日これからすぐに出かける準備をしろって言われて、お母様と急いで準備をしているところ。

それだけじゃないのよ。私まで皇子の誕生日のお茶会に招待されたらしい。なんでうちのような田舎貴族が、皇子の誕生日のお茶会に招待されるの？

「出来ました。さあ、急いでお出かけしませんと。奥様がお待ちですわ」

「本当に私も呼ばれているのかしら」

伯爵家は私だけなのよ。侯爵家以上の御令嬢しかいないのよ。

「イレーネ、皇宮の転送陣をお借りする時間が決まっているのですから、急いで移動しましょう」

うちは歴史だけは古いから、屋敷に転送陣があるのが自慢。でもこんなに一日に何度も使ったのなんて見たことがないんだけど。

「荷物をそんなに運ぶんですか」

「皇都で有名なお店やフェアリー商会の人達が来て、まとめてお直しするんですって。明後日のお茶会に着ていくドレスなんて、今からでは間に合わないでしょう」

お茶会に行かないという選択肢はないんですか？

私、なにに巻き込まれているの。

転送陣で飛んだ先は、皇宮の一番小さな転送の間だった。

大きさなんて関係ないのよ。何時間かここはベリサリオ辺境伯の貸し切りなんですって。皇宮の三カ所しかない転送の間を貸し切りって、もうすごすぎてなにがなんだかわからないわ。

「リーガン伯爵夫人と御令嬢ですか？」

控室に入った私達に声をかけてきたのは、メガネをかけた青い髪の長身の青年だ。

「突然こちらからお声をかける無礼をお許しください。私はフェアリー商会のニック・スペンサーと申します。ディアドラ様の指示でお迎えにあがりました」

フェアリー商会はベリサリオ辺境伯御一家が設立した商会だ。精霊車だけでもとんでもない収益になっているのに、コルセットに代わる新しい下着で有名になった。さらに、ベリサリオ産の紅茶と一緒に他所では食べられないスイーツが食べられるカフェまで皇都にオープンしている。今日招待されているのは、皇都にあるカフェを併設したフェアリー商会の皇都支店なの。

この場に立ち入りが許されているのだから、彼も貴族なんだろう。商会の客はほとんど貴族だと聞いたから、従業員にも貴族がいないと相手が出来ないでしょうし。さりげなくメイドの荷物を受け取って、歩き出した様子は颯爽（さっそう）としてスマートだ。

「支店までは精霊車で十分ほどです」

「はい」

「ニック、ちょっと待ってくれ」

人が大勢行き交う廊下で名前を呼ばれ、スペンサー様が足を止めて振り返った。

「エルトン様、いつもお世話になっています」

足早に近づいてきたのは、昨日の祝賀会でも顔を合わせたアンドリュー皇太子の側近だ。ベリサリオと同じ銀色に近い金髪なのは、領地がお隣だから同じ民族なのかもしれない。瞳の色は濃い緑色で、皇太子の側近なんてエリート中のエリートなのに、そんなふうには見えない柔らかい雰囲気の人だ。土と水の精霊が肩でふわふわしていて、笑うとえくぼが出来る。年上の人なのに申し訳ないけど、可愛いって思ってしまった。

「これをクリスに渡してくれないか」

「承知しました」

「よろしくたのむ。……ああ、リーガン伯爵夫人とイレーネ嬢。フェアリー商会においでになるんでしたね。お邪魔してすみません」

なんで知っているんだろう。

夕べの会合に、この方も出席なさっていたのかしら。

「とんでもありませんわ。もう用事はよろしいの？」

「はい。精霊車は走るのが早いのでお気をつけて」

お母様と二言三言会話を交わし、会釈して別れる時に私に視線を向けてきた。

ああ、可愛いなんて気のせいだ。とても鋭い目の輝きをしている。

黙って会釈して、横を通り抜けて行こうとしたら、

「イレーネ嬢」

声をかけられて足を止め、顔を向けたらすぐ横に彼がいた。

うわ。背が高い。皇太子殿下と同じくらいの歳なのよね。だったら私ともそんなには離れていないはずなのに、すごく大人っぽい。

「食事会にあなたも行かれるのですよね」

「はい、その予定です」

昼間はエルドレッド殿下のお茶会に顔を出すから、お食事会は夕方から開催になって、そのままお泊りすることになった。お城に行くのは楽しみだ。

「妹のエルダが参加するので、よろしくお願いします。伯爵家は三人しかいないと聞きました」

「伯爵家の方、他にもいると聞いて私も安心したのです。会えるのを楽しみにしています」

妹さんのことを話す時は、優しい顔になるのよね。

みんな、いろんな顔を持っているのは当たり前だけど、私は人からはどう見えるのかしら。

「ベリサリオに行かれたことは？」

「初めてです」

「いいところですよ。城から見下ろす街と海の風景が素晴らしいです」

「海⁈ 忘れていました。海を見るのは初めてなんです」

急に楽しみになってきたわ。そうよ。海が見られるのよ。

「それはよかった。楽しんできてください」

私が海に反応したのが面白かったのか、笑顔になるとやっぱりえくぼが可愛い。

いいな、私もこんな素敵なお兄様が欲しかった。

「イレーネ」

歩き去る後姿をぼんやり見送って、声をかけられてはっとした時にはスペンサー様とお母様は随分先で立ち止まって待ってくれていた。

恥ずかしくて赤くなって追いかけたら、なぜかお母様は嬉しそうだった。

「こちらです」

用意されていたのはかなり大きな精霊車だ。横にベリサリオとフェアリー商会の紋章が描かれている。

スペンサー様にエスコートされて乗った精霊車の内部は、かなりゆったりとしていて、座った椅子も柔らかくて、部屋にいるのと同じ感覚でいられた。

「エルトン様は素敵な方ね」

「まったくです。お兄様とは大違い」

二歳年上のうちの兄は牛に夢中で、餌を変えると牛乳の味が変わるってお父様と話し込んでいたっけ。コルケット辺境伯家でディアドラ様を見て、可愛いけどべつに……て言った時には、両親がこいつは一生恋愛しないんじゃないかとか、男が好きなんじゃないかとか青くなって話していた。

でもチーズケーキを料理人と一緒に開発したのがディアドラ様だと知った途端に、兄はうちの牛乳を売り込まなくては！　と目の色を変えていた。

「はあ？　あの子はどうしてそう牛のことしか頭にないのかしら。そりゃあ、気に入ってもらえれば収益が上がって大助かりですけど」

「だからって他のご令嬢がいる前で、牛乳は売り込めません」

「そうね。いやそうじゃなくてね、エルトン様のお話よ」

エルトン様？　えくぼが素敵ってお母様も思ったのかしら？

あら？

「お母様、もう城の外に出ていますわ」

「ええ？　いつ動き出したの？」

精霊車って、全く揺れないのね。気が付いたら城を出て街中を走ってたわ。

最近はたまに走っているそうだけど、まだまだ見慣れない人が多いみたいで注目の的になっている。

「ここが皇都支店？　豪華ですわね」

お店って通りの横にすぐに入り口があるものだと思っていたわ。皇都は違うのね。

通りから門を入ると中央に噴水のあるスペースがあり、馬車を順番に店の前に停められるようになっている。横には徒歩で来た人用の道もあるみたい。

「混んでるのね」

順番を待っている馬車の列を素通りして、精霊車はそのまま建物の横手に進んでいく。そちらにも馬車を停めるスペースがあり、豪華な扉が開いて中から人が出てきた。

「レックス、荷物があるから頼む」

「わかった。直接奥にお通ししてくれ。もう採寸が始まっている」

精霊車が横の道に入ったので、建物の角から覗いている客がいる中、スペンサー様に恭しくエスコートされて精霊車から降りるのは、正直なところちょっと優越感がある。でもそれ以上に、なんでこんなことになっているかわからなくて手が震えてしまう。

「お気をつけて。大丈夫ですよ。お部屋に皆さんいらっしゃいますから」

震えているのに気付いてスペンサー様がやさしく話してくださるけど、待っている方々が公爵様のご令嬢とかベリサリオの妖精姫なんですよ。

おかしい。いつもは牛を眺めて過ごしている私には、似つかわしくない待遇だわ。

「こちらへどうぞ」

「……これで支店？」

思わず呟いてしまったら、スペンサー様が拳を口に当てて笑いを堪えているのが見えた。

「本店よりこちらが豪華なんです。本店は白を基調に青やオレンジ色を使った避暑地らしいデザインになっています」

「あ、そうなんですね。スペンサー様はいつもはそちらに？」

「いいえ、本部は城の中に建てた別館を使っています。そこでは取引だけではなく企画や商品開発もするので、ここの三倍は広いです」

ここの三倍だと、うちの屋敷より大きくなるんですが。まさかベリサリオの城って皇宮みたいに広いの？

「こちらは招待客専用のスペースです」

重そうな扉を開けた先には、うちよりもずっと豪華な世界が広がっていた。

高い天井には星空が描かれていて、小さな魔道灯が高い位置から天井を照らしている。床は複雑な模様の織られたカーペットだ。

「みなさんようこそ！」

廊下の先で両手を広げて、美しい髪をおろしたままのディアドラ様が立っていた。

濃い緑のドレスは子供には暗すぎる色なのに、胸のあたりまで伸ばした淡い銀色の髪の華やかさだけで、ゴージャスに見えるのだから羨ましい。

「ニック、レックス、この先は男子禁制なので荷物はこっちの台に置いてね。ジェマ、荷物を中に運んで。さ、こっちこっち」

ディアドラ様は私の手を引いて、広い部屋の中に連れて行った。

上部が半円になっている大きな窓から、日差しが差し込んで室内は灯りがなくても明るい。そこに豪華なドレスを着せた何体ものトルソーが並べられていた。

「オーレリアさん、このお二方で全員揃ったわ」

「まああ、また可愛らしい方々が。なんてやりがいのあるお仕事なんでしょう」

「お嬢様、このドレス、切ってしまって本当にいいんですか？」

「ばっさりやっちゃって！」

採寸をしている人、荷物からドレスを取り出して色ごとに並べている人、この場で縫っている人もいる。私達のためにこんなにたくさんの人を集めたの?!

その向こうではお母様方が、優雅にお茶をいただきながら楽しそうにお話している。ここで仲良くなれれば今後のお付き合いに繋がるからと、うちのお母様も気合が入っている。

「イレーネ、精霊車に乗った?」

「スザンナ、あの私、本当にここにいていいのかしら」

見知った顔を見つけて安心して、お針子さんが裾に何種類かのレースを仮止めして見比べている最中のスザンナに駆け寄った。

「いいに決まっているじゃない。……また伯爵家だからって気にしているのね。ほら、今日はマイラー伯爵令嬢のエセル様とブリス伯爵令嬢のエルダ様もいらしているのよ」

エルダ様? エルトン様の妹君の?

先程のエルトン様の様子だと、ここにエルダ様も参加しているのは知らなかったのかもしれない。側近をしているなら彼は皇都で生活しているはずだ。

「イレーネ様ですか? 伯爵家のご令嬢の?」

ものすごい勢いで駆け寄ってきたこの方は、赤毛だからエセル様の方だろう。私が羨ましいと思う艶やかに波打つ赤毛で、切れ長のまなざしがきりっとしたお嬢様だ。

「よかった。カーラ様以外に知り合いはいないし、公爵様のご令嬢もいるしどうしようかと」

「そうなんですよね。緊張します」

「でもエセル様はきっとディアと気が合うと思います」

ディアドラ様と仲良さそうに肩を並べて歩いてきたのは、金色の髪が美しいほっそりとしたお嬢様だった。目元がエルトン様に似ているかもしれない。

あ、笑うとえくぼが出来るのね。

「私もそう思うの。今の歩きの早さは只者じゃないわ。そうそう、みなさん、私のことはこれからディアって呼んでくださいね」

そういえばお父様から言われていた。身の安全のためにもディア様と呼ぶようにって。

高位貴族のご令嬢は、いつも身の危険にさらされているって聞いたことがある。でも私までそんな危険が？

「まあ、本当にきれいな瞳ですわね」

「え？」

エルダ様に顔を覗き込まれて、驚いて目を見開いた。この方の肌、つるっつるよ。卵型の顔に小さな鼻と大きな目のせいで、ここにいるご令嬢の中で一番年下に見える。でも目だけはエルトン様によく似て理知的で、頭のいいお嬢様なんだろうなという印象だ。

「赤い瞳。神秘的だわ」

「そんなことありませんわ。私はエルダ様のような青い瞳の方が……」

「お兄様が、昨日の祝賀会で皆さまとお会いしたことを話してくれましたの。その時に、うち以外にも伯爵家のご令嬢がいるから、お話出来るといいねって。赤い瞳がとても素敵なお嬢様だったよって」

「あらあら」

「エルトンってば、実はむっつりね」

かあっと頬が赤くなったのがわかる。顔が熱い。

嫌いだった赤い瞳を褒められるなんて思わなかった。スザンナがうりうりと肘で脇腹を押してくるからよろけてしまった。

「さあて、次はあなたの番よ。脱いで脱いで」

そんな会話をしている間にも作業はどんどん進み、有無を言わさぬ勢いでお姉さま方に連れられて行き、素早くドレスを脱がされてしまった。

「素敵な髪ね、つやつやだわ。このあたりは巻いてボリュームを出して、小さな花を飾ったらどうかしら」

「大人っぽい子だから、暗い色も似合うと思うのよ」

「これなんてどう？」

ディア様が持ってきたのは、ディープロイヤルパープルの地に銀糸の刺繍が入ったドレスだ。

「この辺は切っちゃって、白いレースにするの」

「素敵ですわ。でもよろしいの？」

「お母様のドレスだから大丈夫よ」

ひえええ⁈　ベリサリオ辺境伯夫人のドレス⁈

「ま、まま待って」

「まま?」

「そんな駄目です。私なんかのために」

「だって似合うでしょ。みんな三着ぐらい作っていくって。お茶会の分だけ先に作って、あとは出来次第お届けするわ」

何が起こっているの？　どう見ても、私が持っているどのドレスよりも高いドレスが、目の前でじょきじょきと……。

「エセル、あなたはこれなんてどう?」

「私はお茶会に出ないのに、先程一着作っていただきましたよ」

「もう一着。どうせすぐに背が伸びてドレスが足りなくなるわよ」

「それは誰の?」

「パティの」

「パトリシア様のドレスじゃないですか?!」

公爵令嬢のドレスを手渡されて、エセル様が青くなっている。

うん、仲間って大切だわ。ちょっと落ち着いた。

一通り衣装合わせが終わって、紅茶とチーズケーキをいただきながらお話をした。

モニカ様はハニーブロンドがそれは美しく、お人形さんのように綺麗だし、そんなに大きくもないと思うのに、年上の私やスザンナより大きいのを気にしているみたい。

「そうかしら。殿下方はお父上があの将軍様だけあってふたりとも大きいですし、アラン様も大きいですよね」

頬に手を当て、おっとりとした雰囲気でスザンナが言った。古い付き合いの彼女がこの場にいてくれて本当に心強い。

「そうね。大きな男性はたくさんいるんですから、全く問題ないわよね」

「あの……ところで何をしているんでしょう」

先程からエセル様が私の背後に立って、髪を編み込みにしてはほどいてを繰り返している。

「だってするっするほどけるのよ。すっごい綺麗。ランプリング公爵が同じように真っ直ぐな髪をなさっているでしょう。いいなあと思ってたの」

「公爵様？　私は皇宮に行ったのは昨日が初めてで……」

「私もヨハネス侯爵領に避暑にいらしていた時にお見かけしただけよ。カーラ様とあの髪は羨ましいと話していたの」

「エセル、言葉遣いがいつもに戻っていらしてよ」

「あ」

「うん。やっぱり私、エセル様とは仲良くなれると思うわ」

ディア様に腕を握られて、エセル様は緊張した顔で引き攣った笑いをしている。ディア様はどうも自覚がないみたいだけど、妖精姫と言われる彼女は私達から見たら本当にお姫様みたいなものだ。

「イレーネ様、ニックに聞いたんですけど、先程皇宮でエルトンとお話なさったのですって？」

ディア様の指摘に、エルダ様とカーラ様が驚いた表情になった。

「まあ、お兄様ったら昨日の今日で、イレーネ様に近付いたんですか?」

「あの方、見た目と違って押しが強いんですよね。そうじゃないと皇太子殿下の側近なんて務まらないでしょうけど」

ヨハネス侯爵家とブリス伯爵家もお隣の領地だったはず。濃い緑色の髪の方は珍しいから、たまにお茶会でお見かけして覚えていた方と、こんな形でお知り合いになれて嬉しかったんだけど、もしかしてカーラ様とエルトン様は親しいのかしら。

「え? あの……なにかまずかったですか?」

思わず青くなってしまう。

「いいえ、まったく」

「あ、よかった」

「でも、エルトン様は皇太子殿下の側近でエルダ様のお兄様で、うちの家族も親しくさせていただいている素敵な方ですから問題ないですけど、今後、近づいてくる殿方には注意してくださいね」

「え?」

「カーラ様、イレーネは自己評価が低くて、おうちも田舎貴族だと思っているので自覚が足りないんですのよ」

スザンナはカーラ様の言う意味がわかるようで、呆れた顔で私を見ている。

「あちらをご覧になって」

スザンナが示したのは、私達の保護者がいるテーブルだ。

「ここにいる誰かひとりと親しくなっただけで、あそこにいらっしゃる方々全員と親しくなれるチャンスが出来るのよ？」

「そうそう、我が国最強のママ友軍団結成しているところね」

「ままとも？」

よくわからないけれどよくわかった。

うちが田舎貴族であっても、私と親しくなればアゼリア帝国高位貴族の主だった御令嬢達の親と親しくなる可能性があるんだ。

「な、なんで私がここにいるんでしょう」

我が国最南端の豊かな土地を領地とするエセル様や、有力貴族と親しいエルダ様はわかる。でも私は……。

「そりゃあ、牛乳とバター狙いですわ」

「え？」

「ディア様、そんな身も蓋もない言い方をしては駄目です」

カーラ様に言われてディア様は困ったように首を傾げた。

「でもそうなのよ。フェアリー商会としては、ぜひともリーガン伯爵家とは仲良くしていただきたいの。取引だけではなく、商品の共同開発もしたいわ」

夢かしら。

お父様に話したら嬉しくて、倒れてしまうんじゃないかしら。

「それで？　イレーネ様としてはどうなんです？」

瞳をきらっきらに輝かせて聞いてきたのはパトリシア様だ。今までお綺麗だけど気が強そうで、お近づきにはなれないと思っていた方が、今はとても可愛らしく見える。恋の話にワクワクしているみたい。

恋？　いえ、そんな話は今はしていないじゃない。なにを言ってるの私。

「どうと言われても」

「うちのお兄様、地味ですものね」

「あの、エルトン様はクリス様に用事があっただけで、私は特に何も」

「あらあら、そんな赤い顔で何を言っているのかしら」

スザンナが楽しそうに頬をつついてくる。彼女が口説かれたって話なら何度もしているけど、まさか私の話になるなんて。

「これはみんながからかうから」

「からかってなんていませんわ。イレーネ様がもしお嫌でないのなら、私やディア様、やっぱり妹のエルダ様が言うのがいいかしら。瞳の話をしたらイレーネ様が喜んでいたってエルトン様に伝えれば、きっと彼は動き出しますわよ。こんないい話はないんですから」

そんな真剣なお話なの？　カーラ様の目もエルダ様の目も、本気みたいなのがこわい。

「そうよねえ。同じ伯爵だし、妹ともお友達で、中央で生活することになるエルトン様としては赤毛の奥様はプラスにしかならないわ」

スザンナまで言い出したので、慌てて首を横に振った。

「そういう話は、学園に通うようになったらでいいでしょう？　まだ私、九歳だし」

「素敵な殿方は、すぐに予約が入ってしまいますわよ」

「私としては、早く皇子方に相手を決めていただきたいですわ。そうじゃないと親が私の話を聞いてくれなくて」

「そうですわね」

そういえば皇子達の妃候補になるような顔ぶればかりでしたね、ここにいる方は。

「お兄様が嫌だったら言ってくださいね。イレーネ様は条件が良すぎて、言い寄る人が多そうなので早めに約束を取り付けたいんだわ」

「いえですから、すれ違っただけなんです」

「では、そういうことにしておきます」

エルダ様、可愛いのにこわい。いつの間にか話を進めていそう。

「イレーネ、ここにいる方は皆さん素敵な方ですけど、高位貴族のご令嬢で妖精姫が選んだ方々だから、そのへんの甘やかされたほんわかお嬢様達と一緒にしたら駄目よ。いつの間にか取り込まれているかも」

「まあスザンナ様、私達、お友達をそんなふうにしませんわ」

「そうです。今みたいにちゃんとお話しますよ」

「でもエルトンはむっつり」

「ディア様、意味がわかりません」

人生に分岐点があるというのなら、この日が間違いなく私の分岐点だった。

二日後に起こった帝国を揺るがす事件の後に父が大抜擢(ばってき)され、社交界で私達八人は仲がいいと噂になり、私はすっかり有名人になってしまった。

将来、牛を眺める静かな日々が懐かしいと思うようになるなんて、その時の私は思いもしなかった。

胃痛の原因

―新宰相視点―

今日は朝から皇宮内がわさわさしている。浮足立っていて落ち着かない。

理由はわかっている。皇帝陛下の茶会に招待されたベリサリオ辺境伯の家族が登城するからだ。

ベリサリオ辺境伯は新しく作られた精霊省の大臣になった。

今迄は領地の方に要請が来て、それに応えて他領まで子供達が出向いて説明を行っていたのを、全て精霊省を通して行うことになったのだ。

そうでなくては、ベリサリオに恩のある貴族がどんどん増えてしまう。今でももう彼の発言権も力も公爵級なのだ。ただでさえ隣国と繋がりのある辺境伯に、そんな力を持たせるのは危険すぎる。

しかし妖精姫の存在のせいで誰も文句をつけられない。

だが今のところ彼も夫人も、今までと態度を変えることなく上手くやっているようだ。

美男美女カップルということで人気があるのだが、最近はほとんど夜会に顔を出していないらしい。どうやら新しく始めた商会が順調で、夫人まで積極的に関わっているようだ。

「サッカレー宰相」

背後から声をかけられて振り返る。声で誰かはわかっていた。私の副官のヘイワード子爵だ。

「そうか、きみはベリサリオ領出身か」

「はい。家族に散々聞かされている噂の姫君を見に来ました」

「随分出迎えが多いな」

「精霊獣を持っている者達が見せびらかしているのが笑えます」

森を開拓する以前に精霊を手に入れた者はたくさんいる。私も実家の近くの森で二種類の精霊を得て、今も大事に育てている。

　だがベリサリオの妖精姫が、精霊は魔力を与えて成長させるものだと言い出すまでは、多くの者が精霊を放置していたため消滅してしまった精霊が多かった。今この場で精霊獣を持っている者のほとんどが魔法を使う仕事をしていたか、元々魔力が多かったおかげで精霊を失わなくて済んだ者達で、別段彼らだけが精霊を大切にしていたわけではない。なのにあの得意げな顔。

「ベリサリオでは、あんな大きな状態で精霊獣を出していると、邪魔だから小さくしておけと怒られるそうですよ。決められた場所か屋外以外では子猫程度の大きさにしておくのがマナーになっているそうです」

「そんなに精霊獣がいるのか？」

「今では精霊を持っていない貴族の方が珍しいんです。騎士や兵士も複数持ちが当たり前。平民でも持つ者がいるそうですよ」

　それは……兵力の差も出てきているということではないか。

　海軍中心だからと中央の貴族は安心しているようだが、これはまずいぞ。

　ダリモア宰相が失墜した時に、ごっそりと副官や補佐官が逮捕されたせいで、派閥が違うために相手にされていなかった私が宰相を押し付けられてしまったが、他にいくらでも人材はいるだろう。最近抜け毛がひどいのは仕事のせいだ。

　皇宮には転送陣の間が三カ所ある。そのうちのひとつが、今は辺境伯だけのためにあけられている。

到着を知らせる赤いランプが灯り、片方だけ開かれた大きな両開きの扉の出入りが慌ただしくなった。陛下に到着を知らせに行ったのだろう。

それから五分ほど経っただろうか。

揃いの制服を着た護衛らしき騎士がふたり、扉の左右に立ち、鞘に入れたままの剣先を地面につき、両手で鞘の上部を掴んで立った。

次の瞬間、剣が赤い光に包まれ、彼らの体全体が黄色と水色の光に包まれるのを見てホール内がどよめきに包まれた。

肩には風の精霊がふわふわと浮いているということは、彼らは全属性持ちでそのうちの三属性が剣精という事か。

「ヘイワード。ベリサリオではあれが普通なのか?」

「まさか。騎士の中でも選りすぐりのふたりなんでしょう。あんなのが、そんなにたくさんいてたまりますか」

今はな。

だが今後、増えはしても減りはしないだろう。

続いて登場したのがベリサリオ辺境伯とナディア夫人だ。

茶会ということでシンプルなドレス姿だが、三人も子供がいるとは思えない美しい夫人と、女性達の憧れの的になっている辺境伯。

恵まれすぎだろう。そんなに幸せの重ね掛けをしなくてもいいのではないか。

次に登場したのは次男か？　確かアランといったか。八歳だと聞いていたが大きいな。長男より背が高いかもしれない。

短く切った赤茶色の髪は先代の辺境伯と同じ色だ。彼も肩の上に水の精霊を連れている。

兄と妹が出てくる邪魔にならないようにと前に出ると同時に、彼の身体を黄色と緑の光が包む。護衛と同じように赤い光が剣を包み……待て。彼は剣を持っていたか？

「宰相、辺境伯がお呼びのようですよ」

ヘイワードに言われて顔を向けたら、非常に申し訳なさそうな顔で辺境伯がこちらを見ていた。

「すまないな、宰相」

「いやかまわない。どうしたんだ？」

「子供達にとっては初めてくる場所で、この人数だろう？　精霊が子供を守ろうとして勝手に動いてしまうんだ」

命令しなくても、自分から動くだと?!

「護衛達も、あんな派手なことをする予定はなかったんだが、中には負の感情を持つ者も紛れているのだろう。それを敏感に察知してしまっている」

あれはわざとではなかったのか。

ベリサリオでは護衛はああやるのが普通なのだと思いかけていた。

「ホール内の人間の多さに精霊が警戒しているそうだ。警護を増やして事故が起こらないように彼らを押さえていてくれ」

「かしこまりました」

傍にいた補佐官と警護の兵士に説明して指示を出す。

三階まで吹き抜けの広いホールの壁際に、ずらりと三列ほどになって人が並んで注目しているという異様な状態だ。上の階から覗き込んでいる者もいる。これでは精霊が主を守ろうとするのも理解出来る。

「クリスとディアは、今、精霊に説明している」

「父上」

「おお、アラン。話はついたか」

「小型化して顕現するそうです。精霊のままにしておくと、誰かが突然近付いてきた場合、戦闘態勢で顕現する危険があります」

「まいったな。こんなに人が集まるとは思わなかった」

今まで一度も姿を見せたことのない精霊王に愛された妖精姫だ。噂が出てからもう二年以上、一目見たいと思う者がいるのは仕方ない。これでもここに来ているのは精霊獣を持っていることをきっかけに親しくなりたい貴族達や、主に命じられて様子を見に来た執事や侍女達だ。

さっきまではお行儀よくしていたのだが、護衛達が光を纏うのがデモンストレーションになってしまって、観客が喜んでいたところにアランの登場だ。人気の役者の舞台のように興奮してしまっている。

皇宮警備隊の兵士が大勢やってきて、観客が辺境伯家族に近付けないようにぐるりと並んだ。

それでようやく場が落ち着いたので、アランが一度扉の向こうに引っ込んでまた出てきた。

「ちょっと、転ぶから、離れて」

彼の視線を追って足元を見て、ホール全体にほんわかとした空気が漂う。

アランの足にじゃれついて、てちてちと四匹の子猫が歩き出て、彼が足を止めると座って毛づくろいを始めたのだ。

「あれは」

「クリスの精霊獣だ。小型化すると猫のようだが、実際は牛より大きい猛獣型だ」

あの白と黒の縞模様と、斑点の付いた茶色と、真っ黒と赤茶色の猫が猛獣に？

精霊獣ってそういうものなのか。

「あの、ぱたぱたと小さな羽根で飛んでいる黒猫は？」

「娘の風の精霊獣だ」

「はあ」

「今出てきた炎を纏ったフェンリルみたいなのと、白い蛇のようなのも娘の精霊獣だ」

「白い蛇のような獣も最後に出てきた獣も見たことがありませんな」

「あれは麒麟(きりん)。蛇のような生き物が竜というらしい。精霊王に見せてもらった本に載っていた獣だそうだ」

「ほお」

もう訳がわからん。

小型化しているというのに、フェンリルのような火の精霊獣は他の精霊獣を全部背に乗せても余裕の大きさなんだぞ。

「一番大きいのが竜で、このホールの天井いっぱいになるくらい長いんだ」

「小型化したままでいてください」

「私の方が年下なのだし、敬語はいりませんよ」

やめてくれ。この人に敬語を使われるのは、こわい。

胃が痛くなってきた。

ようやく出てきた兄妹は、同じ人間とは思えない美しさだった。

父親の顔に母親の美しさを足したらこの顔になるだろうと言われるくらい、クリスが美形だという話は前から聞いていた。この美しさでさらに神童とは、どうなっているんだベリサリオの家系は。

噂の妖精姫は、その女の子版だ。

銀色の髪に紫の大きな瞳。精霊王に愛されるのも納得できる。

ただ全く表情がない。人形の方がまだ感情豊かな顔をしている。

子供ならもっとこう、緊張して強張った顔になったり照れ笑いしたり、何かあるだろう。

少し上に視線を向け、遠くを見ているのか、それとも人間には見えない者を見ているのか、周囲の人間をまったく見ていない。

「宰相、私が案内するよ」

まさかこの場に皇太子が登場するとは。

わざわざ臣下を出迎えに来るのはどうかと思うが、親しい様子をアピールするにはいい機会なのだろう。

私は喜んで退散させてもらおう。

「胃薬あるか」

「私も欲しいです」

しばらく執務室に閉じ籠ろう。

積み上げられた書類とインクのにおいが恋しくなるとは思わなかった。

誰にも言えない秘密
―アンドリュー視点―
書き下ろし
番外編

バルコニーの柵に肘をつき、遠く海を見下ろす。

いつのまにかこのバルコニーは俺専用のようになっていて、ベリサリオを訪れるたび、何も言わなくてもまずここに案内されるようになった。

バントック派毒殺事件からもう三年。

事件の後処理も済み、皇帝と将軍はもう皇都にはいない。

それでもまだ今でも、皇宮にいる時には絶えず油断なく周囲を警戒してしまう。

命を狙われていた六年間。俺よりも俺を守らなくてはいけない側近達の方が神経をすり減らしていただろう。パウエル公爵が信頼出来る身内を俺の護衛に潜(もぐ)り込ませてくれなかったら、あるいは精霊省大臣になったベリサリオ辺境伯が皇宮に滞在するようにならなかったら、ギルかエルトンか俺か、それとも三人ともが犠牲になっていただろう。

精霊省に精霊を持つ者が全国から派遣されてきていたので、暗殺者に狙われた時は精霊省に逃げ込めば守ってもらえるというのが、バントック派に睨まれていた貴族達の常識になっていた。

今でも心から信用しているのは、側近以外はパウエル公爵とベリサリオ辺境伯家だけだ。

公爵は俺を皇帝にして新しい帝国を築くために、残りの一生を捧げる気でいる。

一方のベリサリオは権力に全く興味がなく、帝国が存続していた方が得で、存続させるなら俺が皇帝になる方が便利だと考えている。

両方とも俺を皇帝にする気でいても、スタンスは見事に真逆だ。

ベリサリオは神にだいぶ贔屓(ひいき)されていると思う。

次から次へと規格外の人材ばかりが生まれてくるのはおかしいだろう。その集大成が妖精姫だ。

そのせいもあって、ベリサリオの民の辺境伯家に対する好感度はとんでもないことになっている。

中でもベリサリオ辺境伯家に絶対の忠誠心を持っている者達ばかりがこの城に集まっているんだから、皇太子といえども俺はただの余所者だ。

クリスに放置しておいていいと言われたら、本当に放置するようになった。

いちおうお茶のセットと菓子は置いていくあたり、好意的に受け止められてはいるのかもしれない。


かすかに聞こえる波の音と潮の香。

初めて海を見たのは、精霊王が現れたと聞いてベリサリオを訪れた時だった。

皇都とは違う照り付ける太陽と乾いた風に遠くに来たのだという実感がわき、泉に向かう道から見た雄大な海の景色に感動した。

同じように衝撃を受けたのが、辺境伯の背中に隠れながらこちらを見ていた小さな女の子だ。

クリスと何度も会っていたから、たぶん妹もすこぶるかわいいのだろうとは予想していたから、俺はまだましだ。エルディは衝撃で、しばらくただディアをぼけっと見ていた。

額や頬にかかる銀色の髪はふわふわとやわらかそうで、辺境伯の手と比べて彼女の手があまりにも小さくて驚いたのを覚えている。

可愛いというのはこういう顔のことを言うんだぞと突き付けてくるような、彼女のあどけない顔の中でも、なによりも印象的なのが紫色のあの瞳だ。

興味があるものを見る時と何かに集中している時、彼女は極端に瞬きの回数が減る。

その状態であの顔であの瞳で見つめられると、内面まで見られているようで落ち着かない。

容姿が整いすぎていて人間離れしているので、本当は精霊王の誰かの子供で、だから後ろ盾になっているのではないかと、今でも少し疑っているくらいだ。

「また来ていたのか」

「相変わらず愛想のないやつだな」

ふらりと現れたクリスが開口一番呟いたのがこのセリフだ。もしここに家臣がいたら、その態度はなんだと文句を言っているだろう。

だがこれがベリサリオだ。

「何かあったのか？」

「ない」

「うそつけ。どうせまた、中央の貴族が待遇がどうのとごねたんだろう。長く中央にいると偉いと思っているあいつらは、バントック派に対抗出来なかった腑抜けばかりだという自覚を持ってもらいたいな」

綺麗な顔をして、あいかわらずきついことを言う。

声変わりでハスキーな声になったせいか、余計に冷たい口調に感じるぞ。

「……なんだ。もうシュークリームをもらっているじゃないか。腹が減っているかもしれないからと、パンケーキまで用意するとか、甘やかしすぎだろう」

「クリス、俺は皇太子」

「皇太子がパンケーキなんて食うな」

文句を言いつつ隣にクリスが座ると、執事達が手早くテーブルをセットする。俺の分も含めて皿が三人分なのに気付いて室内に目を向ける間もなく、アランが紙袋を手にバルコニーに出てきた。

「なんだ。お菓子あるんじゃないか。ダナがクッキーをたくさん作ったからってくれたのに」

「甘い物ばかりそんなにいらない」

おまえ達があまりに愛想がないから、家臣が心配して気を使っているんじゃないか？

「あ、ディアがいる。呼べば来るんじゃない？」

アランが指さしたのは、中庭の先にある花壇だ。

彼女が花に興味があるとは知らなかった。

「新しい菓子の包装紙の模様に花を入れるんだって。それで見物しているんじゃないかな」

来年は学園に入学する年になるだけあって、ディアはだいぶ背が伸びた。

おろしたままの銀色の髪が風に揺れるたびに、日の光を映して輝いている。

神々しいと言いたいところだが、花壇の横にしゃがんでいる姿は土遊びをしている子供だ。

ベリサリオでは精霊獣を小型化して顕現しているのは当たり前なので、ディアと一緒に精霊獣が地面を覗き込んでいる。

執事と護衛の精霊獣もいて、走り回ったり芝生で寝ていたり。平和な光景だ。

「ディアは母上に似てきたよね」

「父上似だと言わないと父上が悲しむよ」

「どっちにしても可愛いからいいんだ」

あいかわらずの兄貴達も全属性分の精霊獣を顕現しているので、バルコニーが狭く感じる。

アランの精霊獣は小さくて空中にいるから邪魔にならないが、クリスの精霊獣は俺の水の精霊獣と一緒に本物の猫のようにじゃれあい、大鷲の姿をした精霊獣は、バルコニーの手すりの上にとまり猫達を見下ろしている。

中央でも最近は精霊獣が増えて来たが、地方との差は大きい。

もっと早くベリサリオを味方にして行動していたら、何か変わっていたのだろうかと思う時があって、パウエル公爵とも話をしたが、それは出来なかっただろうという結論になった。

俺達はいくつかの理由でベリサリオを信じることは出来なかった。

その中でも一番の障害は、母上とナディア様が友人だったことだ。

ふたりは子供の頃から仲が良く、学園では同級生だった。

ナディア夫人がベリサリオ辺境伯と恋に落ちたのは、母上が父上と付き合い始める少し前だったようだ。

互いの恋について話したり、悩みを分かち合ったりしたこともあるのかもしれない。母上にとっては両親が亡くなる前の幸せな日々を、共に過ごした大切な友人なんだろうと思っていた。

俺がパウエル公爵と親しくしていること、バントック派を排除しようとしていること、それを邪魔するのなら両親さえ玉座から降りてもらおうと思っていることをベリサリオに知られた時、ナディア夫人が、そして彼女を愛する辺境伯が、どういう行動を取るか予測出来なかった。

大切な友を守るために動くのか。

友よりも、国のために動くのか。

「いずれは全ての辺境伯を味方につけなくては、この国は存続出来ませんよ」

パウエル公爵もそう言いながらも、決断の時を決められずにいた。

そんな中突然転機が訪れた。ダリモア伯爵が失脚して一年くらいたった時、俺は母上とナディア様のやり取りを偶然見てしまったのだ。

内密にパウエル公爵と会うために、俺はいつも皇族とごく一部の高位貴族しか立ち入ることの出来ない皇宮の奥深い部屋を使っていた。

そこは建物と建物を繋ぐ廊下に近く、外から直に出入りしやすい。狭くてその上場所が建物の端にありすぎて、存在さえ忘れられているような部屋だった。

「どうしてもディアドラ嬢を皇宮に連れてくることは出来ないの？」

外から不意に聞こえた声に、俺と側近のふたりははっと顔を見合わせ、窓から見えないように床に座り込んで耳を澄ませた。

「ですから、六歳までは茶会に参加させないとオーガストが決めましたの」

「他の茶会はそれでいいが、私主催の茶会は別だろう」

「陛下主催のお茶会？　バントック派の方々は私が顔を出すのは嫌がるのに、娘には出ろとおっしゃるのですか？」

意外だった。

ナディア夫人は皇帝である母上に一歩も引かず、むしろ怒りを押し殺した声で答えていた。

「もちろんあなたも参加してもらう」

「お断りします」

「なんで……」

「なんで？　バントック派のやり方には問題がある。このままだと中央は潰れてしまうと以前にもお話しましたでしょう？　なのに、彼らと娘を引き合わすわけがないじゃありませんか」

声の大きさから、それほど近くにいるわけではないようだったので、どうしても様子が見たくて、そっと窓から目から上だけを出して外を覗いた。

エルトンとギルも同じようにしていたので、外から俺達を見たらだいぶ間抜けな姿だっただろう。いや、背中側から見てもおかしいな。

母上とナディア夫人は他に誰も連れず、庭の大きな木の陰で話をしていた。

「彼らは参加させない」

「お誘いがあるたびにディアに参加の意思があるかどうか聞いていますのよ。そして毎回断られていますの。皇宮にはいかないと宣言されてしまっているので無理ですわ」

ナディア夫人の精霊獣は妖精のような姿をしているので、ふたりの周囲を飛び回っていた。

もしかすると俺達が聞いているのはばれていたのかもしれない。

「ならば……皇帝のめいれ……」

「お断りします」

思わずギルと顔を見合わせた。

エルトンが笑いを堪えているのに気付き、これがナディア夫人かと納得するしかなかった。

考えてみれば、あの兄妹の母親だ。只者のわけがない。

「ナディア！」

「あなたが私の意思に反してディアを皇宮に呼ぼうとしたと知った時、オーガストはどうするでしょう。子供達はどうするでしょう。それとも私を捕らえますか？　それはベリサリオを敵に回すと宣言するのと同じですわよ」

「私達は友達だろう」

「まあ。まあ驚いた。陛下がまだ私を友人だと思っていてくださるなんて。……ならどうして、私の話を真面目に聞いてくださらないのですか」

ナディア夫人の声が鋭く冷ややかになった。

俺でさえ、茶会の席で中央の貴族達が、母上と親しいナディア夫人を妬んで嫌がらせをしていたことを知っている。

それを母上は見ないふりをしていた。

バントック派のことも、俺の必死の言葉も、何もかも見ない振り聞かない振りをして、何事もないように過ごしていれば、明日も今日と同じ表向きには平和な日々が続くとでも思っていたのだろうか。

それとも、そこまで来ている終わりに気付いていながら、それすら見ない振りをしていたのだろうか。

「私は子供達を守ります。そのためなら、捕らえられてもかまいません。でも忘れないでください。ディアは絶対にバントックには近付かせません」

母親が捕らえられたと聞いたら、ディアは迷うことなく精霊王を動かしただろう。

ベリサリオ辺境伯もすぐに繋がりの強くなっていた辺境伯家と公爵家を味方に引き込んだに違いない。

それ以来母上がディアを茶会に誘わなくなったのは、ようやく気付いたからだろう。

今、ベリサリオと戦った場合、排除されるのは皇族なのだと。

「つまりベリサリオは中央の状況を知って放置しているんですね」

時間通りにやってきたパウエル公爵に、今聞いたばかりのやり取りを伝えると、彼は眉を顰めて険しい表情になった。

精霊省大臣として皇宮にいるベリサリオ辺境伯が気付かないわけがない。

それでも静観しているのはなぜか。

せっかくナディア夫人が母上と距離を置いているとわかっても、俺達はベリサリオを信じられなかった。

今ならわかる。

ベリサリオにとっては、中央がどうなろうと知ったことではないのだ。

帝国を繁栄させるために尽力している皇帝には協力を惜しまないが、何もしない皇帝を助けてやるほどには皇族に興味がない。

帝国が潰れたら独立するか、他の辺境伯と共和国でも作れば何も困らない。

一国として立てる経済力と軍事力をベリサリオは持ってしまっている。

それも私腹を肥やすことに夢中になり、地方に目を配らなかった中央の貴族達のせいだ。

「琥珀様が中央にいる以上、ベリサリオとしても帝国の存続を願っていると思うのですが……中央も支配してしまおうと、あの男は考えるでしょうか」

精霊省の大臣になるまで、冬の社交シーズンに皇都に現れるだけで、普段は領地に引き篭もっているベリサリオ辺境伯の性格や考え方を、あの頃の俺達は知らなかった。

地方に追いやられ、なかなか皇宮に来られないパウエル公爵と、休みがあるとすぐに領地に帰ってしまうベリサリオ辺境伯。接点どころか、互いの姿さえ数えるほどしか見たことがなかったらしい。それで信用しろというのは無茶だった。

「琥珀様はダリモアのことだけでなく、陛下のことも怒っているのですよね？」

「おそらく」

「ベリサリオと敵対するわけにはいかない以上、味方にするしかないのですが」

その頃の俺は、ベリサリオに会いに行った時に会話した時の印象でしかディアを知らなかった。

子供らしさの全くない表情でまっすぐに俺を見つめ、自分の意見をきっぱりと言い切っていた彼女は、四歳の少女としては異質すぎて、最後まで落ち着いた振りを装えた自分を褒めたいほどだった。

「ベリサリオには妖精姫がいる。クリスもアランもいる」

「妖精姫はまだしも、他のふたりはただの子供でしょう？」

「パウエル公爵、あそこにただの子供はいないんです。中央の貴族十人とクリスを交換しただけで、皇宮の仕事が見違えるようにスムーズに進行するようになりますよ。ただし、本人がやる気になってくれればですが」

エルトンの言葉を笑い飛ばせずに、パウエル公爵は表情を強張らせていた。

ベリサリオを味方にする決断が出来なかった一番の理由は、彼らが予測不可能なほどに優秀な人材ばかりだったからだ。しかも性格も癖が強すぎる。

このふたつの理由に比べれば、他の問題なんて些末（さまつ）なものだ。

中央の貴族が反発して兵を起こそうとしたところで、琥珀様の怒りを買って一撃で潰されるのが落ちだ。

そしてその問題を解決するために、ベリサリオのひとりひとりの性格の把握と、それなりに親しい関係の構築に一年かかった。

「それ、食べないならもらいます」

目の前の皿にひょいと腕が伸びてきた。

「食べるよ」

「クッキーあげますよ」

「いらないよ。せっかくもらったんだから、おまえがそれを食べろよ」

「えーーー」

親しくなれたようだが、エルディよりもアランのほうが弟のように思える時があるのはどうなんだろう。

あの日以来、エルディは俺に遠慮して顔を合わせる機会が減ってしまっている。

「そういえば食事会に誘った令嬢達と、ディアは仲良くしているようだな」

「なんだ突然。……そうだな、しょっちゅう誰かが城に遊びに来ているよ」

「全員集まって泊まっていくこともあるよね。その時に遊びに来たいって言ってくるやつらが多くて、毎回断るのがめんどくさい」

今の帝国で大きな力を持つ家をランク付けし、その家の独身の令嬢を上から七人選んだら、すべてディアの友人達になる。

ディアと親しいということで、その家のランクが上がっているというのもあるが、三年前、まだバントック派が力を持っていた時に、このメンバーを食事会に誘ったディアがどれだけすごいか。

「ああそうか。そろそろ婚約者候補くらいは決めなくちゃ駄目なのか」

「おまえだってそうだろう」

「おまえが決めないと、他の貴族達は決められないんだよ。皇太子の想い人に近づいたなんてことになったら殺されるかもしれない」

うそつけ。

クリスなら、彼女はもう僕が選んだから駄目だよって、平然と言うだろう。

「僕はもう決めてるよ」

アランはいつも通りの感情の読めない顔で、ぼそっと言った。

「はあ？！」

「いつの間に！　誰だよ！」

「まだ内緒」

容姿はベリサリオらしくないのに、性格的に辺境伯に一番似ているのはアランだ。

辺境伯は飄々（ひょうひょう）としていてよくわからず、アランは存在感さえ消して感情を読ませない違いがあっても、重要な場面で一歩下がって全体を眺めている様子はそっくりだ。

それに比べるとクリスとディアは、わかりやすくやばい。

見た目も言動も、わかりやすく人間をやめている。

「婚約ねえ。くそ忙しすぎて、そんなことまで考えられない」

「忙しいのに、なんでここにいるんだよ」

「たまには息抜きをさせてくれ」

「あー！　また皇太子が来てる！」

本当に遠慮のない兄妹だな。皇太子って本人に向かって呼び捨てか。

「今日のおやつはなんで……ぴえっ?!」

下からぶんぶんと手を振った後、イフリーの背に横座りして二階のバルコニーのまでふわりと飛んできたディアは、バルコニーの手摺を蹴って格好よく着地しようとしたんだろう、たぶん。でも失敗して手摺に足を引っかけて、俺達の隣に置かれていたテーブルの上に、顔面から倒れ込んだ。

うっわ。今、ビタン！　って音がしたぞ。

「ディア?!　大丈夫かい？　怪我……まぶし!!」

慌ててクリスが駆け寄るより早く、精霊獣達が回復魔法をかけ始めた。

クリスとアランの精霊獣と、俺の精霊獣まで頑張っている。

普段滅多に魔法を使う機会がないから嬉しそうだ。

「なんで手を突かないのかな。顔面から転ぶっておかしいよ」

「いたーー……くなくなって、それはそれで複雑な気分。アランお兄様、私の鼻、ちゃんとついてますか？」

「おでこも鼻も無事だよ」

「今日もディアは可愛いよ」

ディアは、もう少し自分の顔を大事にするべきだ。

世の女性達の何人もが、ディアのような顔になりたいと憧れているというのに、平気で顔面から転んでいくし、ときどきとんでもない表情をする。

なんで神は妖精姫の名にふさわしい容姿に、おっさんのような性格を合体させてしまったんだろう。

「ですから気を付けてくださいと言いましたでしょう」

警護兼執事のジェマが、こちらは鮮やかに着地してふたりの兄貴と一緒にディアをそっとテーブルから降ろした。

「パンケーキ美味しそう」

「はいはい。頼んできますから静かに座っていてくださいね」

「ディア、さっき地面を覗き込んでいただろう？」

「地面？」

こてんと首を傾げながら口元に手を当てたディアは、異常に可愛く見える。

クリスが思わず無言で頭を撫でる可愛らしさだ。

だがな、中身はアレだ。

騙される男がこの先何人も現れると思うと、気の毒でしょうがない。

「ああ！　庭師さんが新しい花を植えるために穴を掘っていたんです」

今の俺には、どんなに可愛かろうとディアは人間以外の生物に見える。

ディアドラという新種の生物だ。珍種でもいい。

そうでなくては六歳の女の子が、帝国の重鎮（じゅうちん）達を従えて、皇帝と将軍を玉座から降ろして跪かせるなんてことが出来るわけがない。

精霊王の存在がとてつもなく大きかったのは認める。

だがそれでも、いっさい中央の貴族から不満があがったり、残っているバントック派が反撃する態度を見せなかったのは、異常に可愛い少女が、顔色一つ変えずに歴史を動かす場面を見てしまったせいだ。

あの大勢の人が死んでいた茶会の会場でも、彼女は平然としていなかったか？

それが演技だとしても、そうしていられただけで見上げた根性だ。

「ベリサリオは精霊が多いから土も元気なんですって。こーんな大きなミミズがいたんですよ！」

「………」

「そうか。それで地面を覗き込んでいたのか」

「ディア？　ミミズを触ったのなら、おやつを食べる前に手を拭こうね」

「大丈夫ですよ兄上。さっき回復魔法と浄化魔法をかけられていましたよ」

「でも一応手を拭こうか」

パウエル公爵、あんなに警戒していたベリサリオの兄妹は、普段はこんな奴らだぞ。

「触ってはいないです。どんな感触かなって、ちょっと突いて……」

「うん、それ触ってるよね！」

「みようとしてジェマに止められました」

「ジェマ、よくやった」

なにがむかつくって、今年九歳になったディアは四歳のあの時より少しだけ大人びて、もっと可愛くなっているということだ。

この世界で一番可愛さを無駄にする少女を、こんなに可愛くしてどうするんだよ。

「どうしたアンディ？　変な顔になっているぞ？」

クリスに言われて眉を寄せた。

「ディアの将来が不安だなと……」

「将来？　まだディアは将来を考えるなんて早すぎるよ！」

「なにも結婚の話をしているんじゃないから落ち着け」

「まさか狙っているんじゃないだろうな」

「ない」

あの時、兄になってくれと言われてよかった。

ディアを皇妃にしても、皇宮でおとなしくしている未来が見えない。

きっと暴れる。

「俺はミミズを触ろうとする令嬢と恋愛は無理だし、ディアも意識している相手の前でミミズの話はしないだろう」

「……」

「……」

なぜそこで無言なんだ。

「ミミズは駄目か。そうか。農業では大事なんだけどな」

「おまえは農業しないだろうが。まさか他の御令嬢の前でミミズの話なんてしないだろうな」

「それはさすがに。こわがりそう」

それがわかっているならましなのか？　だいぶ基準が低いな。

「でも大丈夫。そもそも意識している相手がいません」

「……まあ、まだ早いよな」

「そうそう。早いよ」

いい子なんだ。

優しくて家族や友達を大切にする。

気さくで話しやすくて、なにより聡明だ。

だがしかし、女の子としてはどうなんだ。

「殿下、またここにいらしたんですか」

どうやら自由時間は終わりを迎えたらしい。

もうエルトンもギルも、俺の姿が見えないときはベリサリオに連絡するようになってしまっている。

「どうやら戻らないといけないようだ」

「寝ないと駄目ですよ。食べないのも駄目です……って、誰かにも同じことを言った気がします」

過去に戻れるものならば、あの、初めて海を見て感動した日に戻りたい。

クリスと話す俺を、大きな目を見開いてじっと見つめていたまなざしに、何も知らずに胸をときめかせた自分と、ぼけっと妖精姫を見つめていた弟に、その女の子は駄目だと。人間かどうかもわからないぞと教えたい。

ディアも貴族の令嬢だ。必要ならば化けるんだ。

失言するよりは黙っている方がいいことも知っている。

人見知りなんじゃないぞと、大人しい子なのでもないぞと、あの時の自分に教えたい。

そうすればひとりでベリサリオを訪れた時、冷静にディアと会話して、もっと早くベリサリオを味方に出来たかもしれない。

でも俺は知らなかったし、本性を見抜けなかった。

一生、絶対、誰にも言わない。

あれは気の迷いだ。なかったことにしたい。

とてもいい子で可愛くて、帝国に必要な人材なのだとしても、それでも認められない。


皇子ふたりが兄弟そろって、初恋の相手が同じ相手だなんて。


「殿下、どうかしましたか？」

「いや、パンケーキを食べすぎたようだ」

それでもきっと、この先もディアは俺にとって特別な女性のままなんだろう。

恋愛感情は一切持てなくても、彼女の存在はあらゆる意味で規格外として記憶の中に残り続けるんだろう。

彼女はどんな相手を選び、家庭を築くのだろうか。

願わくば、あの型破りな存在をそのまま愛する男を選んでもらいたいものだ。

アゼリア帝国貴族相関図

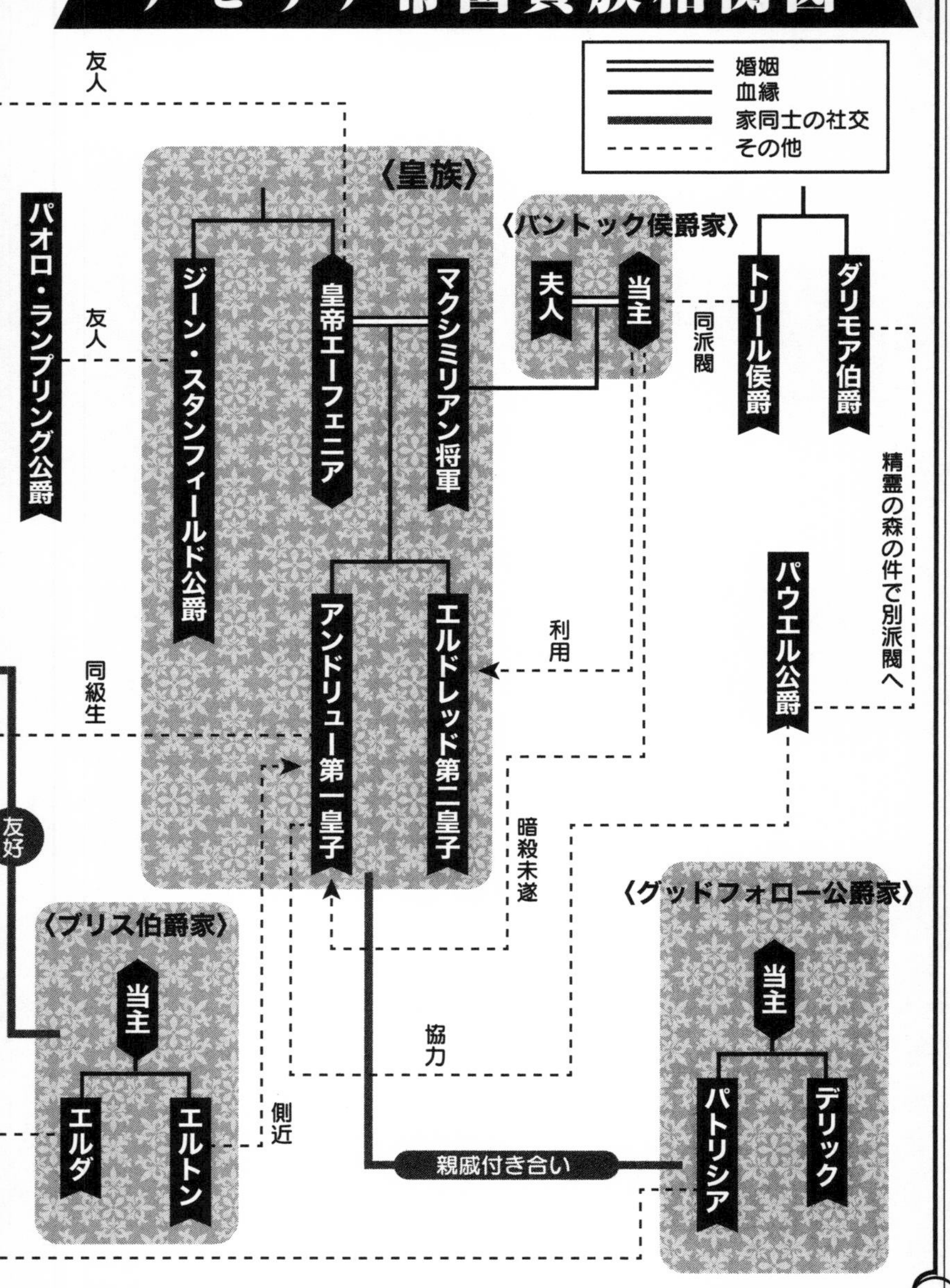

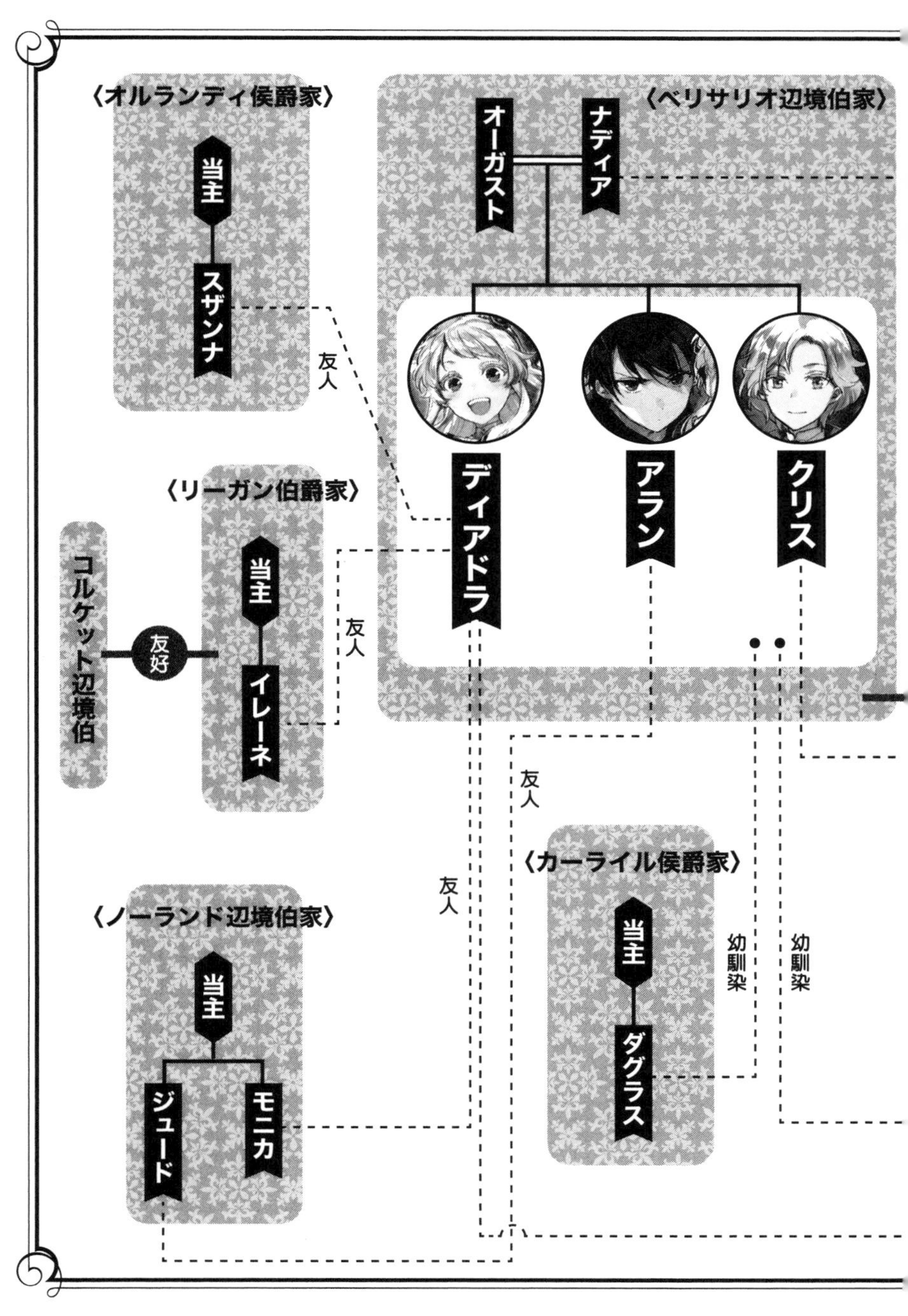

〈オルランディ侯爵家〉
当主
スザンナ
友人
〈ベリサリオ辺境伯家〉
オーガスト
ナディア
ディアドラ
アラン
クリス
〈リーガン伯爵家〉
当主
イレーネ
友人
コルケット辺境伯
友好
友人
〈カーライル侯爵家〉
当主
ダグラス
友人
幼馴染
幼馴染
〈ノーランド辺境伯家〉
当主
ジュード
モニカ

あとがき

一巻が発売された三月十日から、このあとがきを書いている四月半ばまでの間に、世の中の状況は大きく変化してしまいました。その中でもこの本の制作に関わってくださった全ての方と、この本を手に取ってくださった皆様、ありがとうございます。

おかげさまで三巻の発売も決まり、コミカライズまで企画されています。

書籍化されただけでも驚きなのに、まさか自分の小説がコミカライズされるなんて。

せっかく藤小豆先生にあんなに可愛いキャラデザインをしていただいたのに、魔力がなくなって吐きそうになったり、コケて転がったりするディアの破天荒な行動が漫画にされると、いい意味でも悪い意味でも更にパワーアップしそうで、楽しみでもあり心配でもあります。

キャラデザと言えば今回の表紙の蘇芳ですが、実は私のイメージはもっと熱血漢なタイプでした。でもイラストを見た時に、いや実はこのタイプだ。一見チャラいのに優しくて正義感なタイプだったとイメージが瞬時に切り替わりました。頭の中のディアがこの蘇芳と瑠璃を隣に並べたいでしょ!!　と騒いでおります。藤小豆先生すごいぜ。

毎日家に籠るしかなくTVをつければ暗いニュースばかりで、ストレスの溜まっている方も多いのではないでしょうか。

私は子供の頃からのインドア派なので、ネットに繋がったＰＣさえあれば全く外に出なくても問題がない人間です。むしろ友人と会うのでさえイベントなので、出来れば一切外に出ない日を週に一度は欲しいタイプです。

ですから、自宅で仕事をすることで体調を崩す方もいると聞いて驚きました。

友人の中には、出社していた時と同じ時間に起きてシャワーを浴び、着替えてから仕事をするという人もいるようです。そういうメリハリで気持ちを切り替えて仕事モードになるのかもしれません。それに生活サイクルを保った方が、普段の生活に戻る時に社会復帰しやすいですよね。

兼業作家の私は、幸いにして普段とあまり変わらない生活が出来ています。趣味はゲームと小説執筆ですし職場は徒歩圏内で、前世のディアとあまり変わらない生活をしていますので、寝る時も起きている時も服装はほぼ同じですし、気が向けばＰＣの前にずっといます。書けない時は全く書けないのに、気付いたら夕方だったなんて時もあったり。

ディアのようにならないように運動はしないと駄目ですね。……わかってはいるんですけども。

この小説が発売される六月には、世界はどのような状況になっているのでしょう。

まるで小説の中のようなこの文章が、現実に違和感なく言えてしまう日が来てしまっています。

出来れば少しでもいい方向に事態が進み、みんなが楽しい気分で夏を心待ちに出来るようになっていますように。

そして、せめてこの本を読んでいる間は楽しい気分になってもらえたら嬉しいです。

発売予定!!!!!!

WEB版のその先へ……
波乱の結婚生活が
幕を開ける!?
転生令嬢は精霊に愛されて最強です……だけど普通に恋したい！
11
The Reincarnated Count's daughter is the strongest as she is loved by spirits, though she is only wishing for regular romance!
2024年

転生令嬢は精霊に愛されて最強です ……だけど普通に恋したい！2

2020年　7月　1日　第1刷発行
2023年11月20日　第2刷発行

著　者　風間レイ

発行者　本田武市

発行所　TOブックス
〒150-0002
東京都渋谷区渋谷三丁目1番1号　PMO渋谷Ⅱ　11階
TEL 0120-933-772（営業フリーダイヤル）
FAX 050-3156-0508

印刷・製本　中央精版印刷株式会社

ISBN978-4-86699-007-1